O Despertar do Sonhador

Maggie Stiefvater

O Despertar do Sonhador

O Sonhador, livro 3

Tradução
Monique D'Orazio

1ª edição

Rio de Janeiro-RJ / São Paulo-SP, 2023

Copidesque
Lígia Alves
Revisão
Tássia Carvalho

Ilustração e design de capa
Robson Vilalba

Título original
Greywaren

ISBN: 978-65-5924-151-4

Copyright © Maggie Stiefvater, 2022
Todos os direitos reservados.
Edição publicada mediante acordo com Scholastic Inc., 557 Broadway, Nova York, NY, 10012, EUA.

Tradução © Verus Editora, 2023
Direitos reservados em língua portuguesa, no Brasil, por Verus Editora. Nenhuma parte desta obra pode ser reproduzida ou transmitida por qualquer forma e/ou quaisquer meios (eletrônico ou mecânico, incluindo fotocópia e gravação) ou arquivada em qualquer sistema ou banco de dados sem permissão escrita da editora.

Verus Editora Ltda.
Rua Argentina, 171, São Cristóvão, Rio de Janeiro/RJ, 20921-380
www.veruseditora.com.br

CIP-BRASIL. CATALOGAÇÃO NA FONTE
SINDICATO NACIONAL DOS EDITORES DE LIVROS, RJ

S874d

Stiefvater, Maggie
  O despertar do sonhador / Maggie Stiefvater; tradução Monique D'Orazio. - 1. ed. - Rio de Janeiro : Verus, 2023.
      (O sonhador ; 3)

  Tradução de: Greywaren
  Sequência de: Sonhador impossível
  ISBN 978-65-5924-151-4

  1. Ficção. 2. Literatura infantojuvenil americana. I. D'Orazio, Monique. II. Título. III. Série.

22-81396
CDD: 808.899282
CDU: 82-93(73)

Meri Gleice Rodrigues de Souza - Bibliotecária - CRB-7/6439

Revisado conforme o novo acordo ortográfico.

Seja um leitor preferencial Record.
Cadastre-se no site www.record.com.br e receba informações sobre nossos lançamentos e nossas promoções.

Atendimento e venda direta ao leitor:
sac@record.com.br

para todos os leitores que já acordaram
com flores ou penas

Ainda assim, se observar atentamente seu modelo, analisar as formas das sombras e seus contornos e registrá-las em termos de valor, você obterá um retrato convincente.
— WILLIAM L. MAUGHAN, *THE ARTIST'S COMPLETE GUIDE TO DRAWING THE HEAD*

Leva muito tempo para um homem se parecer com seu retrato.
— JAMES MCNEILL WHISTLER

Se o sonho é uma tradução da vida desperta, a vida desperta também é uma tradução do sonho.
— RENÉ MAGRITTE

PRÓLOGO

No início desta história, anos e anos atrás, dois sonhadores chegaram ao paraíso.

Niall Lynch e Mór Ó Corra tinham acabado de comprar um lindo e secreto pedaço de terra no interior da Virgínia. Campos oblíquos e abertos. Sopés cobertos de carvalhos. E, ao longe, as fantasmagóricas Blue Ridge Mountains, agindo como sentinelas. Para Niall e Mór, a aquisição daquela fortaleza verdejante parecia um truque de mágica. Sim, a casa de fazenda no coração da propriedade estava cheia das pilhas de tralhas de caráter duvidoso do acumulador que havia morrido antes de chegarem. E o aglomerado de construções anexas que davam o nome ao lote — "Barns", ou "celeiros" — encontrava-se em estado ainda mais decrépito, cada uma delas meio desconjuntada e com a pintura descascada.

Mas para Niall e Mór era um novo reino.

— Claro, vai dar tudo certo — disse Niall, cheio de seu otimismo habitual.

Niall era um jovem encantador, bonito, persuasivo, de fala rápida. Se era possível convencer o lixo dentro da casa e dos celeiros a se mover sozinho, ele era o homem para fazer isso.

Mór (ainda não chamada Mór na época) disse:

— Vamos ter que cuidar para que o bebê não se perca em todo esse matagal.

Mór era uma jovem heroína durona, não sentimental, inabalável. Um ano antes, ela havia cortado o cabelo dourado na altura do queixo para não atrapalhar, e um mês antes disso havia feito o mesmo com seu passado.

Niall sorriu aquele sorriso grande e repentino dele, colocou o cabelo comprido atrás da orelha, ficou bonito para ela olhar.

— Você gosta?

Ajeitando o jovem Declan nos braços, ela virou seu olhar sólido para a propriedade. Era tudo o que Niall tinha dito que seria. Adorável. Enorme. A quilômetros do vizinho mais próximo e a oceanos do familiar mais próximo.

Mas isso não era o mais importante para ela.

— Não vou saber até que eu tenha dormido, não é? — disse Mór.

Tanto Niall quanto Mór eram sonhadores — literalmente. Eles adormeciam e, algum tempo depois, acordavam com seus sonhos realizados. Mágica! Mágica rara, inclusive — eles nunca tinham conhecido ninguém que pudesse fazer o mesmo... ou, pelo menos, ninguém mais que admitisse fazer o mesmo, aliás era realmente uma surpresa? Era fácil ver como alguém com más intenções poderia tentar explorar um sonhador para obter lucro.

Na verdade, em termos de exploração, era mais fácil falar do que fazer. Sonhar era um negócio escorregadio. Niall e Mór muitas vezes se perdiam enquanto caminhavam nas trilhas do próprio subconsciente. Eles pretendiam sonhar, digamos, com dinheiro e, em vez disso, acordavam com, digamos, punhados de post-its com as palavras *libra* e *dólar* impressas.

Os sonhos mais úteis eram os sonhos focados.

Os sonhos mais focados eram os sonhos da floresta.

A Floresta.

Na superfície, a Floresta se parecia muito com uma floresta decídua comum, mas, quando Mór estava dentro dela, podia dizer que suas raízes eram muito mais profundas. Passavam a terra. Passavam a rocha. Passavam qualquer coisa que os humanos já tivessem visto, procurando não por água, mas por algo além. Quando a visitava em seus sonhos, Mór podia dizer que algo senciente vivia dentro da Floresta, mas nunca tinha visto o que era. Ela só ouvia. Ou sentia.

Fosse o que fosse, esse ser estava muito interessado nela.

Ela estava muito interessada nesse ser.

— Claro, não se preocupe — Niall tranquilizou Mór, estendendo a mão para pegar a dela. — Você encontrará a Floresta aqui.

Porque ele também sonhava com a Floresta. O ser estava interessado nele também.

(Niall estava interessado na Floresta, mas estava interessado principalmente em Mór.)

Ele tinha feito seu melhor para encontrar um lugar onde sonhar fosse bom e claro, onde fosse fácil escolher visitar a Floresta todas as noites. Parte dele esperava que ela também pudesse se apaixonar pela beleza do lugar, com a promessa de como seria a vida deles juntos, mas Niall sabia o que Mór realmente queria.

Então, naquela primeira noite, Mór sonhou, e Niall esperou. Por fim, quando o sol nasceu, Mór se juntou ao seu jovem parceiro na varanda frágil da casa da fazenda. Niall estendeu os braços para Declan e o abraçou enquanto eles olhavam para os campos enevoados.

Ele não perguntou a Mór se ela havia sonhado com a Floresta naquela noite. Ele sabia. Eles sonhavam com a Floresta; a Floresta sonhava com eles.

— Ouvi uma palavra na Floresta ontem à noite, amor — disse ele. — Não era em inglês e também não era em irlandês.

— Eu também vi uma palavra ontem à noite — respondeu Mór. — Escrita em uma pedra.

Ela escreveu no pólen sobre o cercado da varanda assim que ele disse em voz alta:

Greywaren.

1

O crime de arte costumava ser engraçado.

Não engraçado ha-ha, mas engraçado do tipo esquisito. Muitos crimes entram e saem de moda, mas o crime artístico está sempre em alta.

Alguém poderia pensar que os amantes da arte seriam os menos propensos a tolerar roubo ou falsificação; mas, na verdade, muitas vezes eles são os que acham esses crimes os mais intrigantes. É a apreciação artística com esteroides. A apreciação artística como jogo de tabuleiro, um esporte coletivo. Muita gente nunca vai roubar uma estátua ou forjar uma pintura, mas muita gente acha interessante quando outra pessoa o faz. Diferente de quando vemos alguém roubando uma bolsa ou um bebê, neste caso um número razoável de espectadores pode torcer secretamente pelo ladrão.

Os riscos nunca pareciam tão altos. Arte era algo valioso, mas nunca questão de vida ou morte.

Mas o mundo havia mudado.

Agora, se alguém possuía uma obra de arte, significava que outra pessoa não a possuía.

E isso *era* questão de vida ou morte.

Ninguém olhou para Bryde enquanto ele entrava no Museu de Belas Artes. Ele era apenas um homem de cabelos castanhos com uma jaqueta cinza leve demais para o inverno de Boston, ofuscado pela escala do museu com fachada em colunata enquanto subia as escadas com uma corridinha, as mãos nos bolsos, os ombros encolhidos contra o frio. Ele não parecia alguém que destruía coisas valiosas no passado recente ou alguém que pretendia roubar coisas valiosas em um futuro próximo, embora fosse ambos.

Situações desesperadas etc.

Fazia apenas trinta e seis horas que dezenas de milhares de pessoas e animais haviam adormecido em todo o mundo. Caíram todos de uma vez, todos juntos. Não importava se estivessem correndo pela calçada ou jogando o filho no ar ou subindo em uma escada rolante: eles adormeceram. Aviões caíram do céu. Caminhões desabaram de pontes. Aves marinhas choveram no oceano. Não importava se os dorminhocos estivessem em uma cabine ou atrás do volante de um ônibus; não importava se os outros passageiros estivessem gritando; os adormecidos continuavam dormindo. Por quê? Ninguém sabia.

Bem, alguns sabiam.

Bryde caminhou rápido e sem impedimentos até a bilheteria. Ele soprou em seus dedos frios e estremeceu um pouco. Os olhos brilhantes olhavam aqui, ali, atrás de novo, apenas pelo tempo suficiente para notar o guarda fazendo hora perto dos banheiros e o guia do museu conduzindo um grupo para outra sala.

A jovem atrás do balcão de ingressos não ergueu os olhos da tela. Ela perguntou:

— Ingresso de acesso geral?

No noticiário, um elenco rotativo de especialistas usava frases como *distúrbios metabólicos* ou *doenças zoonóticas* ou *inversões de gases tóxicos* para explicar todas as pessoas e animais que estavam em coma, mas essas explicações se transformavam à medida que os especialistas lutavam para encontrar uma explicação que incluísse as centenas de moinhos de vento, carros e eletrodomésticos que também pararam de funcionar. Teria algo a ver, postulou um especialista, com os bilhões de dólares de sabotagem industrial que vinha acontecendo na Costa Leste? Talvez fosse tudo um ataque à indústria! Talvez o governo revelasse mais dados pela manhã!

Mas pela manhã não chegou nenhuma informação nova.

Ninguém reivindicou a responsabilidade. Os adormecidos continuaram dormindo.

— Preciso de um ingresso para a exposição Viena — disse Bryde.

— Estão esgotados até março — respondeu a atendente do balcão, no tom de quem já havia repetido isso muitas vezes. — Posso colocar seu e-mail em uma lista de espera.

A exposição itinerante oportunidade-única-na-vida de artistas da Secessão de Viena esgotou no dia em que foi anunciada. Só podia esgotar. No centro estava *O beijo*, de Gustav Klimt, uma pintura que nunca havia deixado seu país de origem. *O beijo* é um arraso de pintura que a maioria das pessoas já viu, mesmo que não pense que já viu. Apresenta dois amantes completamente consumidos por um manto dourado e um pelo outro. O homem beija a mulher na bochecha. Ele usa hera no cabelo; suas mãos tocam a mulher em oração. A mulher está ajoelhada serenamente sobre as flores; sua expressão é de quem tem a certeza de ser adorada. Adorada como? Difícil dizer. Os Klimts anteriores, menos famosos, haviam sido vendidos por cento e cinquenta milhões de dólares.

— Eu preciso entrar hoje — disse Bryde.

— Senhor... — A atendente do balcão ergueu o olhar para Bryde pela primeira vez. Ela hesitou. Ela o encarou por muito tempo. Seus olhos, seu rosto. — Bryde — ela sussurrou.

Não foi só a vida dos adormecidos que mudou no dia em que os aviões caíram do céu. Os sonhadores — que eram um número bem menor que os adormecidos — também haviam perdido a capacidade de tirar coisas de seus sonhos. A maioria deles ainda não sabia, porque sonhava muito raramente. E grande parte já vinha falhando (no sonho, na vida desperta) havia muito tempo.

Bryde tinha visitado alguns deles em seus sonhos.

— A exposição Viena — Bryde repetiu baixinho.

Desta vez não houve hesitação. A atendente tirou o próprio cra-chá do pescoço.

— Coloque seu, hum, dedo sobre a foto.

Enquanto ele se afastava, prendendo o cordão no pescoço, ela levou os dedos à boca e abafou um gritinho.

Pode ser uma coisa poderosa saber que não se está sozinho.

Alguns minutos depois, Bryde calmamente ergueu *O beijo* da parede da movimentada exposição *Secessão de Viena*. Ele a pegou com a calma certeza de alguém que deveria estar pegando uma pintura da parede, e talvez tenha sido por isso que nenhum dos outros visitantes percebeu que algo estava errado a princípio.

Então o alarme sensível ao peso começou a berrar.

Ladrão, ladrão, ladrão, o tom eletrônico penetrante advertiu.

Desta vez, os visitantes olharam.

Bryde cambaleou para trás com a pintura, tão grande quanto ele. Que obra de arte era *aquela* cena: um homem de cabelos claros com nariz de falcão, com algo em suas proporções que era arrumado e previsível, e aquela bela pintura, com seu próprio equilíbrio elegante.

O canto do quadro bateu no chão. Bryde começou a arrastá-lo para a saída.

Agora era óbvio que a pintura estava sendo roubada. Não era assim que se carregavam obras-primas de valor inestimável.

E, no entanto, os espectadores não pararam Bryde; eles assistiram. Afinal, era isso que se devia à arte, não era? Eles o viram parar por tempo suficiente para vasculhar e tirar algo que parecia um avião de papel de sua jaqueta e arremessá-lo em um guia do museu que se apressava em entrar na exposição. Assim que o avião o atingiu no peito, derreteu em uma camada de lodo que o grudou no chão. Outro guia do museu ficou com o rosto cheio de pó brilhante que chiou e faiscou quando tocou sua pele.

Um terceiro guia derrapou até parar enquanto a grama e os arbustos cresciam rapidamente do chão, liberados de uma bola de tênis de aparência comum que Bryde havia atirado de seu bolso.

Com dificuldade, Bryde prosseguiu.

A cada curva ele enfrentava mais guardas, e a cada curva encontrava ainda mais bugigangas estranhas nos bolsos para distraí-los, como se as estivesse tirando de uma galeria de obras de artistas díspares. Os objetos eram lindos, estranhos, assustadores, alucinantes, barulhentos, apologéticos, vergonhosos, entusiasmados — todos sendo presentes colecionados nas últimas trinta e seis horas daqueles que pensavam que estavam sozinhos antes que Bryde os alcançasse. No passado, ele poderia ter sonhado novas armas para manter os guardas afastados, mas não agora. Ele tinha que se contentar com sonhos talentosos de *antes*.

Mas ele não tinha o suficiente para tirá-lo do museu.

Havia mais walkie-talkies estalando nas profundezas do prédio e mais alarmes soando e muitas escadas faltando para chegar à porta.

Ele não estava nem perto de escapar.

Não se podia simplesmente entrar em um dos maiores museus do mundo, escolher um Klimt da parede e arrastá-lo para fora.

Estava fadado ao fracasso desde o início.

— Vocês não querem que eles acordem? — Bryde rosnou para os espectadores.

Essas palavras aterrissaram com mais força do que qualquer um dos apetrechos de sonhos. Elas invocavam aqueles que não estavam lá, os adormecidos, que dormiam e dormiam e dormiam. Nos quartos vagos dos entes queridos. Em berçários com portas esperançosamente entreabertas, as baterias das babás eletrônicas acabando. Nas enfermarias geriátricas dedicadas aos adormecidos que ninguém havia reivindicado como seus.

Um punhado de espectadores correu para ajudar Bryde a carregar a pintura.

Agora era realmente uma obra de arte, Bryde e esse grupo de visitantes do museu empurrando *O beijo*, passando pelos painéis que descreviam o processo de Klimt, a jornada árdua que essa pintura já havia feito, os atos de rebelião que Klimt realizara repetidamente em sua vida artística.

E lá foram eles persistindo, cinco, seis, sete pessoas carregando a pintura até a entrada principal do museu, outros frequentadores se aproximando para bloquear os guardas.

Na grande escadaria do museu, a polícia aguardava, armas em riste.

Já que seus sonhos talentosos haviam se esgotado, Bryde era apenas um homem segurando firme uma pintura famosa nas mãos. Foram necessários apenas alguns policiais para livrá-lo de seu fardo. Realmente o fracasso do roubo não surpreendeu. O que surpreendeu foi a demora para fracassar. Mas eis a arte aí para você: difícil prever o que ia dar certo e o que não ia.

Enquanto escoltavam Bryde algemado a uma viatura estacionada, ele tropeçou.

— Calma aí — disse um dos policiais, em um tom não indelicado.

— Não há necessidade de ninguém se machucar — disse o outro policial.

Atrás deles, *O beijo* era levado de volta ao museu. Quanto mais longe de Bryde, mais lentos os passos de Bryde se tornavam.

— Em que você estava pensando? — perguntou o primeiro policial.

— Você não pode simplesmente entrar lá e pegar uma pintura, cara.

Bryde disse:

— Foi a única coisa em que consegui pensar.

Ele já não se parecia com a pessoa que havia entrado no museu mais cedo. Toda a intensidade tinha desaparecido de seus olhos. Ele caiu no chão, um homem com uma jaqueta vazia de sonhos.

— Um dia — disse ele aos policiais —, vocês também vão dormir. Adormecido.

2

Todos querem ser poderosos.. Os anúncios dizem a todos os consumidores: Somos importantes e vistos.. Os professores dizem a todos os alunos: eu acredito em você.. Abrace seu poder.. Seja a sua melhor versão.. Você pode ter tudo.. São só mentiras.. A energia é como gasolina e sal.. Parece abundante, mas existe em quantidade limitada.. Lâminas afiadas querem poder para ganhar espaço e cortar.. Lâminas cegas querem poder para as lâminas afiadas não as cortarem.. Lâminas afiadas querem poder para fazer o que devem fazer.. Lâminas cegas querem poder apenas para ocupar espaço na gaveta.. Vivemos em um mundo nojento.. A gaveta está cheia de lâminas feias feitas para nada..

— NATHAN FAROOQ-LANE,
O FIO CORTANTE DAS LÂMINAS, PÁGINA 8

3

Ao malho, dia de trabalho.

Declan Lynch acordou cedo. Ele não tomava café da manhã, porque o café da manhã era a refeição mais provável de fazer mal ao seu estômago. Ele bebia café, embora isso lhe *fizesse* mal ao estômago, porque, sem o gemido urgente da cafeteira pela manhã, ele não teria um motivo convincente para sair da cama na hora. De qualquer forma, Matthew dissera uma vez que as manhãs cheiravam a café, então agora tinham que continuar cheirando a café.

Depois que a cafeteira começou, ele ligou para Jordan Hennessy — o dia de trabalho dela estaria terminando naquela hora, assim como o dele estava começando. Enquanto a ligação chamava em seu ouvido, ele com cuidado limpava o pó de café caído no balcão e as impressões digitais do interruptor de luz. Ele gostava da maioria das coisas em seu apartamento em Boston, especialmente a localização de Fenway, a pouco mais de um quilômetro e meio de Jordan, porém o prédio mais antigo nunca seria tão patologicamente limpo quanto o lugar sem alma que ele havia deixado para trás em Washington, DC. Declan gostava das coisas arrumadas. Ele raramente conseguia o que queria.

— Pozzi — Jordan disse animado.

— Você ainda está acordada?

Essa era uma questão maior do que tinha sido apenas alguns dias antes.

— Chocante — ela respondeu. — Por incrível que pareça. A multidão assiste com expectativa; nem os técnicos têm ideia do que esperar.

Acordada, acordada — por que ela estava acordada quando tantos outros estavam dormindo? O que ele faria se no dia seguinte ela não estivesse?

— Quero ver você hoje à noite — disse ele.

— Eu sei — ela respondeu, então desligou.

Ao malho, dia de trabalho. A camisa social de Declan estava um pouco amassada, então ele a pendurou no banheiro e ligou a ducha. No espelho, o jovem Declan Lynch o encarou. Não era o mesmo Declan Lynch que olhara para ele meros meses antes. Aquele Declan tinha sido esquecivelmente montado a partir de peças produzidas em massa: sorriso branco perfeito, cachos escuros domados, grisalho discreto, uma postura confiante e não ameaçadora. Esse Declan, por outro lado, gravado na memória. Atrás daqueles olhos azuis existia algo tenso e mal contido.

Ele nunca havia achado que se parecesse muito com seu irmão Ronan, mas agora...

(Não pense em Ronan)

Depois de vestido, cafeinado e cuidando de uma queimação de café no estômago, Declan começou a trabalhar um pouco. Desde que viera para Boston a fim de ficar perto de Jordan, este havia se tornado seu trabalho: babá de luxo. Os clientes deixavam os telefones durante o fim de semana, durante o mês, enquanto estavam fora da cidade, fora do país, na prisão. Alguns clientes deixavam os celulares com ele em caráter permanente. Em seus mundos de alto risco, nem sempre era fácil para eles abordar os clientes com a cabeça fria ou sem prometer involuntariamente algo emocional ou físico. Então eles tinham Declan para falar por eles.

Declan vinha treinando para isso a vida toda: tornar as coisas emocionantes o mais tediosas possível.

Seus clientes queriam um sócio discreto, fluente na linguagem tácita dos docemetais, as raras peças de arte com o poder de acordar

21

os adormecidos. Esse era Declan. Ele sabia chamar aqueles vulneráveis para se tornarem *dependentes* adormecidos. Ele sabia ser discreto ao perguntar sobre a origem de um dependente, ao nunca fazer referência a sonhos ou magia: a maioria de seus clientes havia adquirido seus dependentes por meio do casamento, mas alguns os herdaram por meio de testamento e outros ainda compraram um filho dependente ou cônjuge no mercado clandestino. Esses clientes geralmente não sabiam nada sobre como os dependentes haviam adquirido um risco tão perigoso de adormecer. Eles não queriam saber. Só queriam saber como manter a família acordada.

Declan entendia aquilo perfeitamente.

Ele consultou o relógio e ligou para Adam Parrish.

— Você tem algo para mim?

A voz de Adam cortava e cortava; ele estava andando.

— A linha ley continua desativada. Em toda parte. Nenhuma mudança.

— Alguma palavra de...

Adam não respondeu. Isso significava *não*. Não era um bom sinal. Adam Parrish era a pessoa mais importante que qualquer outra no mundo para Ronan. Se Ronan não estava telefonando para ele, não estava telefonando para ninguém.

— Você sabe onde me encontrar — Declan disse a Adam, e desligou.

(Ronan estava morto?)

Ao malho, dia de trabalho. A Boston do início da manhã estava acordando e resmungando quando Declan saiu: caminhões de lixo ressoavam, ônibus silvavam, pássaros se agitavam. Sua respiração formava uma nuvem visível quando ele destrancou o carro apenas o tempo suficiente para recuperar o difusor do purificador de ar pendurado no retrovisor.

Ele foi casual no gesto.

Apenas um aromatizador. Não minhas economias de vida. Nada para ver aqui.

— Bom dia! — uma de suas vizinhas exclamou. Ela era médica residente. Declan tinha feito uma verificação de antecedentes a respeito dela, junto com a do resto das pessoas na rua. Boas cercas faziam bons vizinhos. — Ei, é... Seu irmão está bem? Marcelo disse que ele desmaiou ou algo assim?

Ela poderia ser um sonho ou uma sonhadora; havia algumas coisas que as verificações de antecedentes não conseguiam descobrir. Era improvável, mas não impossível. Quando tudo aquilo começou, ele pensava que fosse o único que vivia com sonhos. Agora ele sabia, pelas notícias, que havia outros. Não muitos. Porém mais do que ele havia imaginado.

Mais do que havia docemetais, com certeza.

— Pressão baixa — Declan mentiu de leve. — Congênito. É da família da minha mãe. Você mexe com esse tipo de coisa?

— Oh! Ah, oh, não, eu mexo, eu mexo com tripas e sujeira — ela respondeu, gesticulando para a cintura. — Estou feliz que ele esteja bem.

— Estou feliz que você tenha perguntado — ele mentiu novamente.

Dentro, parado a uma boa distância das janelas, ele abriu o difusor, revelando o pingente escondido dentro. O pingente era uma coisa delicada, elaborada com primor, um cisne de prata enrolado no número sete. Quem sabia o que o símbolo originalmente significava; algo importante para alguém, ele supôs, ou o pingente não teria valor para ele agora. Ele parecia se lembrar de uma história que Aurora costumava contar sobre sete cisnes, mas os detalhes lhe escapavam. Sua bela armadilha de memória parecia ter funcionado apenas para armazenar as histórias de seu pai.

O pingente de docemetal tinha custado muito.

Ele já sentia falta da obra de arte que vendera para obtê-lo.

— Hora da escola! — ele anunciou enquanto subia as escadas para o quarto de Matthew. Na porta, seus pés se enroscaram em um par de tênis enormes e feios. Ele tentou se desvencilhar, mas o calçado acolchoado e brilhante estava à procura de sangue. Declan voou.

Ele se segurou na beirada do colchão com um grunhido; os cachos dourados de Matthew não se moveram contra o travesseiro.

— Matthew — disse Declan. Seu estômago nervoso queimava.

O menino na cama parecia ter dezessete anos, parecia ter sete. Essa era a magia das feições angelicais de Matthew. Ele continuou dormindo. Declan pressionou o pingente de cisne diretamente contra o pescoço de Matthew. A pele do irmão estava quente e tinha sinais vitais sob os dedos.

— Mmmf. — Matthew tateou, sonolento, para agarrar a corrente do colar. Com força. Como se fosse um cobertor de segurança, e não era? — Estou levantando.

Declan soltou a respiração.

O docemetal ainda não havia sido gasto.

— Ande logo — disse ele. — Você tem vinte minutos.

Matthew resmungou:

— Você poderia ter me acordado mais cedo.

Mas Declan não poderia. Os docemetais mais poderosos tendiam a ser pinturas inconvenientemente conhecidas: o *Retrato de madame X*, de John Singer Sargent; *O beijo*, de Klimt; *Black Iris III*, de Georgia O'Keeffe. Esses e outros sorrisos de Mona Lisa pendurados em museus, em coleções particulares e emprestados por corporações e gente super--rica. Docemetais um pouco menos poderosos viviam nas mãos de CEOs e herdeiras sonhados, ou de CEOs e herdeiras não sonhados que haviam adquirido ou encontrado filhos ou cônjuges sonhados. Isso fez com que os docemetais menos desejáveis circulassem no mercado clandestino. Essas peças eram menos potentes, de curta duração, mais feias, mais desajeitadas... e ainda muito caras. Agora que todo sonho precisava de um docemetal para ficar acordado, o preço até mesmo do pior deles tinha disparado em poucos dias.

Atualmente, Matthew recebia o pingente de cisne a tempo para o café da manhã e o abandonava logo após a escola. Ele não via um pôr do sol havia dias; ele não veria um fim de semana por meses.

O pingente tinha que durar até o final do ano letivo. Declan não podia pagar por outro docemetal. Mal tinha conseguido pagar por esse.

(Ele vivia em culpa, chafurdava em culpa, não era nada além de culpa.)

— Tenho uma pergunta hipotérmica — disse Matthew, alguns minutos depois. — Hipotética, quero dizer.

Ele apareceu na porta da cozinha, praticamente pronto para a escola. Até havia lavado o rosto e estava segurando os tênis malevolamente feios em uma das mãos para que o chão de Declan ficasse limpo.

Ele estava tentando agradar.

— Não — disse Declan, pegando as chaves do carro. — A resposta é não.

— Posso entrar no clube de D&D na escola?

Declan teve dificuldade para lembrar o que era D&D. Ele achava que envolvia chicotes e couro, mas isso não parecia combinar com Matthew, mesmo em sua nova fase rebelde. Ele disse:

— Feiticeiros?

— A gente finge travar batalhas com trolls e essas merdas, sim — disse Matthew.

Declan não tinha que *fingir* encontrar batalhas com trolls e essas merdas. Ele gostaria de fingir não encontrar. Menos D&D. Mais B&B.

— Você está perguntando porque isso envolve noites ou fins de semana?

Se ao menos Matthew pudesse ficar acordado sem um docemetal, assim como Jordan, mas quem sabia como isso estava acontecendo...

— Só às quartas-feiras. Aliás, as quartas-feiras contam como dias?

— Vou pensar.

(Ele preferiria não pensar em nada.) (Ronan estava morto?)

Ao malho, dia de trabalho. Declan levou Matthew para sua nova escola; ele tinha que estar ciente de seus movimentos o tempo todo. No dia em que os sonhos adormeceram, levou horas para Declan descobrir onde Matthew havia caído. Não poderia suportar outro dia assim. O não saber.

— Você já pensou sobre o D&D? — Matthew tentou persuadir.

— Se passaram doze minutos. — Declan parou na fila de desembarque de alunos na escola, onde carro sim, carro não eram dirigidos por alguém na casa dos quarenta ou cinquenta anos, por um pai que não havia sido morto a pauladas com uma chave de roda em sua própria garagem antes de os filhos atingirem a maioridade.

Declan *sentia* ter quarenta ou cinquenta.

(RonanEstavaMortoRonanEstavaMortoRonanEstavaMorto-Ronan...)

— Já pensou? — Matthew repetiu.

— Matthew, desce — mandou Declan. Seu celular começou a tocar. Seu celular, seu celular real, não o celular de um cliente. — Não beba refrigerante no almoço. Não se pendure na porta do meu carro. Não é um equipamento de ginástica. — Seu celular estava tocando, tocando. Ele atendeu: — Declan Lynch.

— Aqui é Carmen Farooq-Lane.

Sua boca ficou seca. Quando falou com ela pela última vez, apenas alguns dias antes, foi para lhe dar a localização de Ronan a fim de que ela pudesse capturar Bryde e libertar Ronan de sua influência. Que confusão do caramba.

A culpa tesourou suas entranhas.

(Ronan, Ronan, Ronan)

Matthew ainda estava pendurado na porta do carro. Declan acenou para fazê-lo entrar na escola, mas Matthew ficou, escutando.

— Foi bem abafado — disse Farooq-Lane —, mas talvez você tenha ouvido que Bryde foi preso no Museu de Belas Artes alguns dias atrás.

O estômago de Declan azedou. De imediato, sua mente já tinha conjurado perfeitamente uma cena de um longo tiroteio, Ronan esparramado em uma poça de sangue com algum maldito sonho na mão.

Por favor, não, não, não, não, não, não, não

— Ronan...?

— Precisamos nos encontrar — disse Farooq-Lane.

Ele se sentiu fraco de alívio. Ela não disse *Seu irmão está morto.*

— Onde?

Ela falou onde.

Declan olhou para seu volante empoeirado, o couro limpo apenas onde suas impressões digitais o haviam tocado. A poeira o exauria. A rapidez com que tudo voltava à sujeira e à desordem quando Declan não estava tomando providências. Tudo o que ele precisava, pensou, era apenas um dia ou dois em que as coisas não fossem arruinadas sem sua intervenção. Uma ou duas horas. Um minuto ou dois.

(Ronan, Ronan, Ronan)

— Deklo — choramingou Matthew —, o que está acontecendo?

Ao malho, dia de trabalho.

— Volte para o carro — disse Declan. — Você não vai para a escola hoje.

4

O apocalipse havia sido evitado, mas ainda parecia o fim do mundo.

Quem é você agora?

Alguém que parou o apocalipse.

Carmen Farooq-Lane ficava repetindo isso para si mesma, mas a resposta que lhe vinha sem parar era diferente.

Farooq-Lane e Liliana estavam sentadas em um carro no estacionamento do Centro Assistencial Medford, esperando Declan Lynch. No banco do passageiro, Liliana, de cabelos brancos, tricotava algo de fio azul-petróleo que combinava com a faixa de tecido em sua cabeça, cantarolando para si mesma. Ela era boa em passar as horas. No banco do motorista, Farooq-Lane, de olhos escuros, cravava as unhas em dez lugares ao redor do volante e o apertava com força, os nós dos dedos brancos. Ela não era boa em matar as horas.

Quem é você agora?

Alguém que matou seu irmão.

Declan Lynch havia tentado tanto proteger a vida de seu irmão, um Zed letal, e ela havia feito tudo que estava ao seu alcance para acabar com a vida do irmão dela.

Farooq-Lane sabia que as situações de ambos não eram exatamente as mesmas. Nathan já havia usado armas sonhadas para matar uma série de vítimas, marcando cada cena de crime com uma tesoura aberta; Ronan, por outro lado, estava na tábua de corte pelos crimes que *poderia* cometer, apocalipses que *poderia* começar. Mas ambos os irmãos tinham uma coisa em comum: poder em excesso para qualquer pessoa. Fazia sentido tirá-los da equação apocalíptica. Tirar todos os poderosos Zeds da equação.

Então os Moderadores e Farooq-Lane continuavam matando e matando e matando e...

Você sabe quem são as pessoas mais fáceis de controlar?, Nathan havia perguntado a ela uma vez. *Pessoas que ainda estão fugindo de seu último relacionamento controlador.*

Farooq-Lane examinou os arredores. Depois de um início muito frio, o dia ficara subitamente quente, quente demais para aquela época do ano em Massachusetts. Agora o céu enevoado parecia errado atrás dos galhos nus das árvores, fora de sintonia com a estação. Ao longe, o rápido progresso de um pedestre a lembrou de como Nathan era quando caminhava, tão rápido e intencional, avançando como a figura de proa na frente de um navio.

Pare de pensar no passado, ela se repreendeu. *Preocupe-se com o presente.*

Estava tudo acabado: plugue, puxado. Sonhos, parados. Possibilidade de incêndio, extinta. Mundo, salvo.

Certo?

Certo.

Ela havia perdido toda a sua família para essa confusão. Toda a sua carreira. Toda a sua alma. E, no final, o que havia encerrado essa temporada de matança? Um breve sonho durante uma xícara de chocolate quente extinguiu a fonte do poder dos Zeds. Entrar com um estrondo; sair com um gemido.

— Tudo parece fácil demais — confessou Farooq-Lane. — Um anticlímax.

— Nada do que fizemos foi fácil — garantiu Liliana em seu sotaque incomum, passa o fio, puxa o fio. O tilintar rítmico de suas agulhas era como o tique-taque do ponteiro dos segundos de um relógio. — Eu, por exemplo, estou feliz que isso tenha ficado para trás e que a gente possa simplesmente viver.

Liliana: antes a namorada Visionária, talvez agora simplesmente a namorada. Antes que a linha ley fosse desligada, ela periodicamente tinha visões perigosas, sempre do apocalipse iminente, que a fazia girar por três idades dentro de sua própria linha do tempo. No entanto, desde que a linha ley havia desaparecido, ela não tivera uma visão sequer. As premonições, como os sonhos, pareciam precisar de poder ley.

Era bom não ter que se preocupar em explodir por causa de uma onda mortal de som durante as visões. Mas, sem dúvida, era desconcertante ter começado um relacionamento com Liliana na meia-idade e agora continuar com uma Liliana de repente muito mais velha. Antes, Farooq-Lane não tinha pensado muito sobre a estranheza de Liliana ocasionalmente se tornar velha, porque ela retornava à meia-idade com a mesma frequência. Mas, agora, a linha ley havia desaparecido, assim como as visões, então parecia que essa idade estava ali para ficar. A mudança tinha deixado Liliana ainda equilibrada em seus modos, ainda elegante, mas obviamente décadas mais velha do que Farooq-Lane.

Além disso, sem as visões, elas agora estavam cegas para o que o futuro reservava.

— Já nem sei mais o que significa *simplesmente* viver — disse Farooq-Lane. — Você acredita que eu ganhava a vida planejando o futuro das pessoas?

— Acho que os futuros vão surgir por conta própria — respondeu Liliana.

Liliana largou o tricô para pegar a mão de Farooq-Lane, unindo suas palmas. Como sempre, seu toque era imediatamente reconfortante. Misteriosamente calmante. Farooq-Lane sabia que havia um pouco de magia em Liliana, acima e além de suas visões, uma magia que fazia as pessoas se sentirem como uma versão melhor de si mesmas. Ela se lembrou de algo que Liliana dissera quando se conheceram, sobre como os humanos eram tão frágeis, ou algo do tipo.

Ninguém fazia um comentário assim a menos que fosse uma piada ou não se considerasse exatamente humano.

E Liliana não era engraçada.

— Você se lembra do que vem a seguir? — perguntou Farooq-Lane. Era difícil entender completamente a mudança da forma empreendida pela Visionária através de sua própria linha do tempo, mas ela pelo menos entendia que havia uma versão de Liliana que era a versão *verdadeira*, aquela que estava vivendo o tempo do jeito certo. As outras idades estavam ou olhando para trás, para eventos que já haviam acontecido, ou esperando por um futuro que ainda precisavam alcançar.

Antes disso, Liliana, na sua idade mais avançada, muitas vezes tinha uma pequena lembrança para oferecer. Naquele momento, porém, ela apenas disse:

— Vamos pensar no que a gente vai fazer para o jantar; Hennessy sugeriu curry e acho que é uma ideia deliciosa.

— Espero que não tenha sido um erro deixá-la sozinha — murmurou Farooq-Lane. — Eu realmente não acredito que ela quisesse dormir mais um pouco. Só o que ela faz é dormir.

— A coitadinha tem uma vida de sono para recuperar.

A voz de Liliana estava cheia de pena, e era verdade que a vida de Hennessy *dava* pena. Anos sonhando o mesmo pesadelo implacável; anos sabendo que ela tinha a capacidade de tornar esse pesadelo real. *Tenha pena dela*, Farooq-Lane disse a si mesma. *Tenha pena dela!* Mas levou apenas alguns dias para Farooq-Lane decidir que Hennessy era a pessoa mais irritante que ela já conhecera.

Evidências de apoio: Hennessy era barulhenta. Ela parecia sentir que, se um monólogo valia a pena, valia a pena fazê-lo em volume máximo, em cima de móveis, carros ou telhados, um oceano de palavras implacáveis e latejantes.

Hennessy era imprevisível. Na primeira noite após ter desligado a linha ley, ela desapareceu por horas. Nenhum aviso. Nenhuma explicação. Assim que Farooq-Lane e Liliana tentaram decidir se precisavam localizá-la, ela voltou com um carro, algo sem marca e com um escapamento rangente e barulhento que — como ela — gritava e falava constantemente, a menos que estivesse trancado na garagem do chalé de veraneio alugado. Parecia que poderia ter custado muito barato ou muito caro. Farooq-Lane teve medo de perguntar de onde tinha vindo.

Mais evidências: Hennessy era destrutiva. Precisava de supervisão constante ou, como uma raposa selvagem, começava a desmantelar seus arredores. Nos poucos dias em que estava com elas, havia conseguido fazer água se derramar de banheiras, fogo dançar nos fogões, janelas se quebrarem e vizinhos olharem enquanto ela pintava uma cópia enorme de *O grito* na porta da garagem, ao som berrado dos alto-falantes de seu (possivelmente roubado) carro. Farooq-Lane nunca recuperaria seu depósito de caução.

Ainda mais evidências: Hennessy também estava sempre tentando morrer. Ou, pelo menos, não estava preocupada o suficiente em se manter viva. Ela havia pulado de alturas que não eram necessariamente propícias à sobrevivência. Mergulhava na água com pouco ar nos pulmões. Bebia coisas que, em altas concentrações, não eram seguras para humanos. Comia coisas e depois as vomitava e depois comia outras coisas. Corria com tesouras e, quando se cortava com elas ao cair, só espiava dentro de sua pele partida com curiosidade em vez de horror. Às vezes ela ria tanto que Liliana começava a chorar de solidariedade.

Esses últimos dias pareciam anos.

Mas Farooq-Lane não podia simplesmente expulsar a infame Zed. Porque, sob a sedução de salvar o mundo, ela e Liliana haviam pegado o unicórnio pelo chifre sem dar nada em troca.

Quem era Hennessy agora, sem sonhar?

Quem era Farooq-Lane?

Alguém que parou o apocalipse.

— Lá está ele — disse Liliana, em tom agradável.

Um Volvo cinza parou, estacionando a várias vagas de distância. Declan Lynch vinha no banco do motorista. Seu irmão mais novo de cabelos dourados, Matthew, estava no banco do passageiro. Dois terços dos irmãos Lynch.

— Deixe tudo pra lá — Liliana a aconselhou. — Este é o primeiro passo.

Você parou o apocalipse.

Tirando dois cartões do compartimento da porta, Farooq-Lane foi até Declan. Cada um deles estava em um lado de uma linha pintada. Parecia um pouco como se fosse uma situação de aperto de mão, mas nenhum deles estendeu a mão, e, depois de um silêncio tenso, ficou muito constrangedor para qualquer um tentar; então, em vez disso, Farooq-Lane apenas suspirou daquele jeito com que se costuma iniciar uma reunião.

— Ele está morto? — Declan perguntou, sem preâmbulos.

Em vez de responder, ela lhe entregou o primeiro dos dois cartões.

Ele o abriu. Em letra cursiva, lia-se *Feliz Dia dos Namorados para um filho e uma nora muito especiais!*

Abaixo disso, em sua caligrafia, ela havia acrescentado:

Não tenho notícias dos outros Moderadores desde o jardim de rosas. Não estou mais associada às diretrizes deles, mas eles ainda podem estar me observando. Caso meu telefone, pessoa ou pertences sejam grampeados ou eu esteja sendo seguida e vigiada, anotei o que você precisa saber.

O silêncio dos Moderadores era assustador, não reconfortante. Não era só para ela que eles tinham sumido do mapa. Quando os agentes federais notificaram a captura de Bryde, disseram que haviam tentado, sem sucesso, vários outros contatos dos Moderadores antes de chegarem até ela. Onde eles estavam? Os Moderadores eram como spam ou infecções fúngicas; não costumavam acabar por conta própria.

Ela deu a Declan o segundo cartão.

Este tinha uma mensagem impressa dentro também (*Acontece que eu gosto de você muito mais do que eu planejei originalmente! Feliz aniversário, querida!*), mas era quase impossível de ler, porque ela havia coberto cada centímetro com uma explicação manuscrita de tudo o que sabia da situação.

Declan leu. Sua expressão não traiu nada.

Ele olhou por cima do ombro para o Centro Assistencial Medford e depois de volta para o irmão mais novo de cabelos dourados, que os observava com a intensidade de um cachorro abandonado dentro do carro.

Ela teve pena dele. O sentimento vinha muito mais facilmente para Declan Lynch, que esmagava toda aparência externa de sofrimento, do que para Hennessy, que detonava infelicidade em cada recinto em que entrava. Ela não conseguia entender Hennessy, mas sabia o que era ser a irmã que mantinha tudo funcionando.

Finalmente, Declan murmurou, em um tom muito desapaixonado:

— Você não precisava entrar em contato comigo.

— Eu te fiz uma promessa. Eu iria buscar Bryde; você teria seu irmão de volta. Eu não cumpri essa promessa. Isso é tudo o que posso fazer.

Ele a estudou por um longo momento, então estalou a língua.

Foi um gesto peculiar e particular. Um cacarejo de tomada de decisão. Ele remexeu um cartão de visita de sua jaqueta e anotou dois números e um endereço nele.

— Não quero sentir que devo nada a você.

Ela pegou o cartão.

— Devo agradecer?

— Acho que você vai encontrar algumas respostas lá.

Farooq-Lane não podia imaginar que respostas ele podia achar que ela buscava, mas disse:

— Tudo bem, então. Obrigada.

Ele balançou a cabeça um pouco.

— O que é justo é justo. Agora estamos quites novamente.

— Espiões em uma ponte — murmurou ela.

— Os únicos adultos na sala — Declan a corrigiu. Ele ainda parecia alerta e profissional, mas agora havia algo de inquieto nele; Declan estava pensando no que ela havia escrito no cartão. Essa agitação eliminou temporariamente a ilusão de idade e, por uma fração de segundo, ele se parecia muito com seu irmão Ronan.

Bem, como Ronan da última vez que ela o tinha visto. Agora não.

Farooq-Lane o libertou da reunião com um aperto de mão.

— Boa sorte, sr. Lynch.

— A boa — Declan disse amargamente — é o único tipo de sorte que eu nunca tive.

5

R onan Lynch estava sonhando com a Renda. Estava se movendo nela. Através dela.

Ramos cruzavam sobre ele.

Sombras se conectavam abaixo dele.

Padrões intrincados: luz salpicando um oceano, veias complicando uma superfície, tudo emaranhado e embaraçado.

Ele pensou: *Ah, eu* conheço *você.*

A Renda disse *eu também conheço você.*

E então o sonho se foi e, em vez disso, ele descobriu que estava em um mar de vazio. Um mundo sem nada, ou nada que seus sentidos tivessem sido feitos para perceber.

Depois de algum tempo, uma forma brilhante e em movimento pontuava o mar escuro. Era difícil dizer se ele se movia em direção a ela ou se ela se movia em direção a ele, mas, quando a forma estava próxima, ele descobriu que era um bosque de correntes brilhantes, ondulando como as plantas subaquáticas.

Elas eram lindas.

Ele queria estar mais perto, e logo estava, indo direto para o emaranhado mais próximo de correntes brilhantes. No momento que fez contato, imagens imersivas o alcançaram. Ele se viu em lugares díspares: mansões de teto alto; cemitérios profundamente verdes; um naufrágio afogado no oceano; beliches escuros com muitas camas;

abóbadas escuras e fechadas; lagos claros e abertos; museus à noite; quartos de dia.

Ele se demorava em cada lugar o máximo que podia, absorvendo tudo, mas sempre acabava sendo puxado de volta para o mar vazio.

Com o tempo, ele entendeu: esses lugares eram reais.

Não real para *ele*. Mas real para quem vivia neles. As pessoas. Os humanos.

Ele os achou lindos também.

Essas pessoas pareciam atraídas por ele também. Elas o perscrutavam atentamente. Elas se aproximavam o bastante para ele ver as lágrimas penduradas em seus cílios ou ouvir sua respiração. Ele foi segurado na palma dessa mão. Ele foi beijado castamente por aqueles lábios. Essa bochecha se inclinou contra ele de maneira apreciativa. Aquele coração batia contra ele. Ele era vigiado, ele era abraçado, ele era carregado, ele era permutado, ele era amarrado em volta dos pescoços e pulsos, ele era usado, ele era colocado em gavetas, ele era escondido em caixas, ele era jogado em poças crescentes de sangue quente, ele era presenteado, ele era roubado, ele era procurado, ele era procurado, ele era procurado.

Em pouco tempo, ele entendeu que as pessoas não o estavam vendo. Estavam vendo os objetos *de onde* ele os via: docemetais.

Para eles, Ronan era a pintura em um salão de mármore, o medalhão sobre o esterno, a escultura de cão abraçada por gerações de crianças, o relógio quebrado exibido na lareira. Ele era o anel no dedo e era o lenço no bolso, era o entalhe e era a ferramenta que o esculpia; mais que isso, era o que estava dentro do docemetal também; era o amor, era o ódio, era a vida, era a morte, era tudo o que fazia de um docemetal um docemetal.

Docemetais, docemetais, essa palavra: docemetais. Ele sabia que existiam antes de ter vindo para aquele lugar? Alguma parte dele devia saber. Docemetais eram o coração secreto do mundo. Estavam tão entrelaçados na sociedade, em tudo o que as pessoas acreditavam e queriam.

Como os humanos do outro lado deles, ele não conseguia o suficiente dos docemetais. Ele passou tanto tempo habitando os docemetais quanto podia. Não eram apenas as visões e os sons do mundo humano que o atraíam; eram as emoções. Todo mundo olhando para os docemetais vinha com os próprios e enormes sentimentos. Raiva, amor, ódio, excitação, decepção, tristeza, antecipação, esperança, medo.

Ele também achava essas emoções bonitas.

Não havia nada como elas no mar vazio em que ele flutuava. Como essas emoções pareciam maravilhosas e terríveis. Como consumiam tudo, como eram complicadas. Como seria ter sentimentos tão grandes? Ele parecia se lembrar de que alguns eram mais agradáveis que outros.

Agora se sentia confuso. Ele estava se *lembrando* disso?

Mas ele não teve tempo para refletir sobre aquele quebra-cabeça, porque de repente, ao entrar em outro docemetal brilhante, percebeu que estava olhando para um rosto que *conhecia*: Hennessy. Havia se esquecido de que poderia reconhecer pessoas. E como ele a conhecia! Seu rosto, seu nome, a sensação de suas lágrimas pressionadas em um ombro.

Ela estava em um estúdio, cercada por retratos acabados e inacabados — era a energia coletiva do docemetal que o atraía. Além disso, uma leve carga cercava a própria Hennessy. Enquanto ela espalhava verniz na tela diante de si, ele podia sentir a energia crepitando. Parecia possível que o ato de fazer o docemetal fosse em si uma espécie de docemetal, um ouroboros do criador e da criação.

Pouco a pouco, ele percebeu que não estava realmente observando Hennessy, mas sim Jordan. Essa jovem não era agitada o suficiente para ser Hennessy. Ele percebeu, também, que reconhecia a pessoa no retrato do cavalete. O retrato mostrava um jovem sentado, paletó jogado sobre a perna, dedos frouxamente entrelaçados, rosto virado em um sorriso quase oculto. Era...

Declan.

Logo depois desse nome vinha outro: Matthew. Por que eles estavam juntos? Declan. Matthew. *Irmãos*. Sim, eram irmãos.

Eles eram...

Eles eram *seus* irmãos. Ele se lembrava disso. Ele se lembrava...

Com um sobressalto, Ronan Lynch lembrou de *si mesmo*.

Ele nem sempre estivera ali naquele vazio. Já fora uma pessoa. Ele tinha um corpo. Um nome.

Ronan Lynch. Ronan Lynch. Ronan Lynch.

O estúdio de Jordan estava se desintegrando diante dele; a onda de emoção o havia empurrado para o mar vazio. Ele tentou desesperadamente ficar.

Jordan!, ele gritou.

Mas sua voz não combinava com o som, e os docemetais não eram uma janela que se abria.

Ronan Lynch. Ronan Lynch.

E se ele se esquecesse de si mesmo de novo? Já estava no processo de se esquecer? Já tinha feito aquilo? Ah, Deus, havia quanto tempo ele estava ali, fazendo aquilo, esquecendo e lembrando, esquecendo e lembrando?

Ele se viu de volta ao mar escuro e vazio.

Então se afligiu. As lembranças vinham a ele, de um vale cheio de galpões e celeiros, de cercados cheios de gado para sempre adormecido. Ele estava tentando encontrar docemetais ali. Não. Ele estava tentando *fazê-los*. Se ao menos tivesse um para Matthew. Para sua mãe. Teria mudado tudo. Sua família fraturada, a família Lynch.

Como tinha se esquecido de tudo aquilo? Do que mais ainda precisava se lembrar?

Ronan Lynch era um corredor que ele ia iluminando centímetro a centímetro.

Voltou em seguida sua atenção para os docemetais que se espalhavam brilhantemente pela escuridão. Antes, ele estava curioso. Sem rumo.

Agora sabia o que estava procurando.

Declan, Matthew, Ronan. Os Lynch irmãos.

Um estacionamento coberto de gelo sujo. Carros melados com resíduos de sal. Árvores decorativas, despidas de folhas. Um prédio baixo e plano cercado por arbustos sombrios. Final do inverno ou início da primavera.

Ronan não tinha certeza de quanto tempo passara examinando docemetais; o tempo não se registrava da mesma forma no mar sem fim. No início, tinha sido dolorosamente lento se orientar entre os docemetais, mas ele havia melhorado à medida que avançava. E agora podia colher os frutos de seu trabalho: enquanto sua consciência vagava pelo ar do estacionamento, ele vislumbrou duas figuras familiares passando pelas portas de correr do prédio.

Um deles tinha um docemetal, um pingente em forma de cisne pendurado em uma corrente ao redor do pescoço. Não era o docemetal mais poderoso que Ronan tinha habitado até então, mas era forte o suficiente. Forte o suficiente, de qualquer maneira, para permitir que ele se sentisse bem presente no dia claro da Nova Inglaterra, para assombrá-lo como um fantasma. Ele não sabia dizer se o ar estava quente ou frio, mas podia captar outras informações que sua forma atual tinha sido construída para captar. Ele sentiu o zumbido das linhas de energia a alguns metros de distância. Sentiu um oceano fervendo a alguns quilômetros. Reconheceu um estranho toque de morte na atmosfera; não uma coisa, mas o espaço onde uma coisa normalmente ficava. A energia ausente da linha ley.

Ele flutuou atrás de Declan e Matthew quando entraram no prédio baixo. Ficou chocado com eles. Matthew parecia mais velho do que Ronan se lembrava, muito mais velho, como um colegial alto, sua expressão carrancuda temperada apenas pelos cachos dourados que balançavam suavemente em sua cabeça. E Declan estava mais jovem do que ele se lembrava, apenas um cara de vinte e poucos anos, parecendo mais velho por causa de suas roupas caras e maneirismos contidos.

Declan tinha feito algo terrível com Ronan, não tinha?

O nome do ato veio a Ronan, mesmo que os detalhes não viessem. *Traição.*

Ronan estava zangado com isso? Parecia distante. Talvez sentisse raiva mais tarde.

Do lado de dentro, Declan e Matthew passaram por cadeiras de rodas vazias e poltronas desocupadas para falar com uma mulher atrás de uma janela de acrílico, então se dirigiram a uma porta larga e pesada. Do outro lado, o corredor estava cheio de macas e outros suprimentos médicos inespecíficos. Ronan podia sentir as luzes fluorescentes balançando desagradavelmente contra ele. Tudo parecia ser uma clínica veterinária ou um hospital, o tipo de lugar que era limpo com mais frequência que outros lugares, mas que também não parecia ser. Ele ainda não sabia dizer por que os irmãos estavam lá.

Matthew parecia igualmente confuso.

— O que você está fazendo aqui? Tem cheiro de caixa de suco velha.

O passo de Declan não vacilou enquanto ele continuava até o elevador no final do corredor.

— Se fosse para a Jordan, você contava — reclamou Matthew.

— Matthew, por favor, agora não — disse Declan.

Uma viagem de elevador os levou a um segundo piso igualmente vazio. No Quarto 204, Declan — misteriosamente — consultou um cartão antes de digitar o número 4314 no teclado numérico.

A trava abriu com um *baque.*

Declan tinha sido tão casual sobre toda a experiência que foi só quando ele sibilou "rápido" para Matthew que Ronan percebeu que os irmãos estavam fazendo algo furtivo.

A porta bateu novamente quando se trancou atrás deles.

No interior, o Quarto 204 estava na penumbra, a única luz vinha de debaixo de alguns armários de aparência clínica. Uma cortina

41

dividia o quarto. No lado mais próximo havia uma cama de enfermaria bem-arrumada. Embora o que quer que estivesse além da cortina estivesse fora da vista, Ronan podia *sentir*. Algo na sala atraía o docemetal de Matthew com uma fome de sucção.

Matthew se remexia, inquieto.

Declan encontrou o interruptor de luz. As lâmpadas fluorescentes ganharam vida quando Declan puxou a cortina, revelando...

— É aquele... — sussurrou Matthew. — *Bryde?*

As lembranças insurgiram rápido. Era como se, quanto mais Ronan se lembrasse, mais forte se tornasse a gravidade daquela vida antiga. Eles o haviam espancado.

Bryde, o mentor de Ronan, aquele que encontrara Ronan e Hennessy, que os liderara em uma campanha destrutiva para melhorar o poder da linha ley, que os apresentara a outros sonhadores que precisavam de esperança. Um sonhador sonhado para ter um plano.

Na cama da clínica, Bryde parecia pequeno. Empoeirado. Alguém havia prendido seus tornozelos e pulsos nas laterais da cama. Alguns papéis de aparência policial em plástico transparente também haviam sido presos à cama, mantendo tudo em um único pacote, como se ele fosse um produto à espera da venda ou um cadáver à espera da autópsia. Mas ele não estava morto. Estava dormindo.

Matthew olhou para ele.

— Por que ele está amarrado à cama e talz?

— Ele está detido. Tentou roubar uma pintura.

O pesar tomou conta de Ronan. Como antes, a forte emoção ameaçou ejetá-lo no mar vazio, mas, com esforço, ele se agarrou à cena à sua frente. Preferia estar ali, experimentando aquela sensação horrível, a estar na escuridão, não sentindo nada.

— Ah, Deklo! — Matthew exclamou, alarmado.

Os olhos de Bryde se abriram.

Declan disse:

— Bom.

Bryde não olhou para nenhum dos irmãos. Em vez disso, olhou para o teto de textura áspera do quarto. Sua garganta se moveu enquanto ele engolia. Ele parecia absolutamente derrotado.

A voz de Declan era neutra, mas sua expressão era elétrica quando ele se inclinou sobre Bryde.

— Vou ser breve, porque não quero gastar mais do docemetal dele do que preciso para mantê-lo acordado, seu merdinha. Onde está Hennessy?

Bryde simplesmente balançou a cabeça um pouco.

— Não é uma resposta suficiente — disse Declan.

— Vai ter que ser. Ela nos deixou no jardim de rosas.

Ronan se lembrou de que ela os havia deixado fisicamente no jardim de rosas, mas o verdadeiro adeus tinha acontecido mais tarde, em um sonho. Ela havia enganado Ronan e Bryde para sonhar um orbe que desligou a linha ley. Ela sabia que o orbe faria Jordan dormir e poderia matar Ronan, mas tinha tomado essa atitude mesmo assim.

Ele já sentiu raiva?

Não. Ainda parecia tudo muito distante.

Declan questionou:

— Próxima pergunta: o que há de errado com Ronan?

— É óbvio que você não sabe nada sobre ele — disse Bryde.

— Você pode jogar com Ronan, mas não pode jogar comigo — disse Declan, firmemente. — Você o teve por alguns meses. Eu o tive minha vida inteira. Passei minha infância protegendo-o do perigo, e o que você fez com ele? Arruinou a vida dele. Jogou fora tudo o que ele construiu.

Bryde disse:

— Me conta, irmão mais velho: você queria mantê-lo longe do perigo ou impedi-lo de ser perigoso?

Matthew olhou de Bryde para Declan e de volta para Bryde.

— Você não sabe nada sobre Ronan, só o que ele colocou na sua cabeça — disse Declan.

Bryde arreganhou os dentes em um pequeno rosnado.

— Então me diga o que isto significa: *Greywaren*.

A palavra ficou suspensa no recinto.

Greywaren. Ronan estava mais próximo de entender do que antes. Algo sobre aquele vasto espaço, algo sobre olhar para aquele mundo através dos docemetais...

— Neste jogo ainda há casas para pular, seguindo numa espiral como a concha de um caracol. Pular, pular, pular, até o centro. Este jogo é... — Bryde deixou a frase no ar. Havia algo muito infeliz em sua boca. Virando o rosto, ele sussurrou: — Até as luzes aqui fazem barulho.

Matthew piscou rápido. Seus olhos estavam muito brilhantes.

— Declan — choramingou Matthew. Era difícil dizer se ele estava descontente por Bryde estar drenando seu docemetal ou simplesmente porque Bryde parecia esgotado. Afinal, ele tinha tanto em comum com Bryde quanto tinha com Declan.

— Me diga, Bryde — Declan demandou. — Sem enigmas. O que há de errado com ele?

— É simples: ele é uma máquina mais complicada do que eu. O que eu deveria fazer? Fazer tudo valer a pena para ele. O que ele deveria fazer? Mais. — Bryde olhou para Matthew. — O que você sente?

Matthew sussurrou para Declan:

— Quero ir para casa.

Sinto muito, disse Ronan ao sonhador amarrado à cama, mas ainda não tinha uma voz audível.

Bryde declarou:

— Não sinto nada.

As luzes se apagaram. Declan se virou sem conversar mais. Quando a fechadura bateu atrás dos irmãos novamente, Bryde engoliu em seco e olhou para o teto escuro.

Ronan não queria deixar Bryde ali sozinho. Estava começando a perceber que havia gerado Bryde para o inferno, um mundo que ele era feito para odiar. Ronan não tinha sonhado nenhum otimismo com ele, nenhuma alegria simples, então a felicidade era uma habilidade que Bryde teria que aprender por si próprio quando estivesse no mundo desperto.

Parecia improvável que ele fosse aprender alguma coisa preso naquele quarto, amarrado a uma cama.

Ronan foi puxado do quarto no momento em que Bryde adormeceu.

O docemetal de Matthew o arrastou para outro corredor no centro, onde Declan estava novamente consultando um cartão comemorativo, mas desta vez apenas para confirmar o número do quarto, não para obter uma senha. Ronan já podia sentir um puxão enorme e faminto do outro lado daquela porta, que trazia uma plaquinha temporária ao lado do número: ZÉ-NINGUÉM. Uma brincadeira com um paciente ou vítima que fosse desconhecido.

Matthew abraçou a si mesmo.

— Posso esperar no carro?

— Por favor, sem drama — disse Declan a Matthew, girando a maçaneta.

Mas Matthew fez drama, e Ronan também. Ele também não queria entrar naquele quarto. Parte dele já sabia o que havia do outro lado da porta. Ele simplesmente não queria que fosse verdade.

Declan abriu a porta para revelar o interior daquele quarto.

O ocupante daquela cama também estava dormindo.

Era Ronan Lynch.

6

Ao malho, dia de trabalho.

— Então você é um ladrão — disse Sarah Machkowsky.

— É assim que funciona? Eu não me apeguei ao meu rosto, então você o pegou?

Na galeria de arte da Newbury Street, Machkowsky & Libby, a poucos quilômetros de Declan e do Centro Assistencial Medford, todos os olhos estavam voltados para Jordan Hennessy. As outras duas mulheres na galeria usavam terninhos elegantes; Jordan Hennessy estava vestida como o talento, com um longo casaco de tapeçaria sobre um colete branco. As flores do casaco espelhavam as rosas tatuadas em seu pescoço e dedos, e o colete claro brilhava contra sua pele escura. Ela prendeu o cabelo natural em um coque que estava se comportando, mas por pouco. Seu rosto era um poema e seu sorriso, uma piada.

Hennessy respondeu alegremente:

— Não se preocupe. Você ainda tem o original.

A Machkowsky & Libby era uma das galerias mais antigas e prestigiadas de Boston, e realmente parecia ser. Contava com uma combinação vencedora de iluminação de ponta e odor de mofo centenário. As janelas de muitas vidraças davam para uma calçada movimentada e cheia de turistas. No interior, o edifício histórico tinha sido escavado em pequenas salas com tetos altos, cada uma com não muitas pinturas penduradas nas paredes, compartilhando não de um mesmo estilo, mas de uma mesma arrogância. Elas tinham plaquinhas com nomes, mas sem preço. O primeiro e o segundo andares da galeria incorporavam uma carreira com a qual a maioria dos aspirantes a artistas plásticos só poderia sonhar. Mas Hennessy não estava ali para isso. Ela estava ali pelo que tinha ouvido que eles guardavam no sótão.

— O que você usou? — perguntou Machkowsky. Ela estava folheando o portfólio de Hennessy, uma combinação de arte de verdade e reproduções em um fichário.

— Têmpera de ovo — respondeu Hennessy. — Na mesma receita da mamãe.

A têmpera de ovo era uma espécie de exibicionismo. Se uma artista precisava saber usar essa técnica histórica nos dias atuais? Absolutamente não. Se uma falsificadora precisava? Possivelmente sim.

— Incomum — disse Machkowsky. — Muitas decisões incomuns.

Sua testa franziu para combinar com a peça que ela estava observando: um retrato da própria Machkowsky, que Hennessy pintara às pressas. Havia passado uma noite inteira pesquisando a dona da galeria na internet, estudando as fotos e vídeos em um esforço para ver não apenas como era o rosto da estranha, mas também como ela habitava aquele rosto. Na hora, o retrato pareceu pedir a têmpera, uma maneira astuta e engraçada de capturar a atenção de Machkowsky. Agora, porém, vendo Machkowsky tocar seu retrato ainda grudento e esfregar o indicador e o polegar, sem sorrir, o gesto parecia enroscado e infantil. Aquela era uma galeria real no mundo real, não uma festa ou um Mercado das Fadas. Os artistas vivos exibidos ali eram vencedores de uma guerra onde as armas eram credenciais de escolas de arte e habilidades de networking. Em uma sala no andar de cima, um Renoir estava à venda, um Renoir de verdade, e Hennessy tinha vindo até ali com truques de salão.

Mas você está *vendendo truques de salão*, Hennessy lembrou a si mesma. Não estava ali numa audição para a galeria de verdade. Estava ali como Jordan Hennessy, a combinação humana que era Hennessy mais

Jordan, para fazer uma barganha dos diabos em busca de um docemetal. O contrato era não verbal, mas ela conhecia os termos: em troca do uso de um docemetal (nem mesmo a posse de um!), ela teria que trabalhar para Boudicca, um sindicato só de mulheres que, dependendo de a quem você perguntasse, protegia os interesses de suas talentosas clientes... ou as explorava para os seus propósitos individuais.

Boudicca estava tentando recrutar Jordan Hennessy havia anos, abordando, sem saber, tanto Jordan quanto Hennessy com várias propostas. Jordan não queria nada daquilo. Ela não gostava de ficar presa. Hennessy também não se sentiu tentada. Boudicca não tinha nada do que ela queria.

Agora elas tinham algo que ela queria.

Machkowsky voltou-se para o resto do portfólio. Hennessy havia incluído cópias e falsificações em todos os tipos de estilos, em papel, em tela. Tinha exemplos dos selos de documentos que falsificara, as assinaturas que copiara, as proveniências que inventara para falsificações anteriores.

Machkowsky fez uma pausa em uma cópia elegante do *Homem Vitruviano* de Da Vinci, idêntica ao original do século XV, exceto pelo fato de o homem nu agora balançar um cigarro entre dois dedos. Ela disse:

— Bernie me falou que você tinha senso de humor. Sua mãe te ensinou alguma coisa antes de... falecer?

J. H. Hennessy. "Jay", como ela era conhecida. A mãe. O fantasma no quarto.

Machkowsky & Libby haviam representado as obras dela em Boston antes de sua morte, o que fazia de uma pergunta razoável ainda mais razoável.

Não diga absolutamente nada, Hennessy falou para si mesma, mas nunca tinha sido boa em ouvir conselhos, nem mesmo os seus.

— Mamãe querida. O que ela me ensinou? Hum... Não deixe cigarros acesos no piano, nunca misture comprimidos em uma noite da semana com escola no dia seguinte, fique solteira, morra jovem.

A boca de Machkowsky endureceu; ela não ergueu os olhos da arte. Disse:

— Sempre me perguntei como deve ter sido ser filha dela. Então ela não era diferente em casa?

Hennessy hesitou.

— Eu tinha certa esperança de que o comportamento dela fosse mais como uma encenação — disse Machkowsky. — Arte performática. Sinto muito. Deve ter sido difícil.

Era inesperadamente chocante ser enxergada. Hennessy não tinha vindo até ali para ser conhecida. Não tinha vindo até ali para receber a piedade de uma estranha, especialmente por uma infância que ela achava que só parecia terrível se vista por dentro. Por acaso importava saber que alguém havia pensado nela em seu sofrimento juvenil? Gostaria que a resposta fosse não. Era mais simples.

Mas a maneira como sua respiração parecia emaranhada na garganta lhe disse que a resposta era sim. Importava.

Machkowsky perguntou:

— Você acha que é como ela?

Hennessy piscou os olhos ardentes antes de lançar um enorme sorriso vazio.

— Você vê semelhança?

— Sua técnica é mais antiquada — disse Machkowsky. — Você usa a cor como um velho. Se eu colocasse o trabalho da sua mãe ao lado do seu, sem saber, eu pensaria que você era a mulher mais velha e ela a mais nova. Mas seu gesto é muito bom. Muito mais verdadeiro.

Esse elogio desconcertou Hennessy com tanta certeza quanto a piedade. Era uma falsificadora, uma copiadora, em uma galeria de originais. Ela fez sua voz leve novamente.

— Agora quem é que tem senso de humor? Vou transmitir seus elogios ao Sargent. É o talento dele que você está cobiçando.

— Consigo ver a marca do seu traço nos esboços — disse Machkowsky. — No peso da linha. Sua mãe nunca se importou muito em aprender técnicas. Ou em observar outras pessoas. Eu consigo ver que você não economizou tempo.

A dor queimou a garganta de Hennessy, de forma repentina e inesperada. Outrora, Hennessy teria levado todas essas palavras de volta para a colmeia, para as outras meninas que usavam seu rosto. Ela as teria repetido com a maior precisão possível para que as meninas não só pudessem se deleitar com o elogio que todas haviam merecido, mas também para que mais tarde, se estivessem conversando com Machkowsky, todas pudessem ser a Hennessy que Machkowsky já tinha conhecido.

Mas as meninas estavam mortas. Não haveria nenhuma celebração barulhenta, nenhuma risada louca, nenhuma comiseração sonolenta. Apenas silêncio. Restavam apenas duas Jordans Hennessy, e essas duas não estavam se falando.

Ainda.

Um docemetal colocaria as Jordans Hennessy sobreviventes em pé de igualdade, então tudo ficaria bem.

— Jo! — Empilhando os esboços forjados ordenadamente, Machkowsky inclinou a cabeça para trás a fim de projetar melhor sua voz na outra sala. — Jo! Kai, a Jo Fisher está lá atrás?

Uma voz gritou de volta:

— Ela acabou de chegar.

— Mande-a aqui — disse Machkowsky. Para Jordan, ela perguntou: — Há quanto tempo você está na cidade?

— Eu moro aqui agora — Hennessy mentiu, acrescentando, com uma voz um pouco mais fina: — Perto do Museu Gardner.

— Eu amo o Gardner — Machkowsky murmurou. — Jo, venha conhecer essa moça.

Jo Fisher acabou por ser uma jovem que parecia ter sido inteira passada a ferro. Ela segurava o celular de prontidão, como se precisasse digitar uma missiva crítica nele a qualquer momento. Quando viu Hennessy, seus olhos brilharam em reconhecimento.

— Jordan Hennessy.

Uh-oh.

Hennessy nunca vira aquela mulher. Isso significava que Jo Fisher e Jordan tinham algum tipo de história pela qual Hennessy teria que navegar de improviso. Era o território familiar, porém difícil, de forjar duas Jordans Hennessy em uma só.

Hennessy disse:

— Jo. Nos encontramos novamente; partimos ao raiar do dia etc.

Machkowsky observou essa troca com satisfação. Ela disse:

— Quer dizer que vocês se conhecem. Talvez você já saiba, então, que Jo trabalha com o desenvolvimento de perfis de artistas em ascensão. Artistas que de outro modo não teriam a plataforma ou experiência para expor em nossa galeria ou em outros espaços que representamos. Jo ajuda a formá-los mais depressa, agiliza o processo. Enfim, tenho outro compromisso agora, mas, Jo, dê uma olhada e depois me conte o que achou.

Hennessy e Jo Fisher ficaram sozinhas com apenas a arte entre elas.

— Para alguém que não quer trabalhar com a gente, você com certeza não para de entrar em nossos escritórios — observou Jo Fisher. — Você quer ser uma estrela?

— Achei que você quisesse uma falsificadora — respondeu Hennessy.

Jo fez um gesto vago para as paredes ao redor delas.

— E eu pensei que você quisesse isto.

— O que toda criança sonha: uma carreira fraudada nas artes.

— *Um guia de economia para crianças*, por Jordan Hennessy — recitou Jo Fisher.

— Ai.

— O que você acha que Boudicca faz? — perguntou Jo Fisher. — Você realmente sabe ou é alguma história em quadrinhos imaginando o que fazemos? Reunimos pessoas talentosas e poderosas para que outras pessoas talentosas e poderosas possam encontrá-las mais facilmente. E aceitamos uma pequena porcentagem pelo nosso transtorno. É isso. Nós somos realmente apenas um bando de empresárias tentando tornar o mundo um pouco mais tranquilo enquanto pagamos nossas hipotecas.

— Hipoteca! Você não tem uma hipoteca — Hennessy retrucou. — Você tem uma planta morta, um massageador pessoal e um contrato de dois anos para uma residência na qual você nunca dorme.

Jo Fisher a encarou, fulminando-a com o olhar.

Hennessy sorriu amplamente. Acrescentou:

— *Um guia sobre relacionamentos adultos para crianças*, por Jo Fisher.

— Acho que começamos com o pé esquerdo — disse Jo Fisher, embora ser agradável claramente lhe custasse algum esforço. — Você quer estar nesta galeria, nesta vida. Quer viajar por todo o mundo para fazer inaugurações e pintar pessoas famosas antes que elas morram. Não vejo por que você não fosse querer. Você é bonita e parece inteligente e talentosa o bastante para isso e não é velha demais para ser chata. Você vai fotografar bem. Mas não foi à escola, não conhece ninguém que seja alguém, você é uma criminosa e precisa de um docemetal. E não vai *conseguir* essa vida ou esse docemetal sem nós. Então, você vai assinar na linha pontilhada ou não?

— O que faz você pensar que eu quero tudo... — Hennessy girou o dedo para indicar a galeria, a vida, a promessa. — Talvez minha aspiração mais profunda seja ser sua falsificadora amigável da vizinhança.

Jo Fisher a perscrutou. Em seguida, inclinou a cabeça e olhou para ela um pouco mais.

— Ah. Agora eu entendi. Você é a outra.

— O quê?

— Você é a outra garota. A menina com quem eu falei antes, ela é sua gêmea. Irmã. Dependente. O que quer que ela seja. É ela que tem os grandes sonhos. Você é o quê... o talento? A usuária?

Elas sabiam.

Elas sabiam.

Todo esse tempo vivendo como Jordan Hennessy, como uma pessoa, impedindo qualquer um de saber, e agora o segredo estava exposto. Ela supôs que fosse inevitável. Boudicca já havia adivinhado que "Jordan Hennessy" era uma sonhadora quando Jordan chegou a Boston. E com Hennessy passando o final do ano anterior destruindo propriedades públicas com Bryde e Ronan, e Jordan vivendo isso na cena artística com Declan Lynch em Boston...

O segredo estava exposto porque elas haviam parado de guardá-lo.

— Estou criando uma negativa na minha cabeça — disse Hennessy. — É muito inteligente e convincente. Só me dê um segundo.

— Não precisa, você sabe. Guardamos seu segredo tão bem quanto você. Temos muitos segredos — disse Jo Fisher. — Eu não sei nem me importo em saber por que vocês fingem ser uma pessoa só, mas você está tornando essa conversa realmente idiota. Quer continuar fingindo ou me dizer qual nome você usa, para que eu possa falar direito com você, papo reto?

— Hennessy — disse, e foi um alívio não ter mais que fingir ser a metade Jordan de Jordan Hennessy. — Eu sou a Hennessy. A Jordan perguntou mesmo sobre expor coisas originais aqui ou isso é algum tipo de lorota da Boudicca?

— Jordan, que fofo. — Jo Fisher sorriu. — Então cada uma de vocês tem uma metade. Jordan e Hennessy. Jordan Hennessy. Sério, você não é nada como ela, sabia? Eu devia ter adivinhado imediatamente. É para você, o docemetal?

A pergunta não era para ser um insulto, mas era o oposto do elogio anterior de Machkowsky. Claro, do ponto de vista de Jo Fisher, Hennessy parecia a dependente. Uma metade de Jordan Hennessy estava vivendo como um original, como alguém com poder. Detonando em Boston, rasgando a cena artística, fazendo conexões, trabalhando em sua própria arte, flertando com Boudicca sobre a possibilidade de um legado, não apenas uma carreira. E então havia a outra garota. Se escondendo aqui e fingindo ser ela em troca de prêmios idiotas.

O sentimento mais avassalador que Hennessy experimentou não foi o fracasso, e sim mais tristeza. Ela sentia falta de Jordan e de seu otimismo crescente. Em seus últimos meses juntas, Hennessy estava apenas tentando sobreviver e se divertir no processo. Jordan estava andando pelas galerias e se imaginando lá.

— Meu furão. É para o meu furão — disse Hennessy. — Sou muito apegada àquela coisinha. Você já olhou para suas meias e pensou *queria que elas pudessem me amar de volta*? Isso é o que ele é para mim, esse furão, ele é...

— Tanto faz — Jo Fisher disse. — Vamos seguir.

Antes que a discussão pudesse evoluir para lugares mais produtivos, os olhos de Hennessy foram atraídos por um rosto muito familiar do lado de fora da janela, destacando-se entre os estranhos na calçada. E a figura a viu também. Estava encarando-a.

Era Jordan. A verdadeira Jordan.

— Essa oferta é válida por quanto tempo? — perguntou Hennessy.

Parecia ter caído alguma coisa que causava coceira em Jo Fisher ao mesmo tempo no olho e no nariz. Ela inalou bruscamente.

— Dois minutos.

— Ha-ha — disse Hennessy. — Mas, sério, vale por quanto tempo?

— Não vou gastar saliva tentando te convencer. Se você decidir puxar o gatilho, pode vir ao Mercado das Fadas na semana que vem, em Nova York. O estoque vai ser escasso até lá, porque os docemetais estão saindo que nem água. E não vou fazer a oferta de novo. Mas acho que você está sendo estúpida e merece uma semana para perceber.

Jordan estava fazendo o gesto universal de cortar a garganta que significava *pare de foder as coisas!*

— Aguenta um pouquinho — disse Hennessy. — Tenho que consultar a minha outra metade.

7

Jordan se lembrava da primeira vez que Hennessy fugiu de casa.

Na época, "casa" era um sobrado em um subúrbio arrumadinho da Pensilvânia, uma casa governada pelo pai de Hennessy, Bill Dower, que havia se aposentado das corridas e agora ensinava direção para apresentações em Pocono, a uma hora de distância. Era uma casa pequena e um subúrbio pequeno e uma vida pequena para esconder quatro garotas idênticas: Hennessy, Jordan, June e Madox.

Era uma prisão criada por Hennessy.

Após a morte de Jay, Bill Dower persistiu em Londres por algum tempo — ou melhor, deixou Hennessy ficar na residência da família em Londres. Como antes da morte de Jay, os carros o mantinham longe pela maior parte do ano, e Hennessy era deixada nas mãos de várias empregadas, e todas elas fugiam facilmente no momento em que ele saía. Isso chegou ao fim depois que o histórico de prisões de Hennessy ficou assustador. Assim que Bill Dower percebeu que não havia nada para ele na cidade natal de sua falecida esposa além de problemas infinitos, transferiu a filha problemática para a casa de infância dele na Pensilvânia (um feito que, para Hennessy e para as meninas, envolvera vários quartos de hotel e um passaporte enviado por correio de um lado para o outro através do Atlântico várias vezes: a própria Hennessy enviou primeiro e Jordan enviou por último, já que ela era a mais confiável sozinha — o segredo delas todas sempre exigira muita papelada para ser guardado).

A Pensilvânia! Jordan e June não eram tão parecidas com Hennessy quanto Madox, mas estavam universalmente de acordo: todas odiavam a Pensilvânia.

Fizeram o melhor que puderam. Matavam aulas. Faziam passeios nos carros de Bill Dower. Dirigiam algumas horas para casas noturnas e dançavam em dupla, muito ocasionalmente em trios, mas só se June fosse a terceira, porque havia alisado o cabelo, o que fazia dela uma pessoa bem diferente nas luzes encobertas de uma boate. Elas faziam arte. Jordan e Hennessy, em particular, faziam arte. Elas faziam arte e ganhavam dinheiro e faziam seu nome coletivo significar algo para certo tipo de pessoa.

Hennessy continuava a sonhar. Sonhou Alba, que morreu em um carro. Sonhou Farrah, que morreu do lado de fora de um.

— Belo jeito de se esquivar de terminar aquele esboço do Leighton — disse Hennessy, quando Farrah se matou. Ela estava se mostrando especialmente mesquinha a esse respeito, porque June não parava de chorar. June se sentia responsável porque havia sido Hennessy que conhecera o homem casado que partira o coração de Farrah.

— Sua vaca — June disse a Hennessy, só que ela usou uma palavra com *v* diferente. — Vá sonhar a porra de um coração.

— Isso, droga — disse Jordan. — Mostre um pouco...

— Termine a frase — Hennessy disparou de volta. — Onde estão suas lágrimas, Jordan? Não vi nenhuma. Alba acabou de bater as botas e agora já temos que nos vestir de morcegas pela Farrah também? Você quer fazer isso *toda vez* que alguém morrer? Melhor comprar mais roupa preta. Aliás, eu bem queria que vocês todas já estivessem mortas. Eu bem queria que vocês todas já estivessem mortas para eu não ter que ficar olhando para a porra do meu rosto o tempo todo. Que cagada da natureza deixar vocês todas saírem da minha cabeça.

June olhou fixamente. Por fim, ela disse:

— Você não merece a gente.

Jordan não concordou em voz alta, mas também não discordou, então era isso.

Naquela noite, Hennessy fugiu.

Não atendeu o celular nem retornou, mas nenhuma delas adormeceu, então sabiam que ela não estava morta. June e Madox temiam que ela pudesse ter ido embora para sempre, mas Jordan sabia que não. Ela roubou um carro para passar aquela noite e dirigiu para todos os lugares a que ela e Hennessy já tinham ido. O vagão de trem que havia sido reabilitado em um trailer antes de cair de novo em ruínas. A ponte de ferro onde elas gostavam de subir porque, obviamente, não se podia subir ali. O beco estreito que se formava onde a escola encontrava o ginásio; se alguém fosse atlético, poderia subir apoiando as costas em uma parede e os pés na outra e depois fumar diretamente acima da cabeça dos professores sem que eles percebessem de onde vinha o cheiro de fumaça.

Algum tempo depois, ela encontrou Hennessy debaixo da ponte onde estavam pintando um mural e travando uma guerra intermitente com pichadores. Desta vez, maloqueiros com latas de spray haviam pichado por cima de mais da metade da cuidadosa recriação de Hennessy da *Última ceia* (tinha o rosto dela em cada participante da mesa) e, em vez de consertar a pintura mais uma vez, Hennessy estava usando o spray para fazer uma longa resposta.

— Você quer amarelo ou azul? — ela perguntou quando Jordan apareceu caminhando ali despreocupada, como se nada tivesse acontecido.

— Azul — respondeu Jordan, como se nada tivesse acontecido.

Mais tarde, as outras garotas quiseram saber como Jordan tinha conseguido encontrar Hennessy, mas a verdade era fácil: porque Hennessy queria ser encontrada.

Jordan havia passado mais tempo com Hennessy do que qualquer uma das outras garotas, em virtude de existir muito antes delas, então já tinha visto aquilo, de novo e de novo. Hennessy fugiu porque estava com inveja. Estava com inveja de Farrah por morrer. Estava com inveja de Farrah por fazer June chorar por ela. Estava com inveja de Farrah por conseguir que Jordan falasse para defendê-la. Então ela disse algo malvado e fugiu, mas não foi muito longe: ficou perto o suficiente para saber que o jogo seria vencível. O jogo de Hennessy para fazer Jordan olhar diretamente para ela e para nenhum outro lugar pelo maior tempo possível.

Não muito depois desse incidente, as garotas fugiram de verdade, todas juntas, e foi assim que Jordan soube que a moda ia pegar. Todas as Hennessys estavam amarradas umas nas outras. Os sonhos não podiam deixar a sonhadora, pois elas precisavam mantê-la viva para que pudessem permanecer acordadas. E a sonhadora não podia deixar os sonhos, porque, sem eles para olhar para ela, quem lhe asseguraria que ela existia?

Então lá foram elas de novo.

Jordan tinha visto Hennessy apenas uma vez desde que se mudara para Boston, tempo suficiente para Hennessy dizer algo horrível e depois fugir. Como sempre. Ela não tinha a intenção real de fazer nada daquilo. Só precisava sair para poder voltar. Puxar o elástico bem forte para que ele voasse mais veloz ao ser liberado.

Mas as coisas haviam mudado.

— Você parece estar em forma — disse Hennessy, quando a porta da galeria se fechou atrás dela.

— O que você está fazendo aqui?

— Sem um oi? Sem um beijo? Sem língua? Todo esse tempo e você nem percebe que meu cabelo está fabuloso?

Não estava fabuloso. Hennessy parecia exausta. Difícil dizer se era por causa de substâncias ou apenas por ser Hennessy. Seus olhos pareciam vazios e sua boca estava ainda mais infeliz do que de costume, embora ela estivesse sorrindo para Jordan. Além disso, o tempo havia feito alguma coisa com a percepção de Jordan sobre ela, mesmo tendo sido apenas alguns dias. Ela agora estava chocada com a realidade de Hennessy, seu duplo. Jordan. Hennessy. Jordan Hennessy. *Ela tem a* minha *cara*, pensou Jordan. *Ela tem o* meu *corpo*.

58

Só depois ela percebeu que costumava pensar: *eu tenho o rosto dela. Eu tenho o corpo dela.*

As coisas realmente haviam mudado.

— Há trinta minutos, alguém me ligou para dizer que me viu entrar na Machkowsky & Libby e queria saber como tinha sido — disse Jordan. Ela nem começara a criar uma história na sua cabeça para explicar a viagem; a rapidez com que tinha esquecido como esse tipo de coisa costumava ser sua vida cotidiana. — O que você estava fazendo lá?

— "Alguém"? — Hennessy balançou as sobrancelhas.

O comportamento atrevido fez Jordan querer esbofeteá-la.

— Sim, "alguém". Você não saberia quem, não é? Você não estava aqui. Você não conhece ninguém aqui.

Hennessy abriu um enorme sorriso para ela. Lindo sorriso tinha ela; sorriso lindo tinham ambas.

— *Agora* eu conheço. Jo Fisher é uma vadia perfeitamente adorável.

A ideia de pessoas interagindo com Hennessy pensando que ela fosse Jordan fez as bochechas de Jordan esquentarem. Hennessy tagarelando em uma conversa com uma dona de galeria que Jordan veria novamente em um coquetel dali a algumas semanas, com as garotas atrás do balcão da loja de artigos artísticos, com Declan.

Com um olhar ao redor para os turistas na rua, Jordan segurou Hennessy pelo braço e atravessou entre as pessoas na calçada, sua bolsa batendo contra o lado do corpo no ritmo de seus passos.

— Me agarra e me usa! — Hennessy encorajou Jordan.

Jordan não respondeu. Não parou de andar até que entraram em um beco estreito no final do quarteirão. Estava frio nas sombras, e a lata de lixo cheirava a peixe velho, mas era um local mais reservado. Jordan empurrou Hennessy para longe dela.

— Você não pode simplesmente dar uma volta na minha vida!

— Falou a garota que morou na minha vida por uma década — disse Hennessy. — Eu estava fazendo isso por você, de qualquer maneira, você sabe. Conseguindo um docemetal para você.

— Pra mim? — repetiu Jordan, com uma risada incrédula. — Você foi lá prometer minha vida à Boudicca em troca de um docemetal? Que sacrifício! Onde você estava há três dias? Eu poderia estar dormindo em algum lugar em um campo. Eu poderia ter morrido.

— Mas não morreu — disse Hennessy. — Olhe para você! A imagem da saúde. Feliz e contente. Como as belezas da primavera poderiam se comparar a uma mulher apaixonada? É por isso que você está acordada?

Lá estava.

Normalmente era assim que Jordan e Hennessy começavam a andar em círculos com brincadeiras uma com a outra. Ela já podia dizer que Hennessy estava desejando usar Declan, ou o que ela pensava que Declan era, e esmagar o relacionamento dele com Jordan até se tornar algo sujo e descartável, repugnante e depravado.

— Não — disse Jordan.

— O que foi?

— Não. Não vou fazer isso — esclareceu Jordan. — Por que você está aqui? Fale a verdade.

— Estou aqui porque você me convocou — respondeu Hennessy. — Tenho ou não tenho três mensagens de voz suas me perguntando onde eu estou? Você enviou ou não perguntas para seus antigos fóruns para descobrir se eu tinha sido vista na natureza selvagem de Massachusetts? Você está ou não esperando que eu me manifeste magicamente na sua vida?

Nada disso era falso; mas, também, tudo era. Como Jordan tinha aguentado tudo aquilo por tanto tempo? Porque tivera que aguentar. Não, era injusto. Hennessy era sua melhor amiga, afinal... sua melhor amiga, que tinha dito a Jordan que desejava que ela estivesse morta e então esperado dias para investigar seu paradeiro depois que todos os outros sonhos adormeceram.

De repente, Jordan disse:

— Foi *você* que fez isso, não foi?

— Fiz o quê?

Jordan não tinha certeza de como sabia, mas simplesmente *sabia*. Era a coisa mais horrível em que poderia pensar, então tinha que ser mesmo isso.

— A linha ley, os sonhos adoecendo, é você, de alguma forma, não é? Foi você. Você matou a linha ley para não sonhar mais. Não foi?

Jordan havia pegado Hennessy de surpresa. Normalmente ela não era nada além de palavras e mais palavras; mas, por um instante, ficou sem nenhuma. Foi assim que Jordan teve a certeza de que estava certa. Uma negação teria sido fácil. Já uma explicação ou justificativa — isso levava um pouco de tempo. Jordan conseguiu enxergar o momento exato em que Hennessy terminava de processar o choque e começava, em seu lugar, a elaborar uma resposta engraçadinha.

Jordan a interrompeu antes que ela pudesse dizer qualquer coisa.

— Me conta: a linha ley está morta em caráter permanente? O que você fez pode ser desfeito?

Hennessy respondeu:

— Que conversa mais chata isso aqui virou, de todas as maneiras imagináveis.

Todas as mensagens que Jordan havia deixado na caixa postal de Hennessy nos últimos dias agora pareciam diferentes. Achou que estivesse ligando para ter certeza de que Hennessy estava bem, para lhe garantir que estava acordada — mas agora achava que talvez não fosse esse o motivo. Talvez ela só tivesse ligado para saber se Hennessy enfim havia se matado, para que pudesse abandonar as ansiedades a respeito disso e começar a seguir em frente. Talvez não fossem, de fato, telefonemas. Talvez fossem apenas flores no túmulo de uma amiga que ela amava muito.

— Durante anos você me disse que gostaria de ter uma vida de verdade, que eu merecia uma vida de verdade, mas toda vez que chego perto você se mostra, se acaba — disse Jordan. — *Eu* quero essa vida. Você consegue entender? Não somos mais a mesma pessoa! Eu quero um bom estúdio, galerias elegantes, possantes chiques, um grande futuro. Eu quero Declan. *Você* não precisa querer. Porque é tudo meu, você entende? Será que você pode ser feliz por mim? Você pode pelo menos respeitar o fato de que eu estou feliz?

— O que eu não posso é respeitar as pinturas de tetas que dividem espaço com você naquele estúdio — disse Hennessy. — Olhando para elas, eu sentia meus peitos derretendo.

De repente, Jordan nem estava mais brava. Ela só estava desapontada.

— Você pode desfazer o que fez ou não?

Hennessy não respondeu. Estava amontoando todas as folhas secas caídas restantes em uma das latas de lixo fechadas.

— Você acha que me poupou das lembranças da Jay porque você a odiava, mas sabe o que eu acho? No fundo, você não me deu suas lembranças da Jay porque não queria que eu soubesse que você era muito parecida com ela.

Os olhos de Hennessy fervilhavam.

Jordan percebia que Hennessy estava fazendo o possível para formular uma resposta que a cortaria com a mesma intensidade. Jordan não lhe deu tempo.

— Eu não preciso mais de você, Hennessy, mas achei que poderia *querer* você. Eu estava errada. Você é feia e tudo o que você toca fica feio. Pra mim, acabou.

— Claro que sim.

— Me faça um favor: vê se perde o meu número. Sai da minha cidade.

— Uma conversa prontinha para as câmeras essa nossa — comentou Hennessy.

Jordan deu um passo para trás.

— Acabou.

Os olhos de Hennessy faiscaram.

— Você vai mudar de ideia.

Assim como ela. Hennessy sempre mudava de ideia.

Mas Jordan não era nada parecida com Hennessy. Não mais.

Pelo que parecia ser a primeira vez em sua vida, era ela quem estava indo embora.

8

Não muito longe de onde Jordan Hennessy havia rompido com Jordan Hennessy, as coisas também estavam indo mal para Declan Lynch. Não demorou para o caldo do seu dia entornar depois que ele pegou Ronan no centro assistencial. O desvio de dez minutos de Declan para apanhar a encomenda de emergência de um cliente no aeroporto se transformou em um atraso de duas horas depois que um acidente no túnel os deixou presos debaixo do Inner Harbor. Carros à frente, carros atrás. Luzes de freio ardendo em brasa vermelha até onde a vista alcançava.

Os três irmãos Lynch enfim estavam todos juntos outra vez. Declan, ao volante. Matthew, se remexendo ansiosamente no banco do passageiro. Ronan, silencioso e imóvel atrás.

Claro que parecia tudo errado. Sempre ia parecer tudo errado.

Ronan não acordou quando seus irmãos entraram na sala do centro assistencial.

Ronan não acordou quando Matthew correu para ele e abraçou sua cabeça.

Ronan não acordou quando Matthew ajudou Declan a levar seu corpo mole para o carro e depois ajustou as mãos de um jeito e de outro ao lado de suas pernas imóveis, tentando fazê-lo parecer mais Ronan no banco de trás. Apesar disso, não havia como capturar o potencial feroz que Ronan, acordado, normalmente implicava. As arrumações de Matthew não fizeram nada além de deixar Ronan mais assemelhado a um retrato de cadáver vitoriano.

Mas ele não era um cadáver. Ele era mais caro do que um cadáver.

Declan lembrou-se com tristeza de arrumar o corpo não morto e não vivo de Aurora Lynch em uma cadeira na Barns. Em que roda de hamster infernal ele tinha nascido...

— Não fala nada até chegarmos em casa — Declan pediu a Matthew quando deixaram o centro. — Por favor, só me deixa pensar.

Isso durou até as luzes de freio no túnel. Eles foram diminuindo a velocidade até parar. Cinco minutos sentado e Matthew começou a ficar inquieto. Dez minutos e ele começou a se virar para olhar para Ronan. Quinze minutos e...

— Por que ele está dormindo? — Matthew perguntou.

— Não sei — respondeu Declan.

— Ele é um sonho?

— Não sei.

— Por que ele não acorda com a minha coisa de cisne?

— Não sei.

— Por acaso ele *sempre* foi um sonho?

— Matthew, *eu não sei.* — Os celulares de Declan estavam zumbindo contra ele. Os carros em frente não estavam saindo do lugar. Os carros atrás não estavam saindo do lugar. Ele precisava fazer um plano para essa situação, mas não conseguia assimilar nada daquilo. *Ele é uma máquina mais complicada.*

— Por que ele está sugando meu cisne se ele não acorda? — choramingou Matthew.

Sugando? Declan escondeu seu alarme. Esperava que o fracasso de Ronan em acordar significasse que ele não estava afetando o docemetal. Em vez disso, estava preso em um túnel com dois sonhos famintos e um docemetal.

— Não sei.

— O *que* você sabe?

Declan se perguntou por que era Ronan que podia dormir para sempre e não ele.

— O que eu sei é que esse docemetal custou tudo o que eu tinha para gastar no momento, o que significa que tenho que fazer isso durar se você quiser chegar ao final do ano letivo.

O rosto de Matthew ficou subitamente horrorizado.

— Você vai me fazer dormir durante o verão?

— Não vamos nos precipitar — disse Declan, percebendo tarde demais que havia cometido um erro terrível. Seus celulares ainda estavam zumbindo encostados nele. O idiota de trás buzinou. Ninguém iria a lugar algum, Boston. Ao malho, dia de trabalho, dia de trabalho. — Fala sério. Estou cansado de ouvir o escapamento daquele idiota na nossa frente. Liga o rádio.

Mas, agora que Matthew tinha começado, não ia parar tão cedo.

— Espere um segundo. Espere, tipo, um segundo de ouro maciço. O que você vai fazer com ele quando chegarmos em casa, afinal? Você vai *guardar o Ronan* em algum lugar, como um móvel? Vai ser como a m...

— Matthew — Declan interrompeu —, você pode ficar quieto?

Instantaneamente, o carro ficou em silêncio. Havia muito tempo, Niall Lynch sempre começava suas histórias com essa pergunta, fazendo-a da mesma maneira todas as vezes, fazendo o *pode* soar longo e melódico, acelerando no *ficar quieto*. Juntos, os meninos se amontoavam na cama de Matthew para ouvir, Aurora também ali na cadeira próxima. Declan se perguntava como um animal de vida tão curta — a família Lynch — poderia ter deixado uma impressão tão forte nele. Em breve chegaria o dia em que viveria mais tempo sem a família Lynch do que com ela, e, apesar disso, as memórias ainda o possuíam completamente.

No banco do passageiro, Matthew era pequeno, enfiando as mãos no colo, puxando o pescoço na direção dos ombros.

— Era uma vez, antes de você nascer, antes de eu nascer, antes de o pai do meu pai nascer e assim por diante, a Irlanda era um lugar de muitos reis — recitou Declan. Ele podia ouvir a cadência da voz de seu pai no começo, mas não conseguiu se fazer eliminá-la. Contar histórias era um dos únicos atributos paternais de Niall.

— Não — protestou Matthew. — Não uma história antiga.

— Todas as histórias são antigas.

— Elas não eram todas antigas, eu lembro.

Raramente, Niall salpicava suas histórias mais antigas com as mais novas, todas do mesmo gênero: Matthew, o destemido jovem herói, se metendo em encrencas acidentais, e Niall, o incorrigível alívio cômico, chegando bem na hora de tirá-lo de lá. Às vezes, Declan e Ronan apareciam também. Declan, um homem da lei todo exigente; Ronan, um agente do caos.

Declan sabia por que Matthew queria desse jeito, mas não tinha nem a alegria nem a flexibilidade de conjurar tal fantasia assim de improviso. Mas ele sabia o que Matthew queria. Ele queria uma história daquele animal de vida breve. Ele queria uma história de quando as coisas costumavam dar certo.

Com um suspiro, Declan lançou seus olhos sobre o tráfego ininterrupto e começou:

— Uma vez, o pai me deu um sonho.

Os olhos de Matthew se arregalaram.

— Eu o levei para Aglionby — Declan continuou. — Também estava no sobrado geminado na cidade. Eu trouxe para cá. Eu me livrei de todos os outros. Vendi-os, troquei-os. Não sei por que guardei este. Acho que o guardei porque era bonito. Monet... você conhece Monet? Você deve conhecer, ele fez os nenúfares; todo mundo já viu os nenúfares. Monet disse uma vez: "Todos os dias eu descubro mais e mais coisas bonitas. É o suficiente para me enlouquecer". Ou talvez seja só "para enlouquecer". Ou um ou outro. Acho que provavelmente era "para enlouquecer". O sonho era tão lindo que eu fiquei obcecado por ele. Fiquei louco.

Ainda estava louco, porque ainda tinha esse sonho, mesmo depois de todo aquele tempo. Declan tinha apenas dois sonhos que nunca venderia: este, de seu pai, e o ORBMASTER, um punhado dourado de luz que Ronan lhe dera meses e meses antes.

— O que era? — sussurrou Matthew.

— Uma mariposa. Enorme. Do tamanho da mão do pai. Branca, ou verde, ou as duas coisas. A cor de um jardim iluminado pela lua, essa é a cor. — A mariposa era um sonho. Poderia ser qualquer cor que Niall quisesse, mesmo que a cor não existisse no mundo desperto. — Tinha olhos assim. Grandes como isso... — Declan ergueu os dedos para indicar o tamanho, grandes como uma bola de gude. — Pretos e brilhantes, e inteligentes como os de um porco.

— Credo!

— Não, não. A mariposa tinha cílios como os seus — ele acrescentou, e Matthew tocou os próprios cílios de leve. — Antenas grandes e emplumadas. Não era nojenta, era um animal, só isso. Era... é simplesmente linda.

— As mariposas são insetos — Matthew murmurou.

— Elas têm asas como pano de tapeçaria. Da próxima vez que você vir uma mariposa, olhe com atenção, o mais próximo que você puder. Mas não toque — alertou Declan. — Eu queria tocá-la, mas o pai sempre me dizia que não. Se você tocar as asas de uma mariposa, ele me disse, vai soltar o pelo, então ela não vai conseguir voar. Mas ver a mariposa é querer tocá-la, Matthew. Você quer *sentir* aquela cor branco-esverdeada.

— Hummm — murmurou Matthew, acalmado pela história. Seus olhos estavam semicerrados como se ele também estivesse imaginando a mariposa. À frente, as luzes dos freios piscavam, mas apenas para demonstrar sua irritação, não para indicar uma mudança no status do engarrafamento.

Podemos fazer uma casa pra ela?, Declan perguntara a Niall. *Uma caixa? Para ela ficar segura?*

Ela vai ficar batendo as asas lá dentro, Niall respondeu. *As mariposas querem voar. Não foram feitas para viver muito. A função delas é só sair, fazer coisas de mariposa e serem comidas ou voar para o sol: é isso que as mariposas fazem. Acho que essa nem vai comer; nem sei se essa tem boca.*

Lágrimas se acumularam nos olhos de Declan, contra sua vontade, ou por causa da futilidade da breve existência da mariposa ou apenas por causa de como ela era bonita, e Niall logo acrescentou, *Se tiver vidro na frente da caixa, claro, ela vai conseguir enxergar do lado de fora e nada vai poder entrar. Se é isso que você realmente quer.*

— O pai fez uma caixinha para a mariposa. Com as mãos, não os sonhos — explicou Declan. Na época, pareceu importante que Niall tivesse xingado, lixado e martelado no galpão de trabalho em vez de deslizar para dentro de um sonho. Agora, por alguma razão, a insistência de Declan de que fosse uma caixa *real* em vez de uma sonhada fez seus olhos arderem novamente, anos depois. Ele desejou poder tomar essa parte de volta. — Para que eu pudesse carregá-la comigo quando quisesse, para que eu pudesse tê-la e olhar para ela.

Como a mariposa havia se debatido nas paredes naqueles primeiros dias, até descobrir que não poderia escapar. E então, quando Niall morreu, é claro que ela adormeceu, e não sabia se estava em uma caixa ou livre, afinal.

— Você ainda a tem? — Matthew perguntou.

— Eu usei para testar o seu pingente. Posso te mostrar quando a gente chegar em casa, se você quiser — disse Declan, embora não quisesse ter feito a oferta. Um terceiro sonho puxando o docemetal. Quantos Declan poderia suportar? E o docemetal? Quantos o docemetal poderia suportar?

— Ah, não! Declan! — exclamou Matthew.

Ele se virou para olhar no banco de trás. Na penumbra, Ronan estava posicionado exatamente como antes, mas uma coisa havia mudado: um fino rastro preto começava a escorrer de um de seus olhos.

Tinta noturna.

Tantos dias Ronan tinha ido visitar Declan e Matthew na casa geminada de Washington, DC, apenas para ser expulso da cidade — que não ficava perto de uma linha ley — devido a um ataque de tinta noturna. As regras da tinta noturna eram inúmeras e cada vez mais severas. Ronan tinha que manifestar sonhos, ou a tinta noturna começava. Ele tinha que retornar a uma linha ley com frequência, ou a tinta noturna começava. Ele tinha que manifestar mais e mais sonhos, ou a tinta noturna começava. Ele tinha que *ficar* em uma linha ley, ou a tinta noturna começava.

Agora Ronan estava quebrando essas duas regras. Ele não poderia trazer um sonho de volta se não pudesse acordar. E não havia linha ley para a qual voltar, apenas o docemetal cada vez mais enfraquecido de Matthew.

— Não — repetiu Matthew.

No banco de trás, uma segunda fileira de tinta noturna escorria para combinar com a primeira. Ronan não se mexeu. O trânsito não acelerou. Sua autodestruição era a única peça em movimento.

Isso, Declan percebeu, era por isso que Bryde estava tentando roubar aquele Klimt.

Um docemetal mundialmente famoso, porque um comum não daria conta do recado. O abismo sem fundo precisava de mais, mais, mais.

Não mais, pensou Declan. *Não mais.*

Matthew tremia. Os nós de seus dedos estavam brancos. Seus dedos pressionaram as têmporas com força suficiente para que Declan visse as unhas cravando luas vermelhas em sua pele. Um pequeno som escapava dele. Seus olhos estavam vidrados. Certa vez, não muito depois de Ronan ter dado a Declan o ORBMASTER, a tinta noturna de Ronan ficara tão ruim que até mesmo seus sonhos começaram a vazar preto. Inclusive Matthew. Não estava vazando tinta noturna dele ali, mas estava claro que ele se lembrava.

— Matthew, calma — disse Declan. — Nós vamos dar um jeito.

— Não — contrapôs Matthew. O som reverberou dentro do carro. — Não. Não. Não. Não. Não. Não. Não. Não.

Todo mundo tem sua capacidade máxima, um homem tinha dito, certa vez, a Declan. O homem não era o pai de Declan, mas sim um dentre uma variedade de homens que Declan havia combinado para formar um espantalho parental nos últimos anos de sua adolescência. Esses homens eram professores, conselheiros da escola, empregadores, conhecidos, técnicos de eletrodomésticos, pediatras, dentistas, bibliotecários. Eles adoravam dar conselhos. Eles o puxavam de lado em festas para dar esses conselhos. Franziam a testa e os distribuíam sobre a máquina de café na sala de descanso. Enviavam para ele por e-mail com linhas de assunto como "pensando mais sobre nossa conversa". Declan estava sempre conhecendo pessoas mais animadas e ansiosas para lhe dar habilidades práticas do que Niall Lynch.

Quando as pessoas atingem sua capacidade máxima, esse homem disse a Declan, considerando as canetas em sua gaveta e selecionando o espécime mais digno delas como sua arma, *ficam presas a ela. Sim, você não quer confundir quase máxima com máxima de verdade. As pessoas podem se aproximar do limite e ainda assim recuar dele e se recompor. Alguém que já esteja realmente na capacidade máxima, no entanto... não importa que a pressão diminua, mesmo que um pouco. O acelerador já foi destruído em sua pane. Essas pessoas podem parecer bem, mas não estão. A próxima coisa que vai acontecer, não importa que seja só um pouquinho mais: A gota-d'água! É quando você faz a sua jogada.*

Declan não conseguia se lembrar se esse cara estava falando sobre negócios, política ou namoro. Ele só se lembrava da expressão. *Capacidade máxima.*

— Não. Não, não, não — Matthew continuou repetindo da mesma maneira várias vezes, o tempo e a inflexão idênticos a cada vez, o volume sendo a única coisa que mudava. — Não. Não. Não. NÃO. NÃO. NÃO. NÃO! NÃO! NÃO!

Matthew tinha atingido a capacidade máxima. Já não parecia mais humano. Soava como uma coisa, como um alarme incessante e irracional, acionado por um desastre.

Declan não pensou — simplesmente arrancou o pingente de cisne do pescoço de Matthew.

Era como se sua mão soubesse exatamente onde agarrá-lo para se certificar de que seus dedos prendessem o cordão e então o puxassem para arrebentar o fecho.

Matthew não teve tempo de reagir antes de Declan abrir a porta do carro e entrar no túnel barulhento. Ele recuou um, dois, três passos, até a parede antes de parar e ver se estava longe o suficiente. Seu coração batia forte. Tudo cheirava a gases tóxicos e peixe morto.

— Declan? — chamou Matthew.

Através da porta aberta do carro, Declan viu o irmão olhando para ele. Matthew não se moveu nem mesmo um centímetro para neutralizar o roubo; nenhuma parte dele havia suspeitado de que Declan pudesse tirar o pingente dele.

A perplexidade em seu rosto era completa à medida que seus olhos escureciam. Sua cabeça assentiu. Ele havia perdido a luta contra aquele inimigo em particular, com tanta frequência que sabia que não deveria lutar. Em vez disso, ele se inclinou no encosto do assento, seu olhar ainda em Declan. Com um suspiro trêmulo, fechou os olhos e adormeceu.

Declan estava contra a borda úmida do túnel, sentindo em seus pés o estrondo de todos os veículos à espera. Disse a si mesmo que, se não preservasse o docemetal, seria o único irmão Lynch restante. Disse a si mesmo que Matthew não o entregaria voluntariamente. Disse a si mesmo que estava fazendo o que tinha que ser feito.

Mas parecia que agora ele havia traído seus dois irmãos.

Não mais, pensou.

Mas sempre havia mais.

Consciente dos olhos dos outros motoristas sobre ele, Declan se virou para a parede e fingiu vomitar. Então limpou a boca, foi até o porta-malas e enfiou o docemetal no canto mais distante do banco do passageiro. Em seguida, fez um grande espetáculo ao pegar uma garrafa de água, como se esse tivesse sido o motivo para abrir o porta-malas em primeiro lugar.

Então voltou para o carro silencioso.

Seus dois irmãos dormiam.

Os telefones pararam de tocar. Ele desejou que não tivessem. Adoraria pegar um naquele momento, para resolver algum outro problema que pudesse ser resolvido, para riscar *algo* de uma lista. Mas sabia que não seria assim. Problemas resolvidos no calor do momento raramente eram resolvidos de verdade — era por esse motivo que ele tinha um emprego.

Então, em vez disso, ele respirou pela boca mais ou menos uma dúzia de vezes, inclinou-se sobre a forma imóvel de Matthew para tirar um antiácido do porta-luvas e tomou vários com sua garrafa de água. Limpou a parte superior da coluna de direção, onde havia juntado poeira. Ele percorreu as fotos vandalizadas que Jordan havia lhe enviado de *O beijo*, seu rosto no lugar do rosto da mulher. Só então, depois que o estômago parou de doer, ele navegou por seus contatos para poder começar mais uma vez a fazer um plano, executá-lo, lidar com ele.

O carro estava tão, tão quieto.

Declan olhou pela janela para o tráfego estagnado. Ele não iria a lugar nenhum. Não adiantava lutar contra. Então, fez uma ligação.

Assim que ouviu atenderem, disse:

— Preciso da sua ajuda.

9

— Como você sabia que este lugar existia?
— Foi só um palpite de sorte.
— Você deve ter muita sorte.
— Eu dou muitos palpites.

De novo Ronan tinha sido atraído para o mundo desperto.

Era impossível dizer se ele estava dentro de algum lugar ou ao ar livre. A única luz vinha da função lanterna de um celular, que só iluminava o corpo largado de Ronan e não muito mais. Como antes, a consciência flutuava acima de sua forma física, e ele descobriu, naquele momento, que era bastante sentimental em relação ao seu corpo humano. Olhe para aquele pobre coitado deitado naquela terra batida, veja como sua pele era carinhosamente tatuada, cada marca uma pequena confirmação de que, embora parecesse odiar sua vida e seu corpo, no fundo ele queria mantê-lo, redecorar o lugar ao seu gosto.

Seu corpo escorria rastros pretos dos olhos, do nariz e das orelhas. Daquele ponto de vista privilegiado, Ronan entendia a tinta noturna de uma forma que não tinha entendido ainda. Não era causada por ausência de energia das linhas ley, mas por excesso de energia do mundo humano. As duas energias existiam em equilíbrio, uma pressionando contra a outra. Aquele corpo lá embaixo havia sido feito para um mundo com uma atmosfera diferente, pressurizada com magia. Sem ela, o mundo o mataria aos poucos. Não era bom nem ruim. Era simplesmente um efeito colateral de ser ele ali.

A lanterna girou para iluminar o espaço, revelando um corredor claustrofóbico sem janelas. Uma parede era de tijolos com um esqueleto estrutural nu. A outra parede próxima era feita de blocos de concreto, fortemente pintada com cores tão vivas que eram quase o bastante para perfurar a escuridão. Atrás de Ronan estavam coloridas escamas, garras, uma cauda retorcida, mas o cenário mais amplo permanecia oculto.

Ronan reconheceu que aquele era o docemetal que o havia levado até ali. Um mural. A parede inteira atrás de seu corpo caído parecia viva com a energia do docemetal. Por enquanto, mantinha a tinta noturna longe.

— Por que está emparedado assim? — a primeira voz perguntou. Declan. Ronan o reconhecia agora.

— O que é isso?

— O que é o quê?

— Desculpe, sou surdo deste ouvido. O que você disse?

A lanterna girou para apontar para o segundo interlocutor. Suas feições eram magras e exageradas, como o desenho de um jovem em vez de um jovem de verdade. Seus dedos longos e nodosos tocaram uma de suas orelhas, um gesto inconsciente. Ele estava vestido com muito estilo para um cubículo empoeirado, em algodão passado a ferro e lã macia, mas seu cabelo empoeirado tinha um corte irregular.

A euforia tomou conta de Ronan.

Mesmo antes de colocar um nome ao rosto, ele foi dominado por um único pensamento: *Vai ficar tudo bem.*

A segunda voz pertencia a Adam Parrish.

Declan perguntou:

— Por que existe essa história de parede dupla?

— Eu suponho que... — Adam parou, depois recomeçou com menos sotaque da Virgínia. — Acho que fizeram isso quando estavam construindo aquele anexo no andar de cima. Precisavam de uma metragem maior para sustentá-la. Então esta era a parede externa, mas agora *aquela* é a nova parede externa. A pintura, o mural, originalmente teria ficado virado para a rua.

As memórias estavam surgindo de uma versão ligeiramente diferente de Adam, uma versão mais jovem, uma versão menos polida. Imagens, brilhantes como docemetais, vieram até Ronan. A Academia Aglionby, um trailer maltratado, um apartamento vazio, um armazém abandonado na Virgínia, os longos e inclinados campos da Barns. Passeios de carro à meia-noite, viagens ansiosas em cavernas escuras como breu, olhares cheios de significado por sobre as carteiras de escola, os nós dos dedos pressionados nas bocas, abraços apertados de despedida.

A euforia de Ronan estava dando lugar a algo mais complexo. Ele começava a se lembrar de que as coisas tinham terminado mal entre eles. Uma parte sua queria culpar Adam — ele se lembrava de se sentir incompreendido, maltratado —, mas a maior parte entendia que o aborrecimento era todo culpa dele mesmo. Qualquer que fosse o futuro que esse passado vibrante e espinhoso estivesse construindo, já não era mais uma opção.

— Você tem alguma ideia de por que ele está dormindo? — perguntou Adam. Ele lançou um olhar para o corpo e depois o desviou. Ronan viu que ele estava o mais longe possível do corpo, virado como se já estivesse partindo.

Ao contrário de Adam, Declan não vacilou com a realidade do corpo moribundo de Ronan, embora sua expressão fosse sombria. Ele se inclinou para a frente num movimento rápido para limpar a tinta noturna do rosto de Ronan com o punho dobrado de seu blazer.

— Eu esperava que você soubesse. Meu pai não pode ter sonhado o Ronan. Ele precisaria de um docemetal por todo esse tempo.

Adam colocou um dedo na borda costurada do bolso da calça; não havia um buraco ali, mas era um lugar em que os buracos gostavam de aparecer. Foi quando Ronan notou o relógio de Adam. Pela primeira vez, ele foi capaz de trazer à tona uma memória com a mesma facilidade de quando estava usando seu corpo físico. Havia sonhado aquele relógio para Adam quando Adam partiu para Harvard. Era o mais próximo que ele podia chegar de uma carta de amor; a linguagem do afeto nunca havia parecido certa para Ronan.

Desajeitada. Exagerada. Falsa. Ronan falando a língua de outro país, vocabulário aprendido assistindo a filmes no YouTube. Mas o relógio... o relógio mostrava a hora de qualquer fuso horário em que Ronan estivesse, e dizia exatamente o que Ronan queria dizer.

Pense em onde estou, dizia. *Pense em mim.*

Atualmente, os ponteiros do relógio estavam imóveis.

Adam ainda não estava realmente olhando para Ronan.

— Aliás, onde está a Motosserra?

— Farooq-Lane não mencionou nenhuma ave — respondeu Declan.

— O Ronan vai ficar muito bravo se algo acontecer com ela.

Declan retrucou algo sobre o fato de Ronan não estar em posição de fazer nenhuma exigência na sua condição, mas Ronan se desconectou e, em vez disso, deixou-se repovoar suas memórias em torno de Motosserra. Asas, garras. Árvores. Cabeswater. Lindenmere. Opala. As palavras e imagens ligadas à corva sonhada chegaram rapidamente. Logo, ele pensou, teria todos eles. Voltaria a ser Ronan Lynch.

Ele só precisava acordar.

De alguma forma.

— Vou te dar a chave deste lugar — Adam disse a Declan. — É só vir quando não tiver ninguém na loja e você vai ficar bem.

— Com que frequência você trabalha aqui?

Adam balançou a cabeça.

— Ah, não. Eu não posso fazer isso. Eu não vou... Eu te mostrei o lugar, mas eu não posso ser, tipo, eu não posso vir aqui e...

O tom de Declan ficou frio e profissional.

— Ele ia se *mudar* para cá por você.

Os dois se encararam, uma evidente divisa entre eles. De um lado estava a terra da idade adulta, onde Declan vivia, sua expressão carregada de decepção e julgamento. Do outro estava o país nebuloso que continha tudo *antes* da idade adulta, e era onde Adam permanecia, as sobrancelhas franzidas com incerteza, mais uma vez olhando para Ronan e desviando.

— Olha — disse Adam —, o Ronan escolheu o lado dele. Não fui eu.

Ronan achou tudo profundamente injusto. O mundo havia escolhido por ele. A mancha preta em toda a manga de Declan era prova daquilo. Deixado por conta própria, Ronan havia escolhido Adam, tinha certeza de que havia escolhido Adam. Isto é, ele não tinha vindo para Cambridge, apesar de odiar cidades, apesar de amar a Barns? Ele não tinha jogado cartas com os novos amigos de Harvard de Adam, embora os odiasse? Ele não tinha uma lista de apartamentos para visitar, ele não tinha tentado?

— Ronan não estava sendo ele mesmo — disse Declan. — Ele estava sob a influência de Bryde.

O tom de Adam era o ácido e pesaroso que Ronan conhecia bem:

— Ele tem problemas na escola, você vai e pede a Gansey para consertar. Arranja confusão, você vai e culpa Bryde. Se posso dizer alguma coisa, Bryde é vítima *do Ronan*. Ele estava fazendo o que o obrigaram a fazer.

Declan fez uma careta.

— Os sonhos são suas próprias pessoas. Eles também fazem as próprias escolhas.

— Pena que Ronan não esteja acordado para ouvir você dizer isso — acusou Adam. — Teve uma época em que teria significado muito ouvir você dizer isso. — Que brigas amargas Ronan e Declan tiveram a respeito da forma adormecida de sua mãe Aurora. Quanta animosidade havia passado debaixo dessa ponte. Quantas voltas noturnas de carro frenéticas Ronan tinha dado, tentando superar os argumentos factuais apresentados por seu irmão: Aurora não era nada sem Niall, o que significava que ela também não tinha sido nada com ele. Quantos dias com ela Ronan havia perdido só porque Declan usara todos os seus recursos para minimizá-la como pessoa, em vez de cavar fundo o suficiente no mundo dos sonhos para descobrir a existência de docemetais. E se, e se, e se?

Declan teve a decência de parecer ofendido. Ele disse:

— Pelo menos estou enfrentando isso agora.

— Sim, acho que sim — Adam admitiu. Ele lançou outro olhar para Ronan, visivelmente em guerra consigo mesmo, e, por fim, atravessou o corredor até ele. Agachado, Adam abriu a pulseira de seu relógio sonhado. Ronan entendeu imediatamente o que estava acontecendo.

Não.

Ele colocou o relógio inútil em cima do pulso de Ronan.

Não.

Ele prendeu a pulseira, verificando se não tinha ficado muito apertada.

Não.

Delicadamente, fora da vista de Declan, Adam traçou de leve os dedos sobre o pulso de Ronan com suas cicatrizes, o dorso de sua mão. Ele engoliu em seco. Aquilo era um adeus.

Ronan sentiu uma nova emoção: tristeza.

Adam, não.

Adam de repente se inclinou muito perto do corpo caído. Seus lábios estavam bem na orelha de Ronan. Naquele espaço restrito onde se encontravam, até mesmo um sussurro era audível para Declan, mas as palavras de Adam eram apenas para Ronan.

— *Post tenebras lux* — ele sussurrou.

A luz segue a escuridão.

Adam acrescentou:

— *Tamquam...*

Alter idem, pensou Ronan. Mas ele não tinha voz. O corpo caído naquele corredor era o que tinha voz e não conseguia acordar para dizer nada.

Então Adam recuou, inconteste. Ele deu a chave a Declan.

Por alguma razão, uma memória clara, desvinculada de qualquer outra coisa, voltou a Ronan. Uma máscara de madeira simples, com orifícios redondos para os olhos e a boca aberta. Não era uma máscara horrível, mas parecia horrível de olhar mesmo assim.

— Obrigado pela solução temporária — disse Declan, sem se preocupar em esconder o desprezo em sua voz. Sua mão se fechou sobre a chave em um punho.

— Se precisar de mais ajuda — Adam disse da porta —, não me ligue.

10

Hennessy estava sonhando com a Renda.

O sonho da Renda era diferente do que costumava ser.

Antes, sempre começava no escuro. Ela era desprovida de significado nessa versão do sonho. Nem sequer uma engrenagem na máquina, nem sequer uma folha de grama em um campo. Possivelmente uma partícula de poeira no olho maligno de uma fera galopante, piscada para ser removida. Nada mais.

Lentamente, o sonho se iluminou e a luz revelou uma coisa que havia estado lá o tempo todo. Uma coisa? Uma entidade. Uma situação. Suas bordas eram irregulares e geométricas, intrincadas e pontiagudas, um floco de neve sob um microscópio. Uma luz brilhante resplandecia por trás da Renda, ofuscante em sua intensidade. Era enorme. Enorme não como uma tempestade ou uma planta, mas enorme como a dor ou a vergonha.

A Renda não era realmente uma coisa que só se via. Era uma coisa que se sentia.

Então — e essa era a pior parte do sonho — a Renda percebeu que ela estava ali. Como era horrível ser vista. Que horror não ter percebido como era maravilhosa a vida antes de ser vista pela Renda, porque agora só havia o *depois*. A Renda se esticou em direção a ela, crescendo como cristais, fina como papel, afiada como navalhas. Seu ódio por Hennessy era completo. A Renda odiava o que ela era.

Odiava quem ela era. E, acima de tudo, odiava que Hennessy tivesse algo que ela queria.

Hennessy poderia ser uma porta de entrada para a Renda. Tudo o que ela tinha que fazer era ceder, e a Renda poderia se manifestar no mundo desperto, onde destruiria a todos.

Durante anos Hennessy a havia desafiado, e durante anos a Renda a punira por esse desafio. As bordas irregulares a perfuravam como agulhas finíssimas tais quais fios de cabelo, e ela acordava com um milhão de pequenos pontos feridos na pele, cada um gotejando sangue. Ela ficava diáfana. Como a Renda.

Mas, desde que Hennessy havia fechado a linha ley, as coisas estavam diferentes. Não era apenas que Hennessy não podia manifestar a Renda, nem que quisesse.

A própria Renda estava diferente.

Agora, quando Hennessy adormecia, a forma irregular da Renda ainda crescia para preencher a escuridão. Ainda era afiada e mortal. Ainda fazia as ameaças habituais. Mas isso realmente não importava. O pavor é que estava ausente. Ela sentia que tinha um sonho da memória do sonho da Renda, em vez de experimentar a Renda em si. Sem o medo arrepiante e o medo de destruir o mundo inteiro por meio de um momento de fraqueza, o diálogo da Renda parecia mais uma mensagem gravada contendo todos os pensamentos terríveis que Hennessy já tinha.

A Renda sibilava para ela: *Você arruinou as coisas com a Jordan. Você sabe que ela vai ter uma vida maravilhosa sem você, não sabe? Você vai sentir falta dela para sempre e ela não vai pensar em você nem por um segundo quando você estiver longe demais para ser vista no retrovisor. Você terá muito tempo para decidir o que é pior: morrer sozinha ou viver sozinha.*

— Você está cantando uma música de que eu já sei a letra — disse Hennessy.

A Renda desferiu um golpe. Hennessy deixou a dor sacudi-la por todo o seu corpo.

Era apenas dor. Hennessy podia lidar com a dor.

Apenas dor.

Sem medo.

Hennessy acordou assustada.

— Oh, ela está bem ali — disse ela.

A poucos centímetros de distância viam-se os enormes e luminosos olhos castanhos de Carmen Farooq-Lane. Como sempre cheios de beleza e julgamento, como um anjo destrutivo. Quando os olhos fervorosos do anjo viram que Hennessy estava acordada, eles se estreitaram.

— Você não pode dormir o dia todo e a noite toda — disse Farooq--Lane.

Carmen Farooq-Lane em estado clássico. Hennessy a conhecia havia poucos dias, mas não tinha demorado muito para entender quem ela era. Carmen Farooq-Lane gostava de regras. Carmen Farooq-Lane gostava das regras que outras pessoas inventavam. Carmen Farooq--Lane gostava de regras que outras pessoas de um passado distante ou de um ramo diferente do governo tinham feito, porque assim ela não precisava pensar muito se as pessoas que faziam as regras eram realmente inteligentes ou não.

Alguns exemplos de regras que Farooq-Lane já tentara impor: as refeições deveriam ser feitas em intervalos regulares, à mesma hora todos os dias, e não em porções deixadas pela metade pela casa. O sono deveria acontecer em intervalos regulares, no mesmo horário todos os dias, e não em porções deixadas pela metade pela casa. As roupas deveriam ser adequadas à temperatura externa. Tops curtos não eram roupas de frio. Casacos de pele não eram roupas de usar dentro de casa. Os móveis deveriam ser usados de acordo com a intenção do fabricante. Sofás eram para ser sentados; balcões, não. Você podia subir em banquetas; em mesas, não. Camas eram para dormir; banheiras, não.

Zeds deveriam ser mortos; exceto quando não deveriam.

Farooq-Lane não achou essa regra muito engraçada quando Hennessy lhe perguntou a respeito.

— Oito horas de sono é uma falácia inventada pelo homem trabalhador — Hennessy afirmou a ela naquele momento. — Oito horas de sono e nada mais, o que deixa as dezesseis horas restantes... (Essa que é a conta? Dá dezesseis? Oito mais seis é... ok, sim, é isso mesmo...) Então, dezesseis horas para você trabalhar para o Homem. A semana de trabalho de quarenta horas e o ciclo de sono de oito horas são um casal, entende? Eles foram casados por corporações que os presentearam com um dote de sofrimento; a humanidade deve ser como um leopardo, deitada em uma árvore o dia todo, exceto por...

Da cozinha, Liliana chamou com sua voz doce e levemente esganiçada:

— Fiz um caldo para levarmos, Carmen! Acho que você vai gostar, Hennessy.

No momento, essa era sua família disfuncional. Mãe Farooq-Lane, baixando a lei. Outra Mãe Liliana, amenizando delicadamente o impacto. Criança Hennessy, a filha adulta adotiva obediente provocada porque as Mães culpadas haviam roubado os dentes de Hennessy e queriam compensá-la ao alimentarem-na de estrutura e amor com uma colher.

Hennessy não tinha nascido ontem. Ela conhecia a bagagem do passado quando a via.

Nos últimos dias, as três estavam dividindo uma casa revoltantemente doméstica e de telhas caídas na região metropolitana de Boston. Ficou claro que Liliana é que havia escolhido aquela unidade para alugar, pois era quem mais gostava da residência. Ela era uma antiga e recatada deusa feminina, com a pele tão pálida que se tornava esverdeada sob alguns tipos de luz, algo compensado pela faixa turquesa que ela quase sempre usava para manter o cabelo branco como a neve longe do rosto. Hennessy já sabia que Liliana nunca havia se deparado com uma tarefa doméstica que não apreciasse. Ela gostava de ferver ossos por horas. Tricotava cachecóis, suéteres e bolsas para cachecóis e suéteres. Gostava de bebidas quentes e coisas chamadas de *especiarias de fazer quentão*. Plantas de casa se desenrolavam ao seu toque. As crianças derretiam sob seu olhar. Ao todo, Liliana tinha uma *vibe* calmante e amorosa, que havia confortado Hennessy no começo, mas que agora fazia Hennessy sentir que tinha um travesseiro sobre a cabeça e que suas pernas estavam prestes a parar de chutar. Liliana e Farooq-Lane também pareciam ter uma espécie de relacionamento típico de pessoas com grande diferença de idade, e Hennessy não era de julgar — ela só tinha perguntas.

— Temos uma missão a cumprir. Você quer vir junto? — perguntou Farooq-Lane.

— Eu passei para um estágio pós-desejo da minha vida — disse Hennessy. — Isso é o que eu acredito que Buda quis dizer quando falou que *o desejo é a raiz de todo mal*.

Liliana deu a volta na cozinha para oferecer a Hennessy uma caneca fumegante para viagem. Ela parecia a avó mais perfeita que alguém poderia imaginar, seus olhos profundos, sábios e carinhosos.

— Quer conversar sobre como você está se sentindo? Seu rosto está diferente, querida. Aconteceu alguma coisa enquanto estávamos fora?

Liliana era tão boazinha que Hennessy imediatamente sentiu vontade de ser horrível com ela. Apesar disso, lutou contra esse impulso com o máximo de força possível.

— Isso é uma caneca de sopa? É para eu beber? Não me parece algo que eu gostaria de fazer de jeito nenhum.

— É nutritivo — disse Liliana, ao mesmo tempo que Farooq-Lane disse:

— Falou quem não se alimentou com nada além de cerveja por três dias. Cerveja barata, inclusive.

Hennessy fez um sinal afirmativo com a cabeça para essas duas declarações e perguntou:

— O que é essa missão de que você está falando? É uma missão real, tipo trabalho, ou *missão* é só uma figura de linguagem engraçadinha, um código para algo mais interessante, como ir pra balada ou roubar um cavalo?

— Declan Lynch me deu um endereço para investigar.

Hennessy se encolheu ao ouvir o nome.

— Não quero ter nada a ver com isso.

A expressão de Farooq-Lane ficou mais intensa.

— Significa que você sabe o que é?

— O quê? O que isso é? Não, significa que ele é um homem tedioso com um rosto tedioso e eu não quero chegar perto da vida horrível dele, só para evitar pegar algum dos micróbios e essas merdas dele na minha aura. Se você tivesse noção do que é bom para você, levaria tipo um repelente contra insetos ou algo assim para ter certeza de matar qualquer uma das coisas tediosas que poderiam voar em você quando se aproximasse da vida dele.

— Não sei — disse Liliana, com um sorriso irônico —, mas isso para mim se parece muito com uma aventura, Hennessy.

Farooq-Lane poupou a Hennessy o trabalho de lhe fazer uma careta.

— Se você quer vir, então se levante. Se quer ficar, fique. Eu não sou sua mãe.

Endireitando-se, ela puxou sua cortina de cabelo para trás e prendeu em um coque sem esforço, o que fez uma onda de perfume floral gostoso envolver Hennessy. Era realmente incrível quantos dos últimos dias Hennessy havia passado ou fantasiando sobre Farooq-Lane ou tendo essa fantasia arruinada pela realidade do que ela era.

Liliana deu um tapinha na bochecha de Hennessy, como se ela fosse uma criança pequena. Cada vez que o fazia, Hennessy sentia uma pequena explosão de bons sentimentos involuntários. Liliana disse:

— Eu comprei material para você hoje, todas aquelas coisas de que eu ouvi você falando. — Hennessy não se lembrava de falar sobre qualquer coisa que o dinheiro pudesse comprar. — Está no porão.

— Contraponto: posso ter minha espada em vez disso? Fui boazinha, mãe, você já pode me dar? Vou limpar meu quarto.

Farooq-Lane fechou o zíper das botas.

— Eu disse que te daria quando você estivesse sóbria. Isso ainda não aconteceu.

Apesar de toda a culpa de suas Mães Honorárias por levá-la a sonhar para salvar o mundo, Hennessy não estava ali porque não conseguia pensar em outro lugar para ir. Ela estava ali por causa de sua espada. Era uma espada de um par, ou tinha sido; ela e Ronan as haviam sonhado ao mesmo tempo. A dele, gravada com as palavras RUMO AO PESADELO, faiscava com a luz brilhante do dia. A dela, com a gravação NASCIDA DO CAOS, brilhava com o poder do céu noturno. Elas cortavam praticamente qualquer coisa, exceto uma à outra. Como Ronan e Hennessy tinham sido esperançosos e estúpidos. O que a gente poderia fazer com uma espada hoje em dia? Uma pose legal. Parecer que a gente sabia o que estava fazendo. Cortar flores muito rápido.

Houve um momento em que Farooq-Lane havia salvado a vida de Hennessy com aquela espada. Em vez de deixar um pequeno fragmento da Renda matá-la enquanto Hennessy estava paralisada, ela havia pegado a lâmina e reduzido a Renda a nada. E Farooq-Lane ficara com a espada — e ainda estava com ela, na verdade. Por que um Moderador faria isso?

Hennessy não entendeu e pretendia ficar até descobrir.

Ela levantou a voz para que Farooq-Lane ainda pudesse ouvi-la enquanto pegava o casaco no quarto.

— Sério, mas a espada é minha e é meio filhadaputagem você ter escondido ela de mim!

Liliana entregou a Hennessy uma caixa de biscoitos amanteigados. Hennessy não tinha ideia de onde ela havia tirado esses biscoitos, mas essa era Liliana, para você entender. Conforto em cada bolso.

— Coloque uma coisinha no seu estômago e você vai se sentir muito melhor.

— Pinte um retrato da Liliana e eu te dou a sua espada — disse Farooq-Lane, voltando para a sala. — Ou fique sóbria e eu te dou. Você escolhe.

Hennessy esticou o pescoço para poder gritar por cima do encosto do sofá.

— Então, falando sério, isso significa que eu poderia pintar a Liliana completamente esmagada e ainda assim conseguir a espada, certo? Só para esclarecer. Porque eu acho que você usou o operador booleano errado, e eu só quero que esteja tudo às claras antes de me dar o trabalho de largar o goró.

Farooq-Lane abriu a porta para Liliana.

— Não bote fogo na casa.

Liliana se juntou a ela.

— Divirta-se, querida.

Depois que elas saíram, Hennessy fechou os olhos novamente, mas ficou irritada ao descobrir que Farooq-Lane estava certa sobre uma coisa. Ela *não podia* dormir o dia todo e a noite toda.

Lentamente, comeu a caixa inteira de biscoitos amanteigados enquanto se perguntava para que tediosa caça ao tesouro Declan Lynch havia enviado as duas mulheres, e então bebeu a caneca de caldo enquanto pensava sobre qual era a idade de Liliana. Era a pessoa de aparência mais velha que Hennessy já tinha visto fora de uma fotografia em preto e branco. Em seguida, foi para a cozinha e pegou um refrigerante para fazer descer o caldo, pensando no que Machkowsky tinha dito sobre ser a filha de J. H. Hennessy.

Então foi ao porão para ver que material Liliana havia lhe arranjado.

Quando puxou o fio preso à única lâmpada sobre as escadas, iluminou o porão apenas o suficiente para perceber que Liliana havia montado um cavalete, e arrumado uma tela e uma bandeja de tintas. Um pequeno estúdio desenterrado bem em frente à velha lava-e-seca. Era uma coisa muito Liliana, muito atenciosa e discreta, mesmo que Hennessy ainda não se lembrasse de ter mencionado materiais artísticos para ela.

Talvez fizesse isso, ela pensou. Talvez ela *pintasse*. Imagine a expressão no rosto de Farooq-Lane quando voltasse para ver que Hennessy havia realmente pegado num pincel.

Hennessy permaneceu ali, dedos tocando levemente o fio da lâmpada, o pé equilibrado na beira arredondada da escada, e pensou sobre o que Jordan dissera a respeito de suspeitar de que Hennessy devia ser muito parecida com Jay.

Mãe?

Jay disse: *Você não vai sentir minha falta.*

Puxou o gatilho.

Hennessy puxou a cordinha novamente, mergulhando o porão de volta na escuridão.

Ela queria ir tomar uma cerveja. Formou na mente uma imagem de si mesma indo para a cozinha, pegando uma cerveja. Apresentou a si mesma uma lista de todas as maneiras pelas quais ela se sentiria melhor com uma cerveja. Apresentou a si mesma todas as razões pelas quais ela merecia a cerveja.

Ela não foi procurar uma cerveja.

Ela não queria que Jordan estivesse certa.

Ela puxou o cordão uma terceira vez e desceu ao porão para pintar.

11

—N ão a deixe irritar você — disse Liliana enquanto as duas se orientavam pelas ruas estreitas de Peabody, Massachusetts. Casas e prédios antigos lançavam sombras tortas no asfalto enquanto o sol se punha atrás das árvores e dos telhados. — Essa atitude ensina maus hábitos a ela.

— Ensina? Ela veio com todos eles de fábrica!

— E não é igual com todos nós? — Liliana apontou para uma vaga onde poderiam estacionar na beira do meio-fio em ruínas. — Acredito que seja aqui.

O rádio começou espontaneamente a tocar ópera em volume máximo, coisa que tinha começado a fazer com uma frequência cada vez maior. *Tudo bem, Parsifal*, pensou Farooq-Lane. Ela olhou para o armazém decadente, intitulado GUARDA-VOLUMES ATLANTIC, então consultou o cartão de visita que Declan havia lhe dado. Agora os números faziam sentido. O primeiro era um número de unidade. O segundo, uma senha. Não muito diferente da informação que ela dera a ele a respeito de Bryde. Uma informação por uma informação. Espiões em uma ponte.

Os únicos adultos na sala, a voz de Declan retornou à sua memória.

Ao pisarem na calçada coberta de mato, Farooq-Lane estremeceu, não só porque de repente esfriara de novo, mas porque o cabelo em sua nuca se eriçara, como se estivesse sendo observada. Ela perguntou:

— O que achamos que está esperando por nós? Você sabe?

Liliana balançou a cabeça.

No interior, um local de armazenamento de volumes, sem funcionários à vista: um labirinto de piso de concreto e portas metálicas azuis do tamanho de portas de garagem, fechando cada unidade numerada. Era aquecido, mas não muito. A unidade para a qual Declan as havia direcionado ficava do outro lado.

Ela estava inquieta. Esperando o desfecho da situação toda.

Você parou o apocalipse, ela lembrou a si mesma.

— Está tudo bem — disse Liliana, baixinho.

Envergonhada, Farooq-Lane repassou os últimos segundos na cabeça, tentando entender se realmente tinha dito as palavras em voz alta. Para seu maior constrangimento, não sabia. Ela hesitou, então confessou:

— Não sei o que tem de errado comigo. Sinto que estou ficando louca.

Liliana envolveu Farooq-Lane nos braços por vários longos minutos no corredor estéril, e Farooq-Lane se permitiu absorver o conforto do outro mundo. Liliana inalou o perfume de seu cabelo e então murmurou:

— Você é uma pessoa muito interessante, Carmen. Você se esforça muito, mesmo que não saiba por que está tentando.

Mesmo que esteja matando pessoas.

Farooq-Lane disse, sua voz abafada pelo ombro de Liliana:

— Liliana, você é um sonho?

Não houve pausa entre a pergunta e a sensação de Liliana assentindo encostada nela. Não era um segredo; Farooq-Lane simplesmente nunca tinha perguntado.

— Quem sonhou você?

— Ela morreu há muito tempo — disse Liliana. — Ela se parecia um pouco com você.

Farooq-Lane achou essa ideia desagradável e recuou. Para sua surpresa, encontrou Liliana com um sorrisinho de divertimento. Liliana balançou a cabeça.

— Fui sonhada por um homem, e ele parecia um abutre. Não fiquei triste por ele ter morrido. Eu só queria ver se conseguia fazer você sentir ciúme ou não. Ah, aí está: seu lindo sorriso. — Ela tocou a boca de Farooq-Lane.

Farooq-Lane beijou levemente o polegar de Liliana.

— Eu não sabia que você podia ser engraçada. — Então lhe ocorreu: — Seu sonhador morreu? Você não deveria estar dormindo?

— Visionários podem ficar acordados sem seus sonhadores — disse Liliana. — É isso que nos torna Visionários.

— Parsifal sabia disso? — Farooq-Lane ponderou. O Visionário anterior nunca havia mencionado nada assim. Além disso, ele parecia tão firme e obstinadamente humano que era difícil imaginar que pudesse ter sido sonhado por alguém.

— Ele devia saber — disse Liliana. — Nós escolhemos esta vida. Escolhemos as visões para ficarmos acordados para sempre.

Farooq-Lane meio que esperava que música de ópera começasse a assombrar o depósito depois dessa resposta — parecia o tipo de conversa que despertaria a atenção sobrenatural de Parsifal —, mas nenhuma veio. No entanto, o rugido e o ruído de um caminhão do lado de fora a trouxeram firmemente de volta ao assunto em questão.

— Quero que conversemos mais sobre isso tomando uma xícara de chá quando estivermos em casa mais tarde — disse ela a Liliana, e o sorriso de Liliana se espalhou, surpreso e genuíno. — Mas, por enquanto, fique para trás. Eu não sei o que tem do outro lado.

Ela consultou o cartão de visita, então se ajoelhou no chão de concreto gelado para digitar a senha na fechadura digital da unidade. Com um bipe suave, a tranca permitiu que ela deslizasse a porta para cima como se fosse numa garagem. O retinido ecoou pelo depósito.

A unidade estava ocupada. Ocupada pelos Moderadores.

Lock. Consultor de negócios e gerente de programa, trazido como figura de proa e ponto de contato.

Nikolenko. Artilharia explosiva à disposição, recrutada para educação sobre armas.

Ramsay. Gerente internacional de estratégia e investimento de marca, contratado para estratégia de programa e experiência em viagens.

Vasquez. Policial de inteligência aposentado, recrutado para rastrear Zeds através de suas informações pessoais.

Bellos. Operações especiais sigilosas, transferido por causa dos músculos.

Hellerman. Enfermeira psiquiátrica, trazida devido a sua experiência com Visionários.

Farooq-Lane caiu de joelhos.

Nem teve tempo de amortecer a própria queda; ela não sabia que seus joelhos iam se dobrar até que isso acontecesse. Bateram no concreto e ela se segurou com uma das mãos para não cair mais ainda.

Ela já estava tremendo. Sua respiração estava tão irregular como se estivesse correndo até aquele momento.

A ferocidade de sua reação a chocou.

Essas eram as pessoas com quem Farooq-Lane havia trabalhado nos últimos meses. Estava a poucos metros de Lock, que a recrutara no início, que apelara para seu senso de dever repetidas vezes.

Você sabe quem são as pessoas mais fáceis de controlar? A voz de Nathan disse em sua cabeça. *Pessoas que pensam que estão fazendo a coisa certa.*

Os Moderadores jaziam bem-arrumados na unidade de armazenamento, de costas no concreto, as mãos dispostas ao lado do corpo.

Dormindo.

Isso era ainda mais misterioso do que Ronan Lynch adormecer, do que Bryde adormecer. Os Moderadores tinham sido impiedosos na erradicação dos Zeds; contundentes em sua avaliação dos sonhos. Mas, afinal, o que eram, como estavam? Adormecidos em uma unidade de armazenamento como todos os outros sonhos.

Algo não estava certo, seu subconsciente gritou. Algo não estava certo.

E ali estava esse algo.

Finalmente, ela se levantou e tirou a poeira dos joelhos. Tentou se mostrar o mais composta possível quando disse a Liliana:

— Sinto muito por isso. Eu só... Eu só...

— ... odeio eles — Liliana terminou por ela.

Sim.

Era libertador pensar assim. Ela os odiava. Ela os odiava. Ela os odiava. Não era uma conclusão muito complicada, mas era inegavelmente verdadeira, e isso parecia importante.

— O que você vai fazer agora? — perguntou Liliana.

Essa resposta, pelo menos, era fácil. Farooq-Lane disse:

— Vamos descobrir o que os Moderadores realmente queriam.

12

A passagem do tempo era algo estranho para Ronan.

Não havia nascer nem pôr do sol para marcar os dias. Nem listas de afazeres para marcar as rotinas semanais. Os minutos passavam de maneira bastante comum enquanto ele habitava um docemetal, mas, assim que estava de volta ao mar escuro, não tinha ideia de quantos minutos se passavam *entre* um docemetal e outro.

Ele não viajava muito entre eles agora que tinha visto seus irmãos. Em vez disso, Ronan permanecia perto do docemetal que mantinha seu corpo vivo. Passou incontáveis minutos no corredor escuro, ouvindo o som dos mecânicos trabalhando do outro lado da parede, desejando a visita de Declan, desejando que qualquer coisa permeasse a escuridão, desejando acordar. Às vezes se deixava levar de volta para o mar escuro, procurava outro docemetal para ver o sol, mas sempre voltava.

Me deixa entrar, ele disse ao seu corpo. *Acorde, acorde.*

Não sabia quanto tempo se passara quando a luz entrou no corredor.

Vinha de uma pequena lanterna elétrica, a alça consertada com fita isolante gasta. Os sapatos da pessoa que estava carregando a lanterna eram visíveis ao entrar. Não eram os sapatos de estilo dramático que Declan calçava, aqueles que sempre faziam seus pés parecerem tão longos quanto pés de elfo, mas um par de tênis de couro desgastado.

Por favor.

Ronan não ousou ter esperança.

Adam Parrish silenciosamente fechou a porta atrás de si. Com uma das mãos, ele estendeu a lanterna à sua frente enquanto caminhava até o corpo ainda largado e imóvel de Ronan. A outra ele trazia perto do peito como se estivesse favorecendo ou segurando algo próximo. Cuidadosamente, ele se inclinou sobre Ronan, examinando a situação da tinta noturna, e então pousou a lanterna e sentou-se de pernas cruzadas, desajeitado, usando apenas uma das mãos para se equilibrar.

Ronan observou cada detalhe. As sobrancelhas sem cor, os cílios claros, as maçãs do rosto inusitadas, a boca infeliz e pensativa. O cabelo cortado de maneira desigual na testa, ainda tesourado na frente de um espelho, apesar das roupas mais elegantes. Não dava para comprar cortes de cabelo de segunda mão. Até o formato de suas mãos era confortavelmente familiar. Os dorsos estavam bem rachados. As palmas tinham números rabiscados, meio manchados por terem sido lavados ou pelo tempo.

Adam disse:

— *Shh shh shh.*

Mas ele não estava falando com Ronan. Estava lentamente abrindo a jaqueta para remover um embrulho preto e esfarrapado.

— Você vai se machucar — disse Adam, e então praguejou. A trouxa o havia mordido.

Era Motosserra.

— Calma — Adam advertiu, enquanto a corva sonhada se libertava de seu confinamento. Ela soltou um protesto grosseiro antes de voar para a escuridão; o coração de Ronan estava subindo com ela. Do alto, veio o som de suas asas soprando contra o ar e de suas garras raspando contra as paredes. — Olha quem mais está aqui. Motosserra. Olha quem mais está aqui: Kerah.

Ao ouvir essa palavra — *Kerah* —, a ave retornou em um instante, mergulhando da escuridão.

A voz de Adam era suave.

— Olha. — Ele apontou.

As penas do pescoço de Motosserra se eriçaram em um colar que parecia sair de um desenho animado. Com um ronronar ondulante, ela despencou no peito imóvel de Ronan. Como ele desejava abraçá--la. Não conseguia ter nenhuma sensação física naquele momento, mas podia se lembrar de como eram. A textura fria e seca de suas penas. O peso dela em seu ombro.

Mas ele não podia segurá-la, é claro, e, assim que ela percebeu isso, começou a grasnar. No começo, simplesmente trinava baixo e balançava. Então ela puxou as costuras da camisa de Ronan e, quando isso não o despertou, começou a bicar seus dedos.

Quando Motosserra começou a mordê-los de verdade, Adam rapidamente se inclinou para a frente a fim de capturá-la, arrulhando para fazê-la se acalmar. Colocando as mãos sobre o pescoço e as asas dela, fora do alcance de seu bico, ele a fez se sentar em seu colo, de frente para Ronan.

— Fica só olhando um pouco, tá? Aproveite o tempo para absorver o que você está vendo.

Ela se debateu por quase um minuto, mas ele a segurou ali, pacientemente, de vez em quando lhe acariciando a nuca com o polegar.

— *Shhh* — ele sussurrou de novo. Ronan nunca o tinha visto tão próximo de Motosserra, mas a facilidade com que Adam lidava com ela, e a maneira como ela o tolerava, lhe diziam que isso devia ter acontecido antes. — Ele só está dormindo. Como você estava um pouco antes. Se eu te soltar, você vai se comportar? Não me faça me arrepender disso.

Devagar, ele a colocou na terra batida diante dele, sem levantar as mãos. Ela ficou de pé, bastante quieta, seu bico aberto apenas um pouquinho pelo insulto de ser contida. Por fim, ele a soltou e ela se livrou de seu toque como se nunca tivesse feito barulho. Agora que seu pânico havia passado, havia apenas alegria pela reunificação; Ronan podia ouvi-la fazendo um gorgolejo complicado e vagamente nojento enquanto brincava. Ela se ocupava indo e voltando na frente de Ronan, puxando os cadarços de suas botas, pulando em seu peito, acariciando seu braço e depois bicando a terra ao redor dele.

Adam a observou atentamente durante tudo isso, sua preocupação dando lugar a um sorriso relutante em resposta às travessuras cada vez mais performáticas.

Ela se empoleirou na bota de Ronan e inclinou a cabeça para Adam.

— *Atom* — Motosserra disse em sua voz profunda e estranha de ave.

Adam riu um pouco.

— Oi.

Ambos pareciam mais tranquilos. Adam se reposicionou mais confortavelmente, inclinando as costas entre as molduras da parede oposta. Suas pernas se misturaram com as longas pernas de Ronan, um caos de rapazes. Então ele suspirou e encostou a cabeça na parede, os olhos fechados.

Sim, pensou Ronan. *Fique.*

— Acho que sou um idiota — disse Adam, depois de um tempo, sua voz causando um sobressalto em Motosserra. Ela fez um cocô punitivo perigosamente perto de sua mão. — Ah, Motosserra! Não acredito! — Ele se deslocou um dedo para o lado, então ergueu os olhos para Ronan. — Sei que eu disse que não voltaria. Eu estava falando sério. E não é como se você não merecesse...

Ele deixou a frase no ar, e era difícil dizer se era porque ele não queria terminar de dizer ou se havia esquecido que estava falando em voz alta.

Então começou de novo:

— Mas eu continuei pensando na Motosserra, eu acho. Eu sabia que ela tinha que estar perto de onde quer que eles te encontrassem. Se ela não estivesse morta. Desprezada, comida, seja o que for. Eu estava na aula e simplesmente não conseguia parar de pensar nisso. Eu tinha que pelo menos olhar. E então, quando a encontrei... Não sei nem como... Ela tem sorte de parecer um lixo... fiquei pensando em como ela se sentiria ao ver você. Eu não conseguia largar, esse pensamento...

Ele deixou o resto da frase no ar outra vez, e então Ronan foi repentina e ferozmente lembrado de orações. Não de orações em uma igreja, com uma congregação, em voz alta, ou recitando uma oração memorizada. Em vez disso, o tipo de oração que ele fazia quando estava sozinho. Exausto. Confuso. Essas orações muitas vezes se desvaneciam em elipses enquanto ele se perguntava se havia alguém do outro lado da linha. Adam não sabia se Ronan podia ouvi-lo.

Eu te ouço.

Motosserra bateu as asas caoticamente no colo de Adam nesse momento; e ele passou vários longos minutos puxando fios do bolso de sua jaqueta para ela pegar e jogar por cima do ombro, um jogo rapidamente inventado.

— Você se lembra quando eu perguntei o que você faria se sem querer sonhasse outro de mim? — Adam perguntou abruptamente. — Pensei muito nisso depois. O que eu faria com aquele outro Adam. Eu o deixaria viver minha vida comigo, como a Hennessy fazia? Eu o mataria antes que ele pudesse me matar? Mas você sabe o que eu comecei a pensar? Essa cópia existe. *Eu* a fiz. Eu *sou* ela. Há uma versão real de mim que ficou com você, eu acho, que ia para Lindenmere todos os dias e aprendia tudo o que podia sobre a linha ley, sobre aquela *outra coisa*. Ou talvez quem foi com Gansey e Blue. Ou que estudava na escola em Washington e voltava para casa todo fim de semana. Mas este Adam matou aqueles Adams para que este pudesse ganhar, este que veio para Harvard para frequentar aulas, escrever trabalhos e comprar waffles com o Clube do Choro e fingir que nada de ruim aconteceu com ele e como se ele tivesse todas as respostas.

Adam parou então e, de repente, cruelmente, pegou sua mão esquerda com a direita até que um ferimento quase curado forneceu, a contragosto, um pequeno filete de sangue. Furioso, ele o limpou, como se estivesse irritado com o fato de a casca ter se soltado.

— Eu minto para todos eles. Eu minto para o Gansey. Eu minto para a Blue. Eu minto para os meus professores. É como se eu não conseguisse parar. É como se, é como... Não quero que esta versão tenha nada que a outra versão tenha, bom ou ruim. Então, sempre que preciso de um passado, invento alguma coisa. Novos pais, nova casa, novas memórias, novas razões de como perdi minha audição, novo eu. Eu não sei mais o que estou fazendo. Merda. Você era, tipo, o lugar onde eu armazenava toda a realidade. Então eu tive que começar a mentir sobre você também, e tudo, tudo...

Ele parou por um longo tempo, olhando para a escuridão.

— Encontrei este lugar porque estava procurando um lugar para a vidência. Declan queria saber por que eu vim e foi isso. Você sabe que não havia energia ley em Cambridge. Eu comecei limpo aqui. Muito mais do que deixei transparecer — disse ele, com uma voz um pouco mais racional. Uma voz um pouco mais acentuada. Esse era seu antigo sotaque, seu sotaque da Virgínia, tão acolhedor para Ronan quanto o sol. — Eu poderia usar a vidência muito bem aqui. Eu sabia que era perigoso, eu poderia ficar preso por lá, eu sabia que havia aquela Renda por lá, mas fiz assim mesmo. Eu nem estava procurando nada. Eu senti tanta falta, eu só senti...

Ele bateu seu sapato contra o de Ronan.

Eu também.

Agora as mãos de Adam estavam se mexendo novamente, os nós dos dedos proeminentes, brancos e vermelhos, enquanto ele os apertava com fervor.

— Não sei se odeio aqui ou se odeio não amar. Eu deveria amar aqui. Mas eu quero ir... penso nisso todos os dias, simplesmente subir na moto e ir, e ir, mas para onde?

Ele não estava chorando, mas rapidamente esfregou o dorso da mão no olho.

— De qualquer forma, não posso culpar você por ter mentido para si mesmo a respeito de sonhar o Bryde. Porque eu fiz essa versão falsa de mim, né, e eu estava bem acordado quando fiz. Nós dois somos mentirosos. Não sei o que fazer. Eu sinto falta de... — Ele fechou os olhos. — Sinto falta de saber para onde eu estava indo.

Então ele fechou os olhos e *chorou* um pouco. Não muito em termos de lágrimas, apenas o som terrível e irregular que a respiração faz durante o choro. Logo ele parou e ficou sentado lá por alguns longos minutos, colocando os dedos sobre o ouvido surdo de novo e de novo.

Ronan não podia fazer nada. Não podia fazer absolutamente nada.

Acorde, pensou Ronan, *acorde, acorde*. Mas seu corpo não moveu um músculo.

Adam pegou Motosserra, para grande protesto desta, e a enfiou de volta dentro de sua jaqueta. Ele pegou a lanterna.

Tamquam, pensou Ronan, furioso por Adam estar chateado, eufórico por ele ter voltado. Não fazia muito tempo que ele estava querendo saber como era ter emoções, e agora tinha todas elas de uma vez.

Pouco antes de a porta se fechar atrás dele, Adam disse ao escuro:

— *Alter idem.*

13

Durante muito tempo, a Barns foi um paraíso para Mór e Niall. Era esplêndido ter tanto espaço para se espalhar. Campos verdejantes! Galpões verdejantes! Bosques verdejantes! Vida verdejante! As plantas crescem até alcançarem o tamanho de seu vaso, e os velhos Mór e Niall eram presos aos seus vasos.

Era esplêndido ter quatro estações. O primeiro verão produziu tantas horas de sol radiante e chuva torrencial que um dia parecia somar mais de vinte e quatro horas. Tudo era verde como um conto de fadas. O outono era intenso e vermelho, com os campos inclinados semiescondidos de manhã pela neblina branca. À noite, fogueiras invisíveis perfumavam o ar enquanto os grilos gritavam suas despedidas do calor. No inverno, nevava com tanta confiança que parecia que os Natais brancos só podiam ser a norma (não eram). E, justamente quando Mór e Niall se cansaram de se esconder do frio na casa da fazenda, samambaias de primavera se desenrolaram na floresta, crocus floridos espreitavam sob a varanda recém-consertada e o céu de mais um ano ficou claro e fresco acima.

Era esplêndido ver Declan crescer naquela terra que seria seu reino. Ele era um bebê fácil, uma criança fácil, com uma compreensão quase instintiva de todas as coisas que poderiam fazer os bebês ficarem malucos. A casa não precisava ser à prova de bebês. Declan engasgou suavemente na ponta de uma chupeta uma vez, e depois disso

100

exigiu uma prova de conceito de que tudo o que era colocado em sua boca fosse comida. Era uma criança que não estava de brincadeira.

Era esplêndido sonhar. Logo a Barns começou a ficar cheia de coisas bobas e sem sentido. Niall enfiou na cabeça que queria um rebanho de gado e passou meses lendo livros sobre vacas, falando sobre vacas, assistindo a programas sobre vacas, desenhando vacas, tentando provocar seu subconsciente para sonhar vacas, vacas, vacas. Ele não era muito bom em trazê-las para o mundo desperto quando acordava. Na maioria das vezes, ele voltava de mãos vazias, ou com um pegador de panela em forma de vaca ou outra bugiganga de vaca. Mas de vez em quando ele conseguia o truque, e Mór se enfurecia porque havia outra vaca na casa, e o rebanho multicolorido na frente da propriedade foi crescendo pouco a pouco.

Era esplêndido não ser caçado.

Por um tempo.

Um dia, Niall invadiu a casa de uma forma que não fazia havia muito tempo. Niall não era uma criatura proposital. Era um tipo de pessoa sinuosa, uma pessoa que gostava de convencer o caminho a tomar a forma de sua jornada. Mór estava cochilando no sofá de lã surrado; ele a acordou.

— Ela nos encontrou. Eu não sei como ela consegue — disse Niall. — Na verdade, claro, eu sei. Ela tem faro para isso. Ela tem aquele ímã de ganância dentro dela que a aponta para o norte o tempo todo. E o norte somos nós! Você estava certa. Que bruxa gananciosa ela é. Você já conheceu uma mulher que morava tão longe de uma casa de biscoito de gengibre e com tanta probabilidade de devorar crianças? Você ainda não acordou? Jesus, Maria, pisquem se estiverem ouvindo.

Mór ficou paralisada, pois tanto ela quanto Niall estavam em busca de qualquer sonho bem-sucedido. Durante essa paralisia, o sonhador sempre se observava de cima, como se seu corpo não lhe pertencesse mais. Niall, sabendo disso, olhou para o teto como se pudesse adivinhar de onde vinha a atenção de Mór. Ele se mexeu, esperando que ela se movesse, e arrancou as folhas de carvalho azul-prateado das mãos dela.

Ambos sonhavam com a Floresta com muita frequência.

— Como você sabe que ela nos encontrou, quais são os sinais que você viu? — Mór indagou, ganhando vida.

— No Lotus Mart — disse Niall, referindo-se à única bomba de gasolina em Singer's Falls, um pequeno posto sem marca ligado a uma oficina mecânica profissional. Eles vendiam sanduíches de salada de batata ao curry no qual tanto Niall quanto Mór eram viciados. — Dinesh disse que entrou uma mulher que falava como nós. "Como ela é?", perguntei. "Muito parecida com você", respondeu ele. Referindo-se a... — Ele bateu no próprio peito. — Claro, não você.

— Isso pode significar todo tipo de coisa — disse Mór, levantando-se do sofá. Bolotas de lã caíram das almofadas ao redor dela. — Uma mulher de cabelo preto com uma voz engraçada.

Niall olhou desanimado ao redor da sala de estar para todos os sonhos espalhados pelo lugar. Dentro da casa, eles não se incomodavam com sigilo. Ele perguntou de repente:

— Onde ele está, onde está Declan?

— Cochilando — Mór respondeu. — Tentei fazer com que ele dividisse o sofá comigo um pouco, mas você sabe como ele é com as regras dele. Ele diz que o ato de dormir só acontece em camas. Perguntei a ele o que ele achava que estava fazendo no carro outro dia, e ele não riu nem um pouco. Amor, você acha mesmo que é ela?

Amor era como Mór chamava Niall. Sempre soava um pouco como se fosse a primeira vez que dizia a palavra. A *ela* em questão era Marie Lynch, mãe de Niall. Era o tipo de espécie que só era perigosa para muito poucos, e geralmente apenas para aqueles relacionados pelo sangue.

— É ela — interrompeu uma nova voz.

A mãe de Niall tinha o mesmo cabelo escuro do filho. Os mesmos intensos olhos azuis. A altura. Mas, onde a energia dele o fazia parecer vivo e carismático, ela parecia um zumbi possessivo.

Ela segurou a mão de Declan com força. Ele não se opôs. Apenas olhou para os pais com uma expressão pesada para uma criança pequena, uma espécie de olhar cansado que parecia implicar que ele sabia que o mundo era perigoso e *agora olhe só.*

Niall e Mór ficaram olhando para o filho.

— Obrigada pelas boas-vindas — disse Marie. Como Dinesh no Lotus Mart havia observado, ela tinha o mesmo sotaque de Niall e Mór. — Não há nada que uma mãe goste mais do que ser deixada no frio.

Eles não viam a mãe de Niall desde que partiram da Irlanda. Ela não era a única razão para terem ido embora, mas era uma das três grandes, principalmente depois que o pai de Niall morreu (a vodca o lavando com o tempo como as letras são lavadas de uma placa exposta).

Niall a amava?

Niall a odiava?

Ele esperava nunca mais vê-la, o que não era uma resposta tão conclusiva para essas perguntas quanto se poderia pensar. Ela era uma dessas vilãs íntimas, uma daquelas espécies venenosas e necessárias para os suscetíveis. Um excesso dela, sem dúvida, mataria Niall Lynch, mas muito pouco dela também.

Mór lançou um olhar conhecedor para seu jovem marido, cujas mãos se contraíam ao lado do corpo. A voz de Niall estava fria e diferente de seu normal quando ele perguntou:

— Como você nos encontrou?

Mór disse:

— Declan, falcãozinho, venha aqui.

Declan testou sua mão contra as garras firmes de Marie Lynch, puxando. Ela continuou agarrada a ele com força, embora obviamente não estivesse mais prestando atenção ao pequeno. Seu olhar fixo no jovem casal de sonhadores na sua frente. Ela pressionou a outra mão no peito e disse a Niall:

— Você achou que poderia enviar coisas para as irmãs idiotas daquela mulher e nós não saberíamos? E por que você está mandando coisas para a família dela, depois do que aconteceu, e não para a sua, Niall? Eu vim aqui para ver se havia alguma chance de você se lembrar de nós, garoto, ou se você ainda está bem preso nos feitiços perversos dela.

Mór não se esquivou da acusação.

— Ah, não precisa fingir, mãe — disse Niall. Teria demorado muito mais horas para levá-la a esse nível de franqueza em Kerry, mas eles não estavam mais em Kerry, estavam? A panela tombada e as raízes espalhadas.

— O quê? — A voz de Marie Lynch ficou um pouco mais aguda. — O que você disse?

— Não finja que não está aqui para algum objetivo próprio — disse Niall. — Eu te conheço.

— Não me dá nenhuma alegria ver você assim — disse Marie. — Não me dá nenhuma alegria ver você aqui, vivendo em pecado com *essa* mulher, já sendo contra Deus do seu jeito, mas você sabe que eu tolero, porque você é meu filho, e quem mais vai tolerar? Sim, eu tolero, mesmo que não entenda, mas assassinato? Eu tenho que tolerar assassinato?

Não tinha sido apenas o sonho o que levara Niall e Mór através de um oceano.

A família Lynch e a família Curry — esse era o sobrenome de solteira de Mór — estavam emaranhadas, por causa de linhas de sucessão compartilhadas e negócios feios compartilhados. Em primeiro lugar, os negócios feios que o pai de Niall e o pai de Mór tinham em Belfast, e, em segundo, os negócios feios do tio de Mór, aquele que ela odiava por razões que todos conheciam, mas ninguém diria. O tio que morreu naquela noite em que Niall voltou depois de trabalhar em Manchester por meses; a noite em que ele se reuniu com Mór novamente para conversar, veja onde você está depois de todo esse tempo entre nós, você gostaria de ir dançar; a noite em que todos viram Niall sair da festa furioso, gritando sobre como ainda havia serpentes em Kerry, afinal, porque ele não conseguia acreditar no número de línguas bifurcadas que acabara de ver!* E Mór deixada chorando lá quando Niall saiu correndo, e, se você conhecia Mór, sabia que ela nunca chorava.

Sim, todos eles sabiam o que havia acontecido com Michael Curry, porque quais eram as chances de ele ser descuidado com suas lâminas em uma noite em que Niall Lynch fora visto em alta velocidade em seu pequeno carro rumo à oficina de Michael?

— Você tolerou o suficiente antes que ele encontrasse um desfecho ruim, não é? — Niall disse em voz baixa.

Marie deixou isso passar sem comentários.

— Seria bom um pouco de carinho, alguma gratidão, alguma família. Algum reconhecimento por eu estar aqui, mesmo com seu velho pai no túmulo, tentando saber como você está.

— Reconhecimento — Mór ecoou. — Basta dizer "dinheiro".

Transformar sonhos em dinheiro... era mais fácil falar do que fazer. Nem Niall nem Mór conseguiam especificidade suficiente em seus sonhos para garantir que suas riquezas sonhadas resistissem ao microscópio, de modo que as notas de dólar estavam fora de questão, assim como o ouro ou as pedras preciosas. Os sonhos sempre *pareciam* certos, mas não significava que *eram* certos. Pressioná-los com força demais muitas vezes os revelava como falsos, e isso era exatamente o que Niall e Mór não queriam que se revelasse.

E, no entanto, de alguma forma, Marie Lynch os havia encontrado.

— Isso é verdade? — Niall perguntou, desanimado. — É dinheiro de novo?

— Eu queria ver meu filho — disse Marie. — Queria ver meu neto. Acha que eu me importo que você não esteja casado? Acha que eu me

---

* Alusão a um episódio da história de São Patrício (c. 385-c. 461), padroeiro da Irlanda. Diz a crença que Patrício foi o responsável pela expulsão das serpentes da Irlanda: uma alegoria para a expulsão do paganismo e a consequente cristianização da ilha. (N. da T.)

importo com todas as coisas que você disse e fez naquela noite, em comparação com todos os anos que vieram antes dela? A questão aqui não é dinheiro. Pare de *deixá-la* dizer que a questão é dinheiro.

Tanto Mór quanto Marie conheciam Niall bem o suficiente para ver a turbulência em sua expressão. O amor era uma das armas da espécie de Marie. Tinha muitos ganchos: o conhecimento era condicional, o desejo de acreditar que era real.

— Suponho que você vá querer sua passagem de avião ressarcida, para começar — disse Mór.

Marie apenas a encarou com olhos brilhantes.

— Eu não posso acreditar que estamos fazendo isso de novo — disse Niall, o que significava que Marie conseguiria o que ela queria.

Se ao menos quisesse folhas de carvalho e bolotas... No fim das contas, Niall levou dez de suas cabeças de gado até o outro lado do estado para vendê-las em leilão — com lágrimas nos olhos, porque não queria que fossem comidos, e com os dedos cruzados porque esperava que envelhecessem e se comportassem como gado normal. Então ele deu esse dinheiro para sua mãe e a levou ao aeroporto, e esperou nunca mais vê-la, e sabia, no fundo, que a veria.

A coisa na Floresta sussurrou que era uma pena, era uma pena.

Os campos severos pareciam ter sido roubados.

Paraíso, paraíso, por que será que eles iam embora?

14

Farooq-Lane ficou muito animada por conseguir seu primeiro emprego. Não seu emprego na Alpine Financial, seu emprego de adulto, mas o trampo que ela descolara no ensino médio. Enquanto seus pares arranjavam empregos de rechear burritos e vender blusinhas bonitas, Farooq-Lane foi contratada como assistente temporária em uma empresa de contabilidade da região. Não pretendiam contratar uma estudante do ensino médio, mas ela pareceu tão equilibrada durante a entrevista que pensaram que sua idade fosse um erro de digitação.

Ela floresceu na empresa. As tarefas eram repetitivas, clínicas, implacáveis, sensíveis ao tempo. Em comparação, agora as regras bem-intencionadas de seus pais pareciam mutáveis e míopes. Agora, os debates sociais filosóficos de seu irmão Nathan pareciam uma anarquia.

A empresa era como uma igreja para ela. As coisas ali eram certas e erradas, preto e branco.

Três semanas depois de começar, Farooq-Lane descobriu, durante seus arquivamentos, que o contador sênior havia fraudado a empresa em cinquenta mil dólares. Quando ela revelou esse fato durante a reunião de atualizações na manhã seguinte, a empresa demitiu ruidosamente o contador sênior ali mesmo.

Eles demitiram Farooq-Lane discretamente alguns dias depois.

Isso não a fez perder o gosto pela justiça. Apenas lhe ensinou que algumas pessoas falavam as regras da boca para fora, pois não acreditavam realmente nelas.

Como os Moderadores.

Nos dias após descobri-los adormecidos em um depósito, Farooq-Lane se empenhou em localizar todo tipo de informação sobre eles. Começou com os registros que a Agência de Combate às Drogas dos Estados Unidos tinha de todos eles, incluindo ela mesma, e expandiu a pesquisa daí, com a mesma diligência que usara para pesquisar a respeito dos Zeds. Ela queria saber se os Moderadores tinham algo em comum entre si.

Se eram sonhos, queria saber se todos haviam sido sonhados pela mesma pessoa.

Mas, até onde ela podia ver, eles vinham de todas as esferas da vida. Todos pareciam ter longas histórias de existência na sociedade por décadas, com contas de telefone e registros escolares e matrículas militares para provar sua existência. Não parecia que eles, para dizer o mínimo, tinham sido *criados* por alguém com um esquema grandioso.

— Estão brincando comigo — Farooq-Lane disse a Liliana. — Só podem estar brincando comigo.

Liliana ergueu os olhos de onde estava, na poltrona no canto da sala. Estava fazendo ou acalmando algo que não parava de se mexer e ficava escovando o chumaço de pelo azul-pastel com duas rasqueadeiras.

— Eu não acho que isso seja uma certeza, pode acreditar.

— Sim — disse Farooq-Lane —, deve ser. Eu sou a pessoa que fica com cara de tonta durante a piada. Todos os outros foram recrutados porque eram úteis para o projeto de alguma forma, além de terem experiência com um Zed em sua vida. Por que eu estava lá? Eu era um mascote.

— Mas você era muito boa em encontrar os Zeds.

— Mas eles não podiam saber disso. Eu não havia sido testada ainda. E... Ela *tem* que tocar música tão alto? — Farooq-Lane pressionou os dedos de leve sobre os ouvidos, mas ainda podia ouvir a música do porão, alguma jovem amarga cuspindo sobre a guerra enquanto uma batida turbulenta soava ao fundo de sua voz.

— Pelo menos ela está fazendo alguma coisa.

— Além de usar drogas. — Farooq-Lane abriu a planilha que havia preenchido com todas as vítimas dos Moderadores, até onde ela sabia. Incluía ali todos os Zeds que ela havia ajudado os Moderadores a localizar, bem como os poucos que a primeira Visionária com quem trabalhara havia mencionado. Era uma lista mais longa do que ela pensava, e Farooq-Lane não gostava de olhar para ela, mas não recuou. Ela havia feito parte de tudo aquilo.

— Outro dia, ela me perguntou quantos anos eu tinha — disse Liliana. — E se eu achava que você estava procurando por uma "fiel escudeira jovem e gostosa".

Farooq-Lane estava tentando descobrir quando os Moderadores haviam decidido matar seu primeiro Zed. Os contatos federais tinham sido menos úteis do que ela esperava; aparentemente, os Moderadores haviam sido entregues à Agência de Combate às Drogas por meio do departamento de Segurança Interna, por meio da CIA. Ninguém queria reivindicá-los oficialmente como partes do seu grupo, mas também ninguém queria dispensá-los.

Farooq-Lane piscou da tela.

— Ela estava se referindo a si mesma?

Liliana deu-lhe um sorriso divertido.

— Eu deveria acordá-los — Farooq-Lane disse de repente. — Com um... como você chama aquilo? Com um docemetal.

Isso fez Liliana parar de escovar os pelos. Ela parecia um pouco preocupada.

— Acho que prefiro a vida sem eles, não é?

— Eu não posso simplesmente ignorar essas coisas. Pessoas *morreram* por causa deles. Eu os ajudei a encontrar vítimas. Eu tenho que saber o que eles estavam tramando. — Farooq-Lane fez uma pausa. Não era típico de Liliana interromper uma atividade assim. — Certo? Estou esquecendo de alguma coisa?

Liliana parecia um pouco triste.

— Não, você está certa. Acho que já encerrei essa história de me acostumar a escolher a opção que me mantém viva. Você escolhe a opção que acha moralmente correta. Prefiro que a gente tente viver como você.

Ao desligar o computador, Farooq-Lane foi até Liliana e beijou sua têmpora.

— Estou comprometida com escolhas que também mantenham você viva, não se preocupe. Se nós... *essa música*.

Enquanto Farooq-Lane atravessava a sala e descia as escadas para o porão, ela invocou a imagem que sempre usava para se manter calma. Uma pena flutuando na superfície de um lago perfeitamente parado. *Eu sou essa pena. Eu sou essa pena.*

Ao pé da escada do porão, ela foi saudada pela visão de Hennessy agachada em cima de um banco como uma gárgula, usando uma técnica de esfregar o pincel seco sobre a tinta na tela, cercada por uma plateia atenta de latas de refrigerante e de cerveja amassadas. Ela estava fumando. Havia um rato morto colocado tão perfeitamente no centro da bancada de trabalho que devia ter sido posicionado ali intencionalmente.

E é claro que a música berrava em um rádio antigo.

Farooq-Lane puxou o fio do rádio da tomada.

— Estou tentando trabalhar.

— Pode devolver minha espada? — Hennessy perguntou, sem tirar os olhos da tela.

— As condições deveriam ser cumpridas. E você não parece sóbria.

Hennessy continuou esfregando o pincel na tinta da tela.

— As condições foram cumpridas, *mon amie*!

— Então posso ver esse retrato?

Com um sorriso enorme, Hennessy empurrou a cadeira para trás para permitir o acesso de Farooq-Lane. Ela se mostrou tão satisfeita com esse acontecimento que Farooq-Lane teve certeza de que algo desagradável a aguardava. Ela realmente pensava em dar uma arma mortal para alguém tão desequilibrado quanto Hennessy só porque tinha pintado um retrato? Ela havia prometido. Então ao menos tinha que olhar agora.

A pintura era pavorosa.

A pintura também era impressionante.

Não estava pronta. Algumas partes haviam sido trabalhadas quase até a conclusão e algumas ainda eram toscas nas formas. Havia esboços preliminares em todas as superfícies horizontais ao redor. A mulher na tela não estava sorrindo. Estava com um pé apoiado no degrau de uma cadeira, o cotovelo apoiado no espaldar. Vestia um terninho; o blazer estava aberto o suficiente para revelar uma blusa sugestiva, de alguma forma, sem pele à mostra, apenas aquela seda, mas ainda era demais.

Não era um retrato de Liliana. Era um retrato de Farooq-Lane. Parecia absolutamente impossível que Hennessy tivesse conseguido capturar com tanta perfeição uma pose que Farooq-Lane adotara inconscientemente muitas vezes. O terninho ela não tinha, mas era um que ela poderia ter tido. As mãos eram suas, a garganta era sua, a linha reta da boca carnuda era sua.

O retrato era intolerável.

Não porque fosse ruim, e não porque fosse ela em vez de Liliana, e não por causa da energia daquela seda palpável sobre seu esterno.

Era intolerável porque Hennessy pintara o reflexo brilhante do fogo em seus olhos.

A radiância inconfundível das coisas acesas cintilava nas pupilas do Retrato Farooq-Lane enquanto ela mantinha o olhar fixo em um ponto à frente, sem sorrir. Aquela mulher não se importava que o mundo estivesse queimando? Ou tinha sido ela quem o incendiara?

— Você é... — Farooq-Lane começou. Mas não sabia como terminar a frase de uma forma que não desse a Hennessy exatamente o que ela queria. Porque a jovem ainda estava sentada lá, recuada em sua cadeira em uma pose muito Hennessy, parecendo mais feliz do que nunca com sua situação e absorvendo a reação de Farooq-Lane.

— Não entendo por que você está assim — Farooq-Lane disse, por fim. — Eu não sei o que você quer de mim. — Ela sentiu suas bochechas esquentarem quando disse isso. — Bastava pintar Liliana. No lugar, você pintou isso, como...

— Você é uma jovem muito promissora — Hennessy disse a ela, deixando suas vogais menos britânicas e mais americanas para soar como Farooq-Lane. — Não entendo por que você joga isso fora assim.

— Você é... — Farooq-Lane começou. E terminou: — ... a pior.

— Eu estava querendo saber por quanto tempo a culpa seria positiva.

Imediatamente, Farooq-Lane se arrependeu de dar tanto a ela, de dar tanto de seus sentimentos. Ela disse:

— Falei errado.

— Oh, não, você não gostou, e eu adorei cada segundo dessa honestidade lancinante. Aliás, o que você queria? Por que você desceu ao meu covil?

Farooq-Lane lutava para se lembrar. O rádio. A planilha.

— Eu estava descendo por causa da minha roupa suja.

— Não gosto quando você me chama de sua roupa suja — respondeu Hennessy. — Aliás, vou te propor um acordo. Eu consigo algo para você acordar os Moderadores se você me deixar atirar na cara de cada um depois que você terminar.

— O que você espera que eu responda?

Hennessy deu de ombros.

— O que você realmente quer? Dinheiro? Ah, agora que faturou a espada, quer o orbe de volta, é nisso que está mirando?

— O orbe! Foi você que falou, não eu. Você é tão bruta... — disse Hennessy. Ela ainda estava usando todos aqueles dentes. Divertindo-se demais pela primeira vez. — Bastava pedir.

15

Ronan visitou Jordan.

Ele estava solitário.

Ele queria estar com as pessoas que conhecia, mas as pessoas que ele conhecia não tinham docemetais. A companhia de estranhos era pouco melhor do que o mar escuro; a única vantagem era que ele se preocupava menos em esquecer de si de novo quando habitava até mesmo um docemetal aleatório.

Mas Jordan não era uma estranha. Havia um conforto em vê-la, mesmo que ele não a conhecesse como conhecia Hennessy. Observá-la pintar o lembrou de como Hennessy era *boa*. Ela o surpreendera por vezes demais com sua arte casual. Qualquer coisa poderia ser um meio para Hennessy. Uma caneta descartada, poeira acumulada em um painel, maquiagem de loja de conveniência, doces derretidos, restos de ketchup. Hennessy podia ser muito maldosa e inteligente quando falava; com sua arte, ela era apenas inteligente.

Ronan pairava no estúdio, mal suspenso pelo suporte do ar. Ele sabia que a menor perturbação o levaria para o mar escuro. Precisou de um pouco de foco de sua parte para ficar, mas ele ficou. Ficou mesmo quando o sol nasceu, e Jordan parou de trabalhar e foi dormir. Ficou mesmo quando a tarde passou, e ela acordou de volta para ir trabalhar.

A arte de Jordan era menos agitada e mais estudada que a de Hennessy. Seu trabalho era manter-se acordada, e ela trabalhava com esforço para isso. Nenhum dos retratos ao seu redor era um docemetal, mas isso não parecia importar. O processo de tentar produzir docemetais era o que a mantinha acordada. Ronan ficava fascinado por essa habilidade particular. Isso o lembrava um pouco do que Adam costumava fazer com as linhas ley quando eles estavam em Henrietta. Adam havia feito muito esforço para aprender a focar a energia ley invisível, mas era mais do que isso; ele tinha jeito com a coisa. Jordan era esforçada, mas também tinha um talento especial.

Será que Hennessy também tinha o talento especial?

Logo após o início da noite de trabalho de Jordan, Declan veio. Ele estava de terno. Não o velho terno cinza que ele costumava usar o tempo todo, mas um escuro e elegante com um corte moderno. Ele atravessou o estúdio para ficar ao lado do computador de Jordan, que estava curtindo as diferentes vibes de sua coleção de músicas enquanto trabalhava.

— Não quero que você trabalhe esta noite — disse ele. — Eu quero que você fique bonita e esteja pronta para sair em quarenta minutos. Não, trinta e cinco.

Jordan, no cavalete, moveu uma sobrancelha e nada mais.

— Você quer?

— Eu quero ser feliz — disse Declan, em um tom prático. — Estou cansado de me sentir culpado. Quero te levar para jantar e depois quero ir à vernissage do Schnee.

Ela fez uma careta.

— Schnee! Quê idiota. Eu não quero ir à vernissage dele. Não vou colocar cílios postiços pra isso.

— E depois — Declan continuou, como se ela não tivesse interferido —, eu quero fazer uma cena enorme pedindo você em casamento muito publicamente na festa. Assim vamos ofuscar por completo a vernissage.

Ronan ficou chocado o suficiente para quase cair de volta no mar escuro novamente. Foi só se aproximando da pintura ainda molhada no cavalete que ele conseguiu ficar. Declan! Ficando noivo? Quando eram crianças, ele tinha dito a Ronan que nunca ia querer se casar, logo antes de tentar jogar o anel de casamento de Aurora no ralo da pia. Declan tinha sido um namorado em série, sem graça nenhuma e sem esmorecer, durante o ensino médio, e, em Washington, DC, o homem invisível com a namorada invisível. Para se casar com alguém, você tinha que ser visível para pelo menos uma pessoa, uma escolha que Declan não estava disposto a fazer.

A boca de Jordan se curvou quando ela deslizou para fora do banco. Para espanto de Ronan, ela não pareceu nem um pouco surpresa, e ocorreu a ele que os dois já haviam falado sobre esse futuro.

— Que tal eu tirar você desse terno agora?

Eles se abraçaram, os dedos de Jordan firmemente entrelaçados no cabelo de Declan, os dedos dele pressionados firmemente nas costas dela. Depois de alguns segundos, eles começaram a balançar o corpo ao som da música. Então, espontaneamente, deram alguns passos de dança juntos. Declan a fez cair de costas segurando-a com o braço, e Jordan parou em uma pose.

Declan sorriu, desviando o rosto rapidamente dela, escondendo-o dela, dentre todas as coisas que ele poderia esconder. Mas Ronan conseguia ver o sorriso, e ele conseguia ver que era um sorriso que seu irmão nunca usara na sua frente, não em todos os anos desde que o conhecia. Esse sorriso não era *para* Jordan, era *por causa* de Jordan.

Então, sem mais discussão, Declan e Jordan se separaram. Ele tirou o paletó, deitou-se no sofá laranja e pegou o celular para responder e-mails, e ela voltou para o banco para retomar a pintura, cantando baixinho com a música. Não saíram para jantar ou para invadir a vernissage de uma galeria e nem mesmo tiraram o terno de Declan, mas isso não importava muito.

Ronan sabia que seu irmão estava feliz.

De repente, Ronan podia ver o futuro de Declan de uma forma que nunca tinha sido capaz de ver o seu próprio. Declan, dali a dez anos, ou vinte, em Boston, com Jordan, no apartamento dele, no estúdio dela, depois em uma casa geminada, depois um loft com paredes brancas cheias daquela arte distinta e sombria que fazia os olhos de Declan lacrimejarem quando via. Coquetéis, inaugurações de galerias, voos transatlânticos, casas de leilões, uma filha de cabelos cacheados, um celular cheio de contatos que sabiam que Declan era o homem certo para o trabalho, uma esposa que ficava melhor ao volante do carro dele do que ele, uma artista que estava nas manchetes e o executivo que as recortava e guardava na caixa debaixo da cama. Não era a vida que Declan alegava querer durante toda a sua adolescência, mas isso realmente não importava: Declan era um mentiroso naquela época.

Ronan permaneceu por um longo tempo observando a cena tediosa e reconfortante dos dois trabalhando noite adentro, até que o docemetal não era mais forte o suficiente para mantê-lo ali.

Pensou na vida que pensava querer.

O que será que ele queria agora?

— Um, dois, três — disse Adam. — Quatro, cinco, ok, seis, sete...

Ronan estava de volta ao seu corredor, olhando para seu corpo imóvel.

Adam havia retornado com sua lanterna elétrica. Quando Ronan se aproximou, viu que Adam estava colocando objetos estranhos na poeira na frente de Ronan. Sete pedras. Um pedaço de cobre brilhante. Um enrolado de fio (uma corda de violão, possivelmente?). Uma tigela de sopa azul-escura. Franzindo a testa, ele se inclinou para usar o dedo médio e o anelar para desenhar padrões ao redor deles. De vez em quando, ele parava e olhava para o espaço, pensando muito, e então acrescentava outra linha ou ponto ao padrão.

Adam encheu a tigela até a borda com uma garrafa de água e então saiu da luz para colocar a garrafa fora da vista.

Ao voltar, sentou-se no meio do padrão, tomando cuidado para não bagunçá-lo.

Passando as mãos sobre o topo das pedras, ele hesitou, e então as moveu ligeiramente.

Por fim, ele se esticou para colocar a tigela de água diretamente na sua frente.

Ronan percebeu que Adam ia tentar divinação.

Era uma ideia terrível. Divinação era um negócio arriscado, mesmo quando as condições eram perfeitas. Adam havia começado a mexer com isso quando estava no ensino médio, jogando sua mente no éter para ter uma visão melhor do mundo. Às vezes, o necessário para obter um pouco mais de perspectiva era simplesmente olhar para uma situação de fora do espaço-tempo humano. Ele havia aprimorado ainda mais a habilidade com sua mentora, Persephone, uma vidente que acabara morrendo durante a divinação. Divinação era como sonhar, mas acordado. A mente se afastava do corpo durante um sonho, sim, mas era possível contar com o momento do acordar para recuperá-la. Com a divinação, não havia momento de despertar. O divinador havia banido a mente do corpo enquanto estava acordado, e muitas vezes, se fosse muito longe, a mente não retornava. A maneira mais segura de praticar a divinação era com um observador — alguém para tirar o vidente do transe antes que ficasse profundo demais. Antes que o corpo morresse.

Mas não havia ninguém cuidando de Adam no corredor.

— É uma pena que a Motosserra não possa ser treinada para me morder quando eu mandasse — Adam disse em meio ao silêncio, obviamente pensando a mesma coisa que Ronan. — Talvez ela pudesse, com tempo suficiente. Próximo projeto, eu acho.

Suas sobrancelhas se uniram.

— Eu nem sei se dá para usar divinação só com a energia de um docemetal. Fiz o que pude para melhorar. — Ele agitou as mãos sobre as pedras novamente. — Tenho que ver se consigo...

Adam, não.

Adam respirou fundo.

Ele se inclinou sobre a tigela de água, que parecia preta na luz fraca. Ele engoliu.

Adam, não.

Adam desfocou os olhos, olhando tanto para a água quanto para além dela. Desengatando sua mente do corpo. Suas narinas se dilataram; sua boca trabalhava. Ronan o conhecia bem o suficiente para saber que ele estava frustrado com a falta de energia.

Mas então ele soltou um longo suspiro, moveu as pedras novamente e tentou mais uma vez.

A agitação percorreu Ronan. Ele não sabia onde deveria estar. Ali, esperando para ver se a expressão de Adam ficava vazia, sinalizando que havia funcionado? Lá fora no mar de docemetal, para ver se o plano de Adam funcionava, para ter certeza de que ele não vagaria muito no escuro sozinho?

De um lado para o outro, Ronan vacilava enquanto os minutos passavam e Adam pacientemente permanecia no lugar. Por fim, totalmente inquieto, Ronan se jogou no mar de docemetal.

A maior parte dele esperava que Adam não conseguisse encontrá-lo. Uma parte esperava que sim.

16

— Tivemos um arrombamento há alguns dias — disse Jo Fisher. — Estamos levando as coisas para um local mais seguro; mas, até lá, estamos reforçando nossos sistemas aqui.

Levou um minuto para Hennessy perceber que Jo Fisher estava explicando por que havia três câmeras visivelmente observando-a cruzar o limiar da mansão. Não a surpreendia. Era aquele tipo de mansão. Localizada em Chestnut Hill, a poucos quilômetros de Boston, a propriedade controlada por Boudicca era um exemplar de estilo Tudor de tijolinhos em uma construção impressionante, cuja bela face estava escondida atrás da máscara de ferro fechada que era o portão.

— Não levaram nada, mas destruíram o saguão — disse Jo Fisher. Como antes, ela tinha um celular permanentemente na mão, e falava com ele com mais frequência do que com Hennessy. — Então é isso. Câmeras para todos. Sorria para elas.

Hennessy sorriu.

— Tudo bem, entrem, eu só tenho que... — Jo Fisher escondeu o teclado da vista ao permitir a entrada de ambas na casa, sem nunca desligar o celular. No interior, o saguão era arquitetonicamente grandioso e vazio em termos de mobília. A pintura entre as vigas expostas estava fresca. Algumas das vigas também eram novas. O que quer que tenha acontecido ali devia ter sido significativo.

Hennessy comentou:

— Achei que os docemetais estivessem guardados na galeria.

— Todo mundo pensa isso — disse Jo Fisher, com uma voz compassiva, como se lamentasse que Hennessy fosse tão estúpida quanto todas as outras. — Faz parte da segurança.

— E, no entanto, aqui estamos. Olhando para os sinais de uma luta.

— Sempre haverá tentativas — disse Jo Fisher. Ela enfatizou a palavra *tentativas* profundamente na frase, de uma maneira que sugeria que algo terrível havia acontecido com *quem tinha feito* a tentativa.

— Vou cortar você antes que faça algo muito embaraçoso: você é a Hennessy, certo? Não a Jordan. Aquela com quem eu falei na galeria. Não se preocupe em mentir, tenho outro compromisso logo após este e não tenho tempo.

— Sou o mais Hennessy possível — disse Hennessy. — Absolutamente Hennessy.

— E onde está Jordan?

— A Jordânia fica ensanduichada entre Israel e a Arábia Saudita, com a Síria como um chapeuzinho alegre. Serve essa?

Jo Fisher estudou Hennessy, com a cabeça inclinada, e então disse:

— Ah, *entendi*. Você é a babaca. Ok. Bem, nossa oferta *seria* um pacote. Presumimos que vocês estivessem trabalhando juntas; o acordo era para o que quer que vocês duas fizessem juntas.

— Eu sou o pacote completo — disse Hennessy. — Você não estava ouvindo? Absolutamente Hennessy. O acordo para nós também deve ser o acordo para mim.

— O negócio para vocês duas — Jo Fisher disse de maneira precisa, gesticulando para Hennessy segui-la — era para vocês pintarem originais em público como uma voz jovem deslumbrante e patrocinada e, em particular, forjar trabalhos ocasionais para nós, tanto para os propósitos da Boudicca como para os clientes com quem trabalhamos. Obviamente, todos com quem vocês trabalhassem por nosso intermédio saberiam que vocês são um produto de primeira, as melhores falsificadoras da Costa Leste, a nova retratista mais promissora etc.

— Continue. Não, é sério. Prossiga. Sinta-se à vontade para colocar o pau na mesa.

120

Jo Fisher não continuou. Em vez disso, ela apontou para um homem de terno, que não piscava e estava parado rigidamente ao lado do elevador.

— Aquele homem tem uma arma.

— Maneiro — disse Hennessy.

Caminhando diretamente até ele, ela colocou um braço em volta do pescoço dele e o beijou na boca.

Um momento depois, ela se viu de costas, ofegante, com Jo Fisher olhando para ela com um celular em uma das mãos e um Taser na outra.

— Preciso usar isto?

— Depende da teimosia da sua satisfação — Hennessy ofegou. Ela se levantou e então mancou atrás de Jo Fisher para dentro do elevador. — Apenas verificando o limite do humor.

— Nenhum — Jo Fisher disse, apertando um botão do elevador.

Juntas, elas desceram um andar. O homem com a arma as acompanhou, franzindo a testa para Hennessy. Era o tipo de carranca que não parecia ser para ela, mas sim *sobre* ela. Quando a porta do elevador se abriu em seu destino, Jo Fisher apontou para um ponto no chão do lado de fora e ele foi até lá e ficou parado, como um cachorro treinado.

— Fica — Hennessy disse a ele. — Bom menino. Quem é um bom menino? — Estavam no que costumava ser uma adega. Ainda cheirava a vinho, mas a maior parte do espaço era ocupada por cavaletes e expositores, todos iluminados com bom gosto em tons de vermelho e dourado. Algumas vitrines continham joias; algumas, roupas; algumas, pinturas; algumas, fragmentos de cerâmica; mas muitas das vitrines estavam vazias.

Jo Fisher observou Hennessy absorvendo seu entorno.

— Então você realmente é a outra.

— A Jordan já viu isso?

— Já. Vocês duas realmente estão no Mundo da Separação, não estão?

— Ninguém fala "Mundo da Separação", Jo Fisher — Hennessy murmurou, dando um passo mais adiante.

121

Mas elas estavam no Mundo da Separação. Era uma sensação estranha imaginar Jordan ali sem ela, investigando aquelas opções para conseguir ficar acordada, avaliando de quanta liberdade ela estava disposta a abrir mão por uma vida sem Hennessy. Hennessy se viu subitamente irritada com essa ideia, na verdade. Jordan tinha ficado apoplética quando descobriu que Hennessy havia fingido ser ela, mas como quem exatamente ela achava que estava visitando aqueles docemetais? Hennessy havia dividido sua vida ao meio para dar lugar a Jordan. Se Jordan merecia ter a própria vida separada de Hennessy, então isso não significava que Hennessy também merecia uma vida separada de Jordan?

Hennessy nunca havia pensado dessa maneira. Ela nunca quis.

— Todo mundo gosta dos docemetais. — Jo Fisher entregou-lhe um tablet. Ela tocou na tela para trazê-lo à vida. — Estamos sempre trazendo novos itens, mas a demanda está maior do que nunca. Também viajaremos com esta coleção para o Market em Nova York, é claro, e você pode esperar que a maior parte disso vá ficar por lá.

No tablet, Hennessy passou para a primeira listagem, uma fotografia de *Autorretrato*, de Melissa C. Lang. Era o primeiro docemetal que ela podia ver na exposição, um espelho antigo com metade de sua moldura arrancada de um jeito típico de estudante de arte problemático.

— E o acordo era que, se trabalhássemos para você, teríamos um desses bebês?

— Vocês teriam a possibilidade de usar um deles — corrigiu-a Jo Fisher. — Usar um docemetal com valor equivalente ao serviço que vocês prestassem. Obviamente, vocês também ganhariam um salário, bônus, essas coisas. Nós não fornecemos um plano de seguro neste momento, mas podemos indicar agentes que estão familiarizados com nossos...

— Entendi — disse Hennessy. Ela se virou para Jo Fisher diretamente. — *Você* tem o "uso" de um desses ou você foi comprada de um jeito diferente?

Ela gostou de como Jo Fisher não titubeou com essa pergunta, embora seus olhos brilhassem com irritação e surpresa.

— Discrição — Jo Fisher disse friamente — é uma das características que a Boudicca aprecia, e é impossível imaginar uma colaboradora sem ela.

— Algo mais, então. Algo pior. Ou algo melhor. Interessante — disse Hennessy. — E eu ainda não sou uma colaboradora, Jo Fisher. Eu odeio não ter liberdade de ser indiscreta se não receber nada por isso. Falando em liberdade, você está livre esta noite, quer ir a algum lugar, quer comer alguém? Estou trabalhando a longo prazo com foco em alguém, mas pode levar décadas até que a gente chegue às vias de fato.

Jo Fisher exalou lentamente antes de ignorar Hennessy e gesticular para a exposição.

— Você verá que os docemetais estão por ordem de valor. Os mais próximos de nós são os mais prováveis de serem incluídos no seu acordo. Já para incluirmos na jogada os que vêm logo na sequência, teria que ser uma situação muito incomum, mas não está fora do reino das possibilidades. E os dois últimos não estão no jogo.

Hennessy sorriu para ela.

— Vou dar uma olhada.

Enquanto caminhava devagar pelo corredor, ela pensou em como Jordan provavelmente seria capaz de dizer qual era a intensidade daqueles docemetais ao passar por eles, ao contrário de Hennessy, que poderia dizer apenas que todas aquelas peças de arte chamavam mais a atenção do que deveriam tendo em vista apenas o mérito próprio. Como Jo Fisher disse, todo mundo gostava dos docemetais. Ela se perguntou qual deveria ser a intensidade do docemetal para acordar os Moderadores, mesmo que só um pouquinho. Ela se perguntou qual seria a dificuldade de roubar um deles. Ela se perguntou se o quadrado vazio na parede no andar de cima costumava conter um docemetal. Ela se perguntou se tinha sido roubado com sucesso naquela noite do arrombamento, ou se tinha sido danificado ou movido para outro local.

Ela se perguntou como seria realmente fechar um acordo com a Boudicca.

Se Hennessy se entregasse a uma vida de servidão em troca de um docemetal por uma boa causa, será que Jordan mudaria de ideia e a perdoaria? Talvez fosse assim que Jay pensasse enquanto tramava como manter Bill Dower interessado nela.

Hennessy parou no penúltimo docemetal, o primeiro dos dois que era valioso demais para ser considerado para um acordo. Segundo o tablet, era um frasco de tinta artesanal. Segundo os olhos de Hennessy, era um fluido de pigmentação escura em um pequeno frasco de vidro em forma de mulher. Era um daqueles materiais de arte tão lindos por si só que seria preciso um artista muito corajoso para arriscar desperdiçá-lo em algo mais feio do que sua forma bruta.

Jo Fisher estava certa.

Hennessy gostou muito desse.

Com grandes expectativas, ela se voltou para o docemetal mais valioso que Boudicca tinha em sua coleção.

Por muito tempo, Hennessy não se mexeu. Realmente não podia acreditar.

Ela podia *sentir* o docemetal, é claro, como a tinta; sentia como se simplesmente *gostasse* dele. Mas isso estava muito em desacordo com a maneira como ela deveria se sentir ao vê-lo.

O silêncio se espichou.

Era impressionante.

Era pavoroso.

Por fim, ela começou a rir e rir e rir. Riu até ficar sem fôlego, e então esperou até recuperá-lo e riu um pouco mais.

O docemetal mais valioso de Boudicca era uma enorme pintura chamada *Jordan em branco*, de uma intensa garotinha de pele escura posando em um vestido branco.

— O que é tão engraçado? — perguntou Jo Fisher.

— Eu não preciso do seu acordo — disse Hennessy. — Porque fui eu que pintei isso.

17

Crie suas pinturas para uma pessoa específica.

Um colega artista deu esse conselho a Jay enquanto Hennessy estava ao alcance da voz e pôde ouvir também. Na época, Hennessy achou o conselho inútil, porque tudo o que Jay fazia era por Bill Dower. Então, depois que ela mesma começou a fazer arte, ainda achava que era um conselho lixo; afinal, por que um artista deveria se definir pelos desejos de outras pessoas? Algum tempo depois, ela percebeu que não significava nenhuma dessas coisas — era simplesmente um chamado para a especificidade, para apelar fortemente para poucos em vez de fracamente para muitos. Até então, Hennessy era decididamente uma falsificadora, não uma verdadeira artista, então não importava, de qualquer maneira.

Mas, depois de ver a coleção de docemetais de Boudicca, ela levou a sério. Ela criou para uma pessoa.

Ou melhor, ela criou para um rato.

Ela encontrou o rato no canto do porão. A cauda dele chamou sua atenção primeiro, embora ela não tivesse percebido inicialmente que fosse uma cauda. Tinha visto apenas um brilho pelo canto do olho enquanto preparava a tela que Liliana tinha lhe dado. Quando desceu do banco para investigar, encontrou um rato sonhado entre a poeira e as teias de aranha. Ela sabia que era um sonho não só porque estava dormindo, os pequenos lados peludos de seu corpo subindo e descendo, mas também porque sua cauda era banhada a ouro maciço. *Vermes!*, Hennessy pensou consigo mesma, mas ficou um pouco encantada mesmo assim. Ela se perguntou que tipo de mente havia sonhado um rato precioso.

Pegando-o pela cauda dourada, ela o colocou sobre a mesa de trabalho à vista de seu cavalete. Um pequeno mascote.

Após seu encontro com Jo Fisher, Hennessy estava determinada a acordá-lo.

Não tinha certeza do que fazia de *Jordan em branco* um docemetal, mas tinha algumas ideias. Era um original. Tinha sido criado sob coação. Era um retrato muito preciso. O retrato de Farooq-Lane que ela começara parecia um excelente candidato para testar essas condições novamente. Também era original. Ele também havia sido iniciado sob coação. Era também um retrato muito preciso. O prazer que Hennessy sentira com a reação de Farooq-Lane tinha sido imenso. Aquela mulher estava sempre incendiada e sempre negando esse fato.

Hennessy pintou a noite toda.

Ela pintou até a exaustão, e depois além, até estar completamente passada e chapada.

Assim como em *Jordan em branco*.

Mas, à medida que as horas avançavam e o retrato ficava mais perto de ser finalizado, ainda havia uma diferença entre *Jordan em branco* e *Farooq-Lane, em chamas* — de acordo com o rato, apenas um deles era um docemetal. O camundongo continuava imóvel na mesa de trabalho ao lado da espada de Hennessy, que Farooq-Lane havia deixado ali enquanto Hennessy se encontrava com Jo Fisher.

Hennessy tomou um rumo diferente, voltou aos esboços preliminares. Era fácil perder a vida de uma peça nas pinceladas acabadas. Talvez precisasse retornar ao poder bruto dos esboços iniciais antes da pintura.

O rato continuava a dormir.

Ela havia pintado *Jordan em branco* num frenesi, melhorando a precisão do trabalho de sua mãe; talvez precisasse aprimorar a representação de sua modelo em *Farooq-Lane, em chamas*. Ela refez o rosto. Melhorou a textura da blusa. Reformulou o plano de fundo.

O rato continuou a dormir.

126

Hennessy se divertiu, de início, ao perceber como aquele fator decisivo lhe escapava.

Então ela ficou intrigada por não conseguir descobrir a solução.

Então ela ficou frustrada ao esgotar todas as suas ideias.

E, por fim, ela ficou apenas com raiva.

Por que isso era algo que ela podia fazer quando criança, quando quase não tinha habilidades técnicas, e não agora, quando sabia muito mais? Por acaso a arte não tinha dor suficiente? Na verdade, teriam sido as pinceladas de sua mãe sob o trabalho de Hennessy que haviam feito de *Jordan em branco* um docemetal?

Hennessy começou a arremessar coisas. Primeiro um tubo de tinta. Depois, um pincel. Depois sua paleta, depois papéis, depois bancos.

O chilique não deu exatamente uma sensação boa, mas não foi ruim, por isso ela continuou, até que olhou para cima e percebeu que não estava mais sozinha no porão.

Farooq-Lane estava ali em pé, os braços cruzados, conseguindo parecer, de alguma forma, pronta para uma reunião de negócios em seu pijama de seda. Liliana parecia desgrenhada e reconfortante com um cobertor em volta dos ombros, à semelhança de um roupão.

De um jeito cavernoso, Farooq-Lane disse, sua voz rouca de sono:

— Hennessy, são quatro e meia da manhã.

Isso era tudo? Havia demorado mais para amanhecer do que Hennessy havia imaginado. Ela disse:

— A escuridão é o momento em que os inovadores trabalham, enquanto o mundo miserável e mundano está dormindo...

Farooq-Lane ergueu a mão para ela calar a boca. Então passou por cima da desordem para resgatar um tubo que estava vazando um pequeno verme de tinta verde no chão de concreto.

— Não. Não, você não vai fazer um monólogo. Cale a boca.

Com uma voz doce e sonolenta, Liliana perguntou a Hennessy:

— Qual é o problema, querida?

Farooq-Lane ergueu a mão novamente.

— Não. Não responda a ela. Não diga nada. Não faça nada. Não se mexa.

Ela girou nos calcanhares para retornar ao andar de cima, deixando Liliana e Hennessy juntas. Liliana desceu até o último degrau, ainda enrolada em sua capa, esperando pacientemente até que Farooq-Lane marchou de volta para baixo com um pacote fechado de fichas de anotações em uma das mãos e um marcador permanente na outra. Sem pressa, ela foi tirando o plástico dos cartões. Em seguida, localizou uma lata de lixo para jogar o plástico fora, um ato de rebeldia em meio ao porão destruído. Por fim, colocou os dois cartões e o marcador na mesa de trabalho ao lado de Hennessy.

Ela disse:

— Este é um processo que eu adotava com alguns dos meus clientes. Você não tem permissão para falar. Eu vou fazer uma pergunta e você vai *escrever* ou *desenhar* uma resposta correspondente em um cartão. Você pode pensar na resposta o quanto quiser, mas só tem dez segundos para escrevê-la.

Hennessy não estava com disposição para qualquer tipo de trabalho manual.

— Por que você...

— Não — disse Farooq-Lane. — Não diga nada. Não quebre as regras. Isso é inaceitável e você sabe. Sente-se e cale a boca, ou acabou toda essa experiência. Eu vou te denunciar por vandalismo industrial e você vai poder lidar com a lei do mundo real. Estamos tentando estabelecer *se o mundo inteiro vai ou não acabar*, e eu não tenho paciência para nada mais desse tipo.

Hennessy sentou. Ela se calou.

Ao abrir uma cadeira de praia suja que estava tombada, Farooq-Lane se apoiou no espaldar. Ela não gostaria de ouvir, mas sua pose era idêntica à do retrato.

— Primeira pergunta: quem é você? — começou ela.

Hennessy assinou seu nome em uma ficha e depois o exibiu como se fosse um infomercial. Sorriso grande e bobo. Movimentos corporais grandes e patetas.

Liliana deu um risinho delicado, encorajador.

Farooq-Lane, não.

— Segunda pergunta: o que você está tentando realizar aqui embaixo?

Esse quebra-cabeça era mais difícil. O conceito de pintar um docemetal para acordar os Moderadores no depósito era muito longo para escrever em dez segundos, então, em vez disso, ela desenhou às pressas duas versões do rato sonhado, uma adormecida, outra desperta. Não podia suportar não se exibir, então rapidamente deu batidinhas com o dedo em sua paleta de tinta molhada e passou uma faixa larga e fina de tinta no cartão para ser o corpo do rato e então sugeriu apressadamente os detalhes mais finos com o marcador.

— Muito bonito — murmurou Liliana.

Farooq-Lane apenas franziu a testa.

— E por que você acha que pode conseguir fazer isso?

Porque ela parecia ter conseguido, quando era criança. Antes, ela havia passado uma década aprendendo a pintar como qualquer velho mestre em qualquer museu, tornando-se a maior falsificadora da Costa Leste. Porque parecia que, se ela não pudesse fazer, realmente havia entregado a vida adulta promissora *daquela* garota a Jordan e mantido apenas seu passado de merda para si mesma.

Não ia contar isso a Farooq-Lane. Ela escreveu: *Eu já fiz isso.*

Farooq-Lane continuou, implacável:

— Você se importa com esse rato? É por isso que você jogou todas essas coisas, porque o rato em si é importante para você?

Hennessy desejava dar uma resposta irreverente, mas apenas olhou para o corpo adormecido do pequeno rato e balançou a cabeça.

— E você realmente se importa em acordar os Moderadores? — perguntou Farooq-Lane. — Seja genuína.

Ela ficou surpresa ao perceber que não se importava com o motivo pelo qual haviam matado suas meninas. Não as traria de volta. E não era como se eles pudessem fazer qualquer outra coisa com ela, presa em um depósito, dormindo. A dor extinguiu qualquer curiosidade.

Hennessy balançou a cabeça.

— Então, por que você está realmente chateada com isso?

Hennessy balançou a cabeça mais uma vez.

— Não foi uma pergunta de sim ou não — disse Farooq-Lane. Sua boca era uma linha afiada e inclemente.

Agora Hennessy desejava enterrá-la em um monólogo. Era exatamente para isso que as palavras eram necessárias. Um tratado sobre sistemas binários, talvez, uma palestra tagarela e descontraída sobre a beleza das ambiguidades. Uma piscina afogada de palavras significativas tão compactadas que haviam se tornado sem sentido.

Como não podia fazer um monólogo, teve que pensar na resposta.

Por que havia vandalizado o porão? Tinha uma bela pintura de uma linda mulher no cavalete, então a questão não era a qualidade de seu trabalho. Não se tratava de acordar Jordan, porque Jordan parecia ter conseguido isso sozinha. Não se tratava de acordar o rato, não se tratava de acordar os Moderadores. Não se tratava de um hipotético fim do mundo.

Seu mundo já havia acabado.

Jordan a havia deixado. E Jordan estava certa. Ela era como sua mãe. Assim como as ações de Jay eram caricaturas superdimensionadas para manter a atenção de Bill Dower, Hennessy tinha visitado Jordan para tentar garantir que ela nunca fosse embora. Quando a dor e a angústia foram retiradas dos ombros de Jordan, ela fez uma nova vida para si. Quando a dor e a angústia foram retiradas de Hennessy, não havia mais nada nela. Ela não era nada além da merda em que as pessoas pisavam.

Jordan era a verdadeira Jordan Hennessy.

Jordan estava sempre tentando melhorar, e Hennessy estava sempre tentando evitar ser infeliz. Jordan estava tendo sucesso em sua tarefa e Hennessy estava se afogando. Ela perdera sua habilidade infantil de fazer arte que mantinha as pessoas acordadas. Provavelmente havia matado Ronan Lynch desligando a linha ley.

Jordan havia escapado dela, e Hennessy estava feliz por ela.

— Hennessy — instigou Farooq-Lane.

Sentindo os olhos arderem, Hennessy passava um fino e sangrento respingo de vermelho em uma das fichas; então, com a caneta marcadora, sugeria as linhas necessárias para mostrar o que era um coração anatômico, sangrando tinta. Abaixo dele, ela só teve tempo de anotar, com raiva: CLARO, PORRA.

Seu coração estava partido, era por isso que ela se sentia realmente chateada, seu coração estava partido, partido, partido porque Hennessy queria demais ser tão boa em viver quanto Jordan, e ela nunca tinha chegado nem perto. Ela jogou o cartão que estava sobre a mesa em Farooq-Lane.

O rato acordou.

18

Matthew acordou.

Ele estava zangado.

Ele nunca sonhava, então o espaço de tempo entre quando ele adormecera no túnel e abrira os olhos outra vez estava vazio. Absolutamente vazio. Apenas uma pausa. Tempo, comido. Talvez algumas pessoas tivessem sonhado, um sonho bom, que teria mudado seu humor. Mas Matthew acabava de acordar em seu quarto com a verdade ainda fresca: Declan havia roubado o docemetal de seu pescoço.

— Bom dia — disse Declan, já saindo do quarto. Como se nada tivesse acontecido! Como se fosse um dia comum!

Como se não houvesse nada de que se envergonhar!

Matthew saltou da cama para descobrir uma verdade ainda pior: ele ainda estava completamente vestido. Seus dentes estavam grossos com a falta de escovação. Declan tinha acabado de arrastá-lo até ali como um saco de farinha e jogá-lo na cama. Por que ele se incomodava com isso? Matthew não saberia nada diferente se seu irmão o tivesse deixado amassado no carro. Em vez disso, deveriam fingir que Matthew, de alguma forma, tivera uma boa noite de sono como uma pessoa normal. Ronan sempre dissera a Matthew que Declan era um mentiroso, e Matthew nunca tinha dado ouvidos a isso de verdade. O que era uma mentira aqui e ali?

Mas agora ele entendia. As mentiras de Declan eram grandes e elaboradas peças de teatro tridimensionais, com Matthew estreando com um papel insignificante.

Bom dia! Como forma de rebelião, Matthew não se preocupou em trocar de roupa, apenas acrescentou uma jaqueta de aviador bem estampada de que ele sabia que Declan não gostava e passou por Sobrancelhas de Velho (o nome de Matthew para a construção) até a sala de estar (Preguiça Envergonhada) (ele também dera nome aos cômodos) para ver como Ronan estava, na condição pós-túnel. O sofá estava vazio. Matthew não conseguia pensar em onde mais Ronan poderia estar — Sobrancelhas de Velho só tinha dois quartos.

Seu coração disparou mais rápido com algo que era alegria (Ronan acordou! As coisas ficariam bem!) ou angústia (Ronan acordou e foi embora durante a noite! As coisas nunca ficariam bem!). Ele enfiou a cabeça no Doutor Ganância, o escritório, mas também não havia sinal de Ronan lá.

Na Gula Feliz, ele encontrou Declan se servindo de café com uma das mãos enquanto rolava rapidamente um e-mail em seu celular com a outra. No laptop, duas janelas separadas exibiam duas caixas de entrada diferentes.

— Onde está Ronan? — Matthew perguntou.

— Eu o levei para um lugar mais próximo do que ele precisa — Declan respondeu, sem erguer os olhos.

— O que isso significa? Onde? Você poderia ter me levado. — Matthew já estava preparando vários voleios para qualquer desculpa que Declan pudesse dar, mas Declan nem estava prestando atenção na conversa. Em vez disso, ele largou a caneca de café e pegou o celular para digitar furiosamente uma resposta.

Então ele fez uma ligação e colocou o aparelho no ouvido.

— Nós conversamos sobre isso — disse Matthew. — Você ia me tratar diferente! Tipo...

— Declan Lynch falando. Eu gostaria de dar prosseguimento imediatamente na nossa troca de mensagens para alinharmos a prioridade da situação. Esse contêiner não deve ter o nome do meu cliente em nenhum lugar da documentação. Tudo o que está associado a esse contêiner precisa passar pela C. Longwood Holdings. Tenho certeza de que você entende como se sentiria se seu endereço pessoal e os nomes dos seus filhos fossem impressos em todos os seus manifestos. Seria no mínimo perturbador que estranhos soubessem que você tem uma... — Declan olhou para seu laptop, onde uma janela de bate-papo apareceu — ... irmã que você não reconhece em um centro assistencial. — Ele fez uma pausa. Ouviu. — Estou feliz que pudemos resolver esse mal-entendido tão rapidamente. Poderia me passar um número de rastreamento contendo as novas informações para que eu possa atualizar o arquivo? Obrigado.

Ele desligou, bebeu um pouco de café e imediatamente se virou para o laptop, tudo em um movimento suave. Parecia ter se esquecido completamente da interjeição de Matthew. Ele disse:

— Pegue alguma coisa para comer, pegue seu laptop e eu vou te mostrar o que você vai fazer para a escola.

Matthew não tomou café da manhã nem pegou o laptop. Ele olhou pela janela, tentando discernir que horas eram.

— Não estamos atrasados?

Declan murmurou algumas palavras para si enquanto as digitava em seu laptop, e então disse:

— Encontrei uma solução melhor. Consegui matricular você em uma escola online, que, sei o que você está se perguntando, é credenciada e eu recebi a papelada para garantir que você consiga tirar um diploma do estado de Massachusetts.

Não era nisso que Matthew estava pensando.

— Não sei por que não pensei nisso antes — disse Declan —, mas é claro que é o ideal. Você pode fazer as tarefas dividindo em partes convenientes, aqui mesmo no apartamento, em muito menos horas por semana que na escola presencial. Vamos drenar muito menos o seu docemetal, e você ainda se forma no prazo, como queria.

Pouco a pouco, Matthew estava descobrindo o que Declan queria dizer. Ficar acordado apenas o tempo suficiente para fazer o trabalho escolar da semana e dormir o resto.

Ainda mais devagar, estava descobrindo que isso devia ter levado mais do que um dia para ser alinhavado. Ele perguntou:

— Como... faz muito tempo que não acordo?

Ele sentiu náusea.

O celular de Declan tocou uma mensagem; ele teclou uma resposta com o polegar e o indicador.

— Declan — Matthew repetiu. — Há quanto tempo?

Só então seu irmão pareceu ouvir algo errado em seu tom, porque ele piscou para Matthew.

— O quê? Não me olhe assim. Não é para sempre. Estou me esforçando ao máximo para negociar outro docemetal. Você comeu alguma coisa? Eu preciso te ensinar a mexer na interface da escola para maximizarmos seu tempo acordado hoje.

Foi quando Matthew deu um soco nele.

Espantou-o, o soco. Não a forma do golpe. Niall havia ensinado todos os meninos a lutar boxe quando eram muito mais jovens, e, embora Matthew não tivesse usado esse conhecimento desde então, descobriu-se que suas mãos, braços e ombros ainda se lembravam, de alguma forma profunda e subconsciente.

Não, o que surpreendeu Matthew a respeito do soco foi o fato de ele ter aparecido. O fato de que sua mão fez um punho e o punho fez uma trajetória e a jornada terminou no rosto de Declan. O soco derrubou Declan direto de seu banco e de costas no chão de ladrilhos, sapatos elegantes apontando para a luz do teto. Tirou o fôlego dele (Matthew ouviu) e arrancou as chaves do carro do bolso (Matthew viu). Um segundo depois, a xícara de café tombada rolou do balcão e se juntou a ele no chão com um barulho.

Surpreendeu Matthew que sua mão, logo após dar um soco em Declan, arrancasse as chaves do carro do chão. Era como se ele fosse uma pessoa diferente. Era como se ele fosse Ronan.

— E aí, o que você achou disso, hein?! — Matthew gritou, com ousadia.

Com os pés calçados em meias deslizando no chão, ele galopou até a porta, parando apenas o tempo suficiente para enfiar os pés no par de galochas que Declan mantinha lá para proteger as pernas da calça dos trabalhos mais sujos. Ele ouviu Declan dizer:

— Matthew, eu...

Então Matthew saiu no frio cortante da manhã. O ar raspava em seus pulmões. Seu coração batia tão forte que doía. Sentiu como se estivesse sendo perseguido por algo muito mais temível do que Declan.

O que ele achava que ia fazer? Fugir de casa? A coleira que o prendia a Declan era tão longa quanto a força de seu docemetal. No fim das contas, Declan estava certo. Matthew não poderia fazer nada sem...

De repente, Matthew sabia para onde estava indo.

Com um último olhar na direção da porta para ter certeza de que Declan ainda não estava saindo, ele entrou no carro, tateou até descobrir como dar partida. (Não havia buraco de fechadura! Ah, certo, um botão. Ainda não estava funcionando! Ah, certo, pé no freio!) Então ele saiu do estacionamento e desceu a rua.

Seu celular tocou. Em um sinal de PARE, ele arriscou dar uma olhada.

Havia uma mensagem de Declan: *Não vai ralar essas calotas no meio-fio.*

Matthew não respondeu. Em vez disso, inseriu um endereço no aplicativo de mapas do celular e tentou convencer a voz do aplicativo com as instruções a serem reproduzidas pelos alto-falantes do carro. Não conseguiu fazer isso antes de os carros atrás dele começarem a buzinar, então colocou o celular no colo e foi dirigindo devagar, seguindo suas instruções.

Outra mensagem de Declan: *Presumo que você não vá muito longe, já que o carro precisa de gasolina e você não levou minha carteira.*

Matthew também não respondeu. Ele simplesmente continuou serpenteando pelo tráfego de Boston. Era fácil dizer que o carro era de Declan, porque claramente ainda estava do lado do dono. Ele não parava de tentar surpreender Matthew para que pudesse correr de volta para seu mestre. Ele saltava para os sinais verdes, saltava sobre o meio-fio, estremecia até uma parada incômoda e ofegante em cruzamentos difíceis. Matthew tinha certeza de que dava um nó nos pedais do acelerador e do freio em alguns pontos. Com certeza estava operando o câmbio com uma mão boba, em sua opinião, em dado momento colocando em ponto morto, passando para o meio de um cruzamento e depois gritando alto para todos os outros veículos que tentavam se aproximar. Não parecia gostar de bicicletas. Estava sempre mergulhando nelas com um rosnado quase inaudível, depois recuando quando os ciclistas lhe mostravam o dedo.

Matthew estava suando um pouco.

Todas as buzinas eram desagradáveis, até que Matthew percebeu que, se ele abaixasse o vidro e sorrisse pedindo desculpas, os motoristas baixariam os vidros e sorririam de volta para ele. Os ciclistas até o perdoavam se ele gritasse para eles:

— Não sei o que esse carro tem contra as bicicletas!

Por mais conflitante que Matthew se sentisse em relação à simpatia que havia sido sonhada com ele, veio a calhar.

Outra mensagem de Declan: *Se você for parado dirigindo sem carteira de motorista, nunca mais vai poder tirar uma.*

Nos últimos anos, Matthew sempre se sentira como a ponte entre dois prédios — um em chamas, o outro em pé.

Depois que seu pai morreu (foi assassinado), Ronan ficou meio louco. Antes, ele às vezes ficava triste, mas depois que Niall morreu, estranhamente, isso pareceu passar. Matthew nunca mais o viu triste, apenas ferozmente zangado ou ferozmente sorrindo. De cada palavra agora brotavam navalhas. Declan, que antes parecia quieto, agora estava agradecido, um corpo imóvel no qual Matthew podia chorar baixinho, uma voz calma para receber ligações da escola ou da funerária ou do governo. Matthew havia passado cada vez mais tempo com Declan, especialmente depois que Ronan saíra do dormitório da Aglionby e fora para o armazém de seu amigo Gansey. O tempo todo, Declan explicou com calma que Ronan não era uma pessoa má, ele estava apenas confuso com a morte de Niall, então agora ele fazia o possível para arruinar a própria vida e também a deles porque achava que isso o faria se sentir melhor. Ele contou a Matthew sobre como Niall é quem tinha causado tudo aquilo, com negligência, com mentiras, com um comportamento descuidado, com abandono. Ronan, por outro lado, disse a Matthew que Declan era um grande mentiroso e como Niall tinha sido maravilhoso.

Agora Matthew pensava que talvez tivesse rotulado errado os irmãos. Talvez não fosse Ronan o prédio em chamas.

Sobre o que mais Declan estava mentindo? Sobre o que mais ele estava errado? Talvez tudo.

Declan mandou uma mensagem: *Da próxima vez, encontre seu próprio docemetal.*

Matthew avistou uma loja de donuts e conseguiu conduzir o carro na direção do drive-thru. Houve só um pequeno ralado quando ele encostou o suficiente para pedir donuts, e então usou o dinheiro que Declan mantinha no console para pedágios de emergência e pagou o pedido.

Ele se sentiu um pouco virtuoso ao administrar tudo isso, e se sentiu ainda mais virtuoso alguns minutos depois, quando conseguiu entrar no estacionamento do Centro de Assistência Medford. Ele ralou as calotas no meio-fio enquanto estacionava em um local próximo à porta, percebeu que estava estacionado torto, tentou três vezes consertar a baliza e, enfim, parou em um novo local, atolando o carro em uma pilha de lama parcialmente derretida.

Lá dentro, a mulher atrás do vidro na recepção o registrou e lhe deu uma de suas balas de menta, e ele deu a ela um de seus donuts.

Então ele caminhou de volta pelos corredores até o quarto de Bryde. Vitorioso, ele digitou a senha.

Matthew tinha acordado zangado; Bryde acordara derrotado. Ele apenas olhava direto para o teto, sem demonstrar curiosidade sobre quem poderia tê-lo despertado dessa vez.

— Oi, lembra de mim? — perguntou Matthew. — Irmão do Ronan. Seu irmão também, eu acho, mais ou menos. Eu realmente não pensava assim antes, mas acho que temos o mesmo cabelo, mais ou menos. O seu está um pouco mais mofado ou algo assim. Não de um jeito ruim!

Bryde parecia aflito.

— Que mundo estranho é este, em que deuses estão sendo criados por crianças.

— Claro — Matthew concordou. — Por que você está aqui?

Matthew tocou os lacres que seguravam os pulsos de Bryde na cama, depois olhou ao redor do quarto em busca de sinais de uma tesoura.

— Quero falar sobre ser um sonho.

Bryde fechou os olhos. Matthew acrescentou:

— E eu trouxe donuts para você.

19

Ronan não estava sozinho.

A Renda estava com ele.

Ela se movia lentamente através da escuridão. A princípio, Ronan não teve certeza de como reconhecera aquilo como a Renda, já que agora parecia diferente. Em vez de bordas quadriculadas e buracos irregulares e fendidos, havia se tornado uma entidade mais adequada para se movimentar no mar vazio. Agora sua forma era menos parecida com renda e mais parecida com um relâmpago pausado no meio do clarão, ou com os padrões partidos em mármore polido. Era a forma da energia. Na verdade, não era totalmente diferente dos docemetais, embora fossem veios brilhantes no mar vazio, e a Renda fosse feita de veios escuros.

A Renda dava grandes passadas lentas em direção a Ronan, onde ele flutuava, e ele podia sentir sua curiosidade, sua suspeita, seu julgamento.

Ronan moveu-se para trás como se fosse sugado, mas a Renda continuava a se espalhar na direção dele.

A Renda estava se comunicando com ele. Ou melhor, estava tentando. Não estava usando palavras. Usava alguma linguagem adequada àquele mar, ou talvez alguma linguagem adequada ao lugar de onde tinha acabado de vir, porque parecia a Ronan que a Renda era um visitante nesse mar, assim como ele. Fosse qual fosse o idioma, Ronan suspeitava de que ele conseguiria falar se tentasse. Também suspeitava, no entanto, de que esqueceria o *Ronan Lynch* de si mesmo se o fizesse. Era muito difícil conter os dois ao mesmo tempo.

Parecia que a linguagem da Renda não tinha palavras para indicar sentimentos.

E parecia que a linguagem humana não tinha palavras para a Renda.

Os veios escuros e irregulares da entidade criaram uma moita ao redor de Ronan enquanto tentava se fazer entender. Ronan pensou em como Hennessy e Adam tinham visto a Renda antes e haviam ficado aterrorizados, e ele entendeu o porquê. Era tão vasta, tão estranha, tão desumana.

Olhe, olhe para você. Valeu a pena? Não lhe dissemos?

Com esforço, Ronan entendeu as palavras da Renda. Ele perguntou:

— Me disseram o quê?

A Renda não entendeu completamente. Ela se contorceu ao redor dele, tentando traduzir as palavras em sua própria linguagem.

Fale conosco do jeito que você sabe.

Mas ele não falou. De repente, sentiu um cheiro familiar. Ou não um cheiro exatamente, mas qualquer coisa que fosse o equivalente ali no mar de docemetal, um lugar sem narizes. Pertencia a Adam Parrish. Ronan não tinha ideia do tempo em que Adam estava imerso no processo divinatório no corredor escuro.

Ronan disse:

— Saia daqui. Estou esperando alguém.

Assim como a Renda. Parecia possível que ambos estivessem esperando pela mesma pessoa. Ele ficou impressionado com a ideia hedionda de Adam aparecer ali naquele instante, com a Renda tão presente. Ele estaria desprotegido, com nada além de sua mente, com ninguém para trazê-lo de volta à consciência no corredor.

Ronald tinha precisado de todas as suas forças para reunir de volta para si suas memórias díspares quando chegou ao mar de docemetal pela primeira vez, e ele era um sonhador mais adequado para essa atmosfera do que Adam, fosse pela prática ou pelo desígnio.

Adam, no entanto... primeiro a Renda tiraria de Adam as coisas de que ele gostava em si mesmo, e então deixaria tudo o que ele não suportava dissolver-se em um nada gritante.

Pelo menos, esse era o plano. Ronan ouviu a Renda resmungando a esse respeito. Como odiava Adam. Ronan podia sentir o ódio irradiando, tão certo quanto podia sentir aquele *cheiro* de Adam se intensificando.

— Ele não é para você — disse Ronan.

A Renda respondeu: *Ele também não é para você.*

Ronan ignorou.

— Nos deixe em paz.

Desta vez, em vez de recuar, ele explodiu. Antes disso, não sabia que era capaz de fazer algo assim — não havia razão para reagir a nada, não quando eram apenas ele e os docemetais. Mas agora ele via a energia crepitar a partir dele, um relâmpago negro no mar escuro. A Renda recuou um pouco, mas Ronan não cedeu. Mais uma vez ele explodiu, e de novo, e de novo, enquanto aquele *cheiro* de Adam continuava a crescer.

Ele fez a Renda afundar, afundar mais e afundar o máximo na escuridão.

— Fique longe dele — Ronan rosnou, então, porque estava zangado o suficiente para arriscar uma tentativa de se comunicar na outra língua, acrescentou, no jeito de falar da Renda: *Fique longe dele!*

A Renda, ao recuar completamente, estava incrédula. *Ele não é para você. Nada disso é para você, Greywaren.*

Então ela se foi, assim que Ronan percebeu que Adam Parrish havia chegado ao mar de docemetal.

Parágrafo introdutório incorporando a tese: Após uma infância desafiadora marcada por adversidades, Adam Parrish tornou-se um calouro de sucesso na Universidade de Harvard. No passado, ele havia dedicado tempo a duvidar de si mesmo, temendo se tornar como seu pai, obcecado que os outros pudessem ver suas raízes ligadas ao estacionamento de trailers, e idealizando a riqueza, mas agora ele havia construído um novo futuro onde ninguém precisava saber de sua origem. Antes de se tornar um jovem autorrealizado em Harvard, Adam tinha sido profundamente fascinado pelo conceito das linhas ley e também enredado de forma sobrenatural com uma das florestas misteriosas localizadas ao longo de uma dessas linhas, mas agora ele se concentrava no mundo real, usando apenas o fantasma da magia para enganar outros alunos com truques de leitura de tarô. Ele não se sente ele mesmo há meses, mas vai ficar bem.

Seguido por três parágrafos com informações que sustentam a tese. Primeiro: Adam entende que o sofrimento é muitas vezes transitório, mesmo quando parece permanente. Isso também passará etc. Embora a faculdade pareça uma vida inteira, são apenas quatro anos. Quatro anos só é uma vida se você for uma cobaia.

Segundo parágrafo, construindo a partir do primeiro ponto: A magia nem sempre foi boa para Adam. Durante o ensino médio, ele frequentemente mergulhava nela como uma forma de evasão. No fundo, ele teme ser propenso a ela, pois seu pai é propenso a abusos, e que isso o torne inadequado para a sociedade. Ao se privar da magia, ele se força a se tornar alguém valioso para o mundo não mágico, isto é, o Clube do Choro.

Terceiro parágrafo, com o ponto mais persuasivo: Harvard é um lugar onde Ronan Lynch não pode estar, porque ele não pode sobreviver lá, seja física ou socialmente. Sem essas barreiras duras, Adam certamente continuará a retornar a Ronan Lynch de novo e de novo e, assim, voltará aos maus hábitos. Ele nunca alcançará a vida de segurança financeira e reconhecimento que planejou obter.

Tese reafirmada, reunindo todas as informações para prová-la: Embora a vida seja insuportável agora, e Adam Parrish pareça ter perdido tudo o que era importante para ele no presente ao perseguir as coisas importantes para ele no passado, ele ficará bem.

Parágrafo final descrevendo o que o leitor acabou de aprender e por que é importante que ele tenha aprendido: Ele vai ficar bem. Ele vai ficar bem. Ele vai ficar bem. Ele vai ficar bem.

— Parrish — disse Ronan.

Adam parecia muito pequeno na escuridão. Ronan não havia entendido a escala dos docemetais brilhantes até aquele momento; Adam era um pontinho ao lado deles. Um pontinho estranho, de formato diferente de tudo ali, claramente fora de seu mundo. Era uma criatura de sentimentos redondos e intensos, uma criatura finita, uma criatura fragmentada. Sem um corpo para contê-los, seus pensamentos estavam vagando em um milhão de direções diferentes. Não foi difícil entender sua expressão alarmada.

Ronan se apressou, guiando alguns desses fragmentos de volta para o centro. Não estava demorando muito para Adam se perder ali; ou talvez Ronan não tivesse uma boa noção de como o tempo funcionava para Adam.

— Parrish — ele repetiu. — Adam.

O som de seu nome fez a aparência de Adam se resolver. A coleção de pensamentos agora se enxergou novamente como o jovem magricela que eles habitavam em Massachusetts. Ele não era mais uma frágil nuvem de ideias, mas sim um humano flutuando no espaço. Ele era Adam Parrish.

Alegria elétrica percorreu Ronan, dominando a preocupação. Adam tinha vindo até ele. Percorrido todo esse caminho. Não tinha desistido. Havia arriscado tudo.

Bem devagar, porém, estava se afastando de Ronan, sem olhar para ele. Seu queixo abaixado, os olhos desviados, enquanto ele se aprofundava na escuridão. Por alguma razão, ele estava tentando escapar discretamente. Com o passar do tempo incontável, no entanto, começou a se fragmentar uma vez mais, seus pensamentos voltando a se separar da forma de Adam Parrish.

— Não! — Ronan exclamou, circulando depressa para evitar que os pensamentos de Adam se dispersassem mais uma vez. Ele os empurrou para junto uns dos outros. — Seu idiota. Fique perto!

— Você está tentando me ajudar? — Adam perguntou educadamente. Ele estava olhando para todos os lugares, menos para Ronan.

— Estou tentando evitar que você morra!

— Eu agradeço, mas acho melhor eu ir — disse Adam, tentando mais uma vez escapar, e, de repente, Ronan percebeu o que estava acontecendo e começou a rir.

— Você não sabe quem eu sou?

Porque é claro que Ronan percebia agora que ele não se parecia com aquele corpo deitado no corredor, com o corpo chamado Ronan Lynch. Ainda se parecia com qualquer forma que pudesse nadar por aquele mar até os docemetais. Adam parecia um grão para ele; ele devia parecer enorme para Adam. Assim como Adam era uma coleção desmontada de pensamentos humanos brilhantes antes de ser intencionalmente reunido em uma forma humana, Ronan era apenas uma forma essencial de si mesmo naquele estranho outro lugar.

— Você é... — Adam hesitou e então disse, bem baixinho: — ... a Renda?

Ronan não esperava essa resposta.

A energia explodiu dele, transmitindo sua perplexidade e mágoa.

Adam se encolheu.

Ele estava com medo. Tinha medo de Ronan. Acalmando-se, Ronan tentou ver o que Adam estava vendo. Ele se esticou, torceu, percebeu. Formas escuras se estendiam dele. Como galhos de árvores de tinta líquida, bifurcavam-se e dividiam-se até não serem nada. Não se pareciam em nada com os orbes flutuantes da consciência de Adam. Quando fez um movimento rápido para mais uma vez reunir os pensamentos errantes de Adam, Ronan percebeu que Adam estava certo: ele *tinha a forma* da entidade que acabara de expulsar.

Ele não entendia.

— Ronan? — Adam disse de repente. — Você é Ronan?

Aliviado, Ronan respondeu:

— Sou.

— Você pode ficar menor? Ou me dizer onde procurar? Você está em todos os lugares. — Mas Adam começou a rir, uma risada grande e incrédula, áspera com seu medo recém-extinto, virando-se para olhar ao redor.

Com algum esforço, Ronan torceu e comprimiu os galhos de sua forma para um conjunto tão pequeno quanto pôde. Foi recompensado por Adam olhando diretamente para ele.

— Não vai se espalhar demais, hein, porra? Porque eu não estou contendo você agora — disse Ronan. — Melhor assim?

— Eu não posso acreditar — respondeu Adam. — Você parece...

— Eu sei, a Renda — completou Ronan, irritado.

— Não, eu estava só, você estava só... Você *fala* como um FDP. Mas tem *aspecto* de energia. Está dando um nó no meu cérebro. Esse é... É mesmo você? — Sua expressão ficou mais sombria. — Ou só está me mostrando o que eu quero...

Ronan não podia culpar Adam por sua desconfiança. Pouco tempo antes, Adam havia aparecido na Barns para surpreender Ronan em seu aniversário, e a primeira coisa que Ronan se perguntou foi: *é realmente Adam?* A diferença, naquele dia, era que Adam poderia contar a Ronan todos os passos que o levaram até aquele ponto na tentativa de convencê-lo; Ronan, não. Ele ainda não entendia exatamente como tinha conseguido chegar até ali ou por que estava preso fora de seu corpo sempre adormecido.

— Não me peça para te convencer — disse Ronan. — Se eu fosse a Renda, tentaria foder sua mente dizendo o que eu achava que você queria ouvir. Use suas próprias merdas. Seja lá o que você usa quando está praticando divinação outras vezes. Você já fez isso antes sem morrer. Intuição. Essa é a palavra. Use sua intuição. O que você sente?

Ronan reconheceu as palavras de Bryde saindo de sua boca, mas, antes que tivesse tempo de processar como se sentia a respeito disso, percebeu que os orbes brilhantes das memórias e pensamentos de Adam já haviam começado a se propagar em ondas ofuscantes sobre o mar escuro outra vez.

Merda! Ronan mergulhou, desdobrando-se, desfraldando-se, correndo para formar um arco ao redor de Adam. Juntou os fragmentos e permaneceu em volta deles, como uma cerca pontiaguda, até que Adam se parecesse mais com ele mesmo outra vez. Então ele recuou; não queria ver Adam com medo dele novamente.

— Espere — disse Adam. Ele estendeu um braço. — Não. Me deixa...

Ele estendeu a mão, palma para cima. Nadou devagar em direção a Ronan. Obviamente ainda estava intimidado, mas deixou-se aproximar o suficiente para arrastar os dedos pelos fios de energia mais próximos que compunham a forma de Ronan ali. Seu rosto mantinha a mesma concentração de quando ele colocava as pedras para vidência.

O efeito da consciência de Adam tocando a de Ronan. Uma memória muito clara sacudiu Ronan, tão fresca quanto o momento em que ele a tinha vivido. Foi o dia em que Ronan veio pela primeira vez a Harvard para surpreender Adam, quando ele ainda pensava que ia se mudar para Cambridge. Estava tão cheio de expectativa sobre como seria a revelação e, no final, eles passaram um pelo outro na calçada. Eles não se reconheceram.

Na época, Ronan tinha pensado que era porque Adam parecia muito diferente depois de seu tempo fora. Estava vestido de forma diferente. Se portava diferente. Até havia perdido o sotaque. E ele presumira que parecia o mesmo para Adam; Ronan tinha ficado mais velho, mais solitário, mais intenso.

Mas agora estavam naquele mar estranho, e nenhum deles se parecia em nada com o Adam Parrish e o Ronan Lynch que o outro conhecera. Adam era uma coleção de pensamentos mal disfarçados de forma humana. Ronan Lynch era energia escura bruta, alienígena e enorme.

No entanto, quando a consciência de Adam tocou a dele, Ronan o *reconheceu*. Era o passo de Adam na escada. Seu grito de surpresa quando ele foi catapultado para o poço que haviam escavado para nadar. A irritação na voz; a impaciência no beijo; o senso de humor implacável e seco; o orgulho frágil; a lealdade feroz. Estava tudo preso naquela forma essencial que não tinha nada a ver com a aparência de seu corpo físico.

A diferença entre essa reunião e a de Harvard era que lá em Cambridge eles tinham sido falsos. Ambos estavam usando máscaras sobre máscaras, escondendo a verdade de todos, inclusive de si mesmos. Ali, não havia como se esconder. Eram apenas seus pensamentos. Somente a verdade.

Ronan. Ronan, é mesmo você. Eu consegui. Eu encontrei você. Com apenas um docemetal. Eu encontrei você.

Ronan não sabia se Adam havia pensado ou dito isso, mas não importava. A alegria era inconfundível.

Tamquam, disse Ronan, e Adam respondeu *Alter idem.*

Cícero havia escrito a frase sobre Ático, seu amigo mais querido. *Qui est tamquam alter idem. Como um segundo eu.*

Ronan e Adam não podiam se abraçar porque não tinham braços de verdade, mas não importava. A energia deles disparou e se misturou e circulou, o brilho resplandecente dos docemetais e a escuridão absoluta da Renda. Eles não falaram, mas não precisavam. Palavras audíveis eram desnecessárias quando seus pensamentos estavam emaranhados como uma coisa só. Sem a falta de jeito da linguagem, compartilhavam sua euforia e seus medos à espreita. Repassaram o que tinham feito um ao outro e se desculparam. Mostraram tudo o que tinham feito e o que tinha sido feito com eles desde a última vez que se viram — o bom e o mau, o horrível e o maravilhoso. Tudo parecera tão turvo por tempo demais, mas, quando eles estavam assim, tudo o que restava era clareza. De novo e de novo eles espiralaram um ao redor do outro, não Ronan e Adam, mas uma entidade que continha os dois. Estavam felizes e tristes, zangados e perdoados, eles eram desejados, eles eram desejados, eles eram desejados.

20

Todas as lâminas começam como metal bruto.. Tanto as lâminas afiadas quanto as lâminas cegas começam da mesma forma.. Antes de cada lâmina ser amolada e montada é impossível dizer qual vai cortar e qual vai desperdiçar espaço.. Cada uma deve ser testada.. Qualquer lâmina pode cortar manteiga.. Algumas lâminas podem cortar madeira.. Ainda menos lâminas podem cortar outra lâmina.. Não há nada a ganhar olhando para as tesouras na gaveta.. Se quer saber sua força, você deve usá-las..

—NATHAN FAROOQ-LANE,
O FIO CORTANTE DAS LÂMINAS, PÁGINA 10

21

A aurora ainda não havia raiado quando Farooq-Lane e Hennessy se dirigiram para o depósito de volumes da Atlantic, o cartão com o coração sangrando descansando no painel do carro; elas foram embora assim que puderam, sem saber quanto tempo o novo docemetal acidental de Hennessy ia durar. Liliana ficara para trás com relutância. Ela disse que estava preocupada por achar que passar muito tempo na presença do novo docemetal de Hennessy pudesse desencadear uma visão. Embora Farooq-Lane sentisse que poderia se beneficiar de uma dica sobre o futuro, concordou que não valia a pena arriscar drenar o docemetal antes que elas pudessem acordar os Moderadores.

Peabody estava absolutamente quieta enquanto elas a cruzavam pelas ruas. Os poucos carros pelos quais passavam nas ruas pareciam mudos, como se fosse cedo demais para que até mesmo o som dos passageiros estivesse acordado. A madrugada inteira tinha a carga da aventura, do medo, da expectativa, um resquício que era menos dos dias de caça aos Zeds de Farooq-Lane e mais dos dias de excursões escolares pela manhã logo cedo.

Hennessy teve permissão para falar mais uma vez após o exercício com as fichas, mas não disse uma palavra. Ficar perto dela quando ela não estava tagarelando era diferente. Seus monólogos, percebeu Farooq-Lane, não eram tão diferentes das visões de Liliana. Aqueles também eram uma parede de som mortal, disfarçando o que realmente estava acontecendo. A verdadeira Hennessy estava escondida nas profundezas daquela explosão.

Que loucura, pensou Farooq-Lane de súbito, quando a ópera começou a cantar espontaneamente no som baixo no rádio do carro, que ela houvesse passado todo esse tempo caçando os Zeds e que agora estivesse sentada ao lado de uma das mais poderosas deles, a caminho de ver seus chefes adormecidos. Ela espiou Hennessy no banco do passageiro, esperando encontrá-la olhando pela janela, ainda desconsolada; mas, em vez disso, descobriu que Hennessy estava olhando para o lado de sua cabeça.

— O que foi? — perguntou Farooq-Lane.

— Por que você não atirou na minha cara? — perguntou Hennessy.

— Na casa de Rhiannon Martin. Quando atiraram na cara *dela*. Por que você deu uma de heroína para cima de mim?

Foi difícil para Farooq-Lane trazer à tona a memória daquele dia. Não porque fosse doloroso, mas porque a memória estava ausente. Muito do seu tempo com os Moderadores era assim: crivado de lacunas. Todas as partes violentas haviam se tornado uma longa cena de morte, começando e terminando com Parsifal Bauer, o jovem Visionário que sempre ouvira a ópera que lhe dera o nome. Embora ela tivesse passado meses com os Moderadores, em geral Farooq-Lane se lembrava do corpo dele se contorcendo em um horror deformado enquanto tentava controlar sua visão por tempo suficiente para conectar Farooq-Lane a alguém que seria importante para ela no futuro.

Liliana. Ele se referia a Liliana. Foi para lá que a visão a levou.

— Eu não atirava na cara das pessoas — disse Farooq-Lane. — Esse não era o meu trabalho.

— Nobre.

— Eu nunca disse que era nobre.

— Você achava ou não achava que eu era uma ameaça para o mundo?

Farooq-Lane deu seta em silêncio e então se apressou em verificar o trânsito antes de virar na penumbra azul-escura da rua seguinte.

— Devo pegar suas fichas de anotação para você? — perguntou Hennessy.

Farooq-Lane lutou para responder à pergunta.

— Você era muito poderosa.

Hennessy riu histericamente, performaticamente, batendo na porta.

— Pode zombar o quanto quiser, mas salvei sua vida com uma espada que pode cortar quase tudo — disse Farooq-Lane. — Que você *sonhou*. Isso é poder.

— Então, retomando: por que você não atirou na minha cara, se você acreditava que íamos acabar com o mundo? — Hennessy contra-atacou.

— Acho que você deveria apenas agradecer por eu não ter feito isso. Por falar em atirar na cara, vi você colocar a espada no porta--malas. Deixe lá. Você não vai cortar nenhuma cabeça de Moderador.

Essa guinada na conversa significava que ambas estavam irritadas quando Farooq-Lane estacionou do lado de fora das instalações. Em silêncio, elas foram até a unidade de armazenamento e, em silêncio, Hennessy ficou parada com a única ficha de anotação na mão enquanto Farooq-Lane digitava o código. Desta vez foi menos chocante para Farooq-Lane ver os Moderadores, porque ela sabia o que esperar. Mas ainda causava um intenso desânimo encontrá-los exatamente no mesmo lugar em que estavam antes, esperando, pacientes, que a porta se abrisse. Eles, de fato, eram sonhos.

Ela se sentiu meio enjoada.

Hennessy deu um-dois-três passos à frente para colocar o cartão dentro da unidade de armazenamento, e então recuou com a mesma rapidez. Seus olhos estavam cheios de uma fúria terrível. Havia um potencial caótico na forma como seus dedos eram garras ao seu lado.

Essas pessoas haviam matado todos com quem Hennessy se importava, menos uma.

Farooq-Lane estava feliz por ter dito a ela para deixar a espada no carro. Achava que não seria capaz de impedir Hennessy de matar os Moderadores. Só não tinha certeza se Hennessy teria tentado.

Ela não queria descobrir.

Um som de arrastar no chão fez Farooq-Lane se assustar.

Lock tinha acordado.

Ele mexia a mão a esmo a partir do corpo prostrado. Os dedos andaram e tatearam o chão de concreto até encontrarem a ficha.

Ele a pressionou contra o peito.

Ele não abriu os olhos.

Ele não se sentou.

Mas estava acordado. A energia da ficha tinha sido suficiente.

— Carmen — ele disse em sua voz profunda, e ela estremeceu. — É você? Posso sentir seu perfume.

— Você é um sonho. Depois de tudo isso, você é um sonho — ela acusou e logo tentou se recompor. Não tinha tempo para sentimentalismos. O docemetal só era forte o suficiente para acordar Lock. — Todos os Moderadores também são? Todos menos eu?

— Isso mesmo — disse Lock.

— Seus hipócritas!

— Não fique histérica, Carmen. Seria hipócrita matar Zeds se fôssemos *Zeds*. Já que somos sonhos, não é hipócrita... é complicado. — A maneira sonolenta com que ele falava era inquietante. Seus olhos ainda estavam fechados, nada se movia, exceto os dedos que tocavam suavemente a ficha em seu peito, como se procurasse conforto. — Onde eu estou? O que aconteceu?

Pela primeira vez, era Lock quem estava no escuro.

— Prefiro fazer as perguntas agora. Como você ficava acordado antes?

— Eu tinha alguns docemetais. Bryde tirou um de mim durante um dos ataques, mas os outros ainda deveriam estar funcionando...

Talvez em um mundo com uma linha ley eles ainda estivessem funcionando. Mas, sem essa energia subjacente, as outras deviam ter se esgotado muito depressa. Ela perguntou:

— Foi o mesmo sonhador que sonhou com todos vocês?

— Ah, não — disse Lock. — Somos todos órfãos, como você. Seus pais biológicos estão mortos; nossos sonhadores estão mortos.

Alguns de nós não veem nossos sonhadores há centenas de anos. Nikolenko vem torrando docemetais há quase mil anos. Somos relacionados apenas por um propósito comum. O chão está frio. Estou ao relento? Faz muito tempo? Às vezes passa muito tempo. Alguns de nós são mais velhos do que você imagina, se você contar os anos que tivemos que dormir.

Quase mil anos.

A magia não parava de encontrar formas de puxar o tapete de debaixo dela.

— Por que matar Zeds se foi um Zed que fez você?

— Você parece sentimental, Carmen.

— Você parece sonolento — disse Farooq-Lane, e sua voz era tão fria ao dizer isso que ela pensou no retrato de Hennessy e no fogo nos olhos daquela mulher.

Ele riu, sonolento.

— Justo. É um acordo isso que estamos fazendo agora? É por isso que você está me tentando? Isto aqui é negociação?

— Não — Hennessy interrompeu. Sua voz estava um pouco elevada para que pudesse ser ouvida de onde ela estava no corredor. Ela deu um passo à frente, só para continuar a ser ouvida. Farooq-Lane teve a sensação de que Hennessy estava fazendo o possível para se conter, uma restrição que ela não imaginaria que Hennessy tivesse.

— É uma tortura.

— Quem é agora?

Hennessy não respondeu à pergunta. Ela continuou:

— Você e os outros estão deitados no escuro de um depósito de volumes. Ninguém além de nós sabe onde vocês estão. O tempo está passando sem vocês. Não existe mais linha ley, então não há nenhum lugar onde vocês possam ficar acordados sem docemetais muito bons. Esta é a sua vida agora. Ou melhor, sua morte.

— Eu nunca pensei que você fosse cruel, Carmen. — Lock apelou para Farooq-Lane, como se fosse ela quem tivesse falado. — Com certeza você pode ver agora por que faríamos o que fizemos, por causa da facilidade com que você nos aprisionou. Não temos poder. Não há o suficiente para circular por aí. Zeds estão sempre sonhando e morrendo, e, quando morrem, o que acontece com os sonhos deles, com a gente? Somos abandonados à nossa própria sorte para lutar pelos restos de energia se queremos ficar acordados sem eles. A superpopulação é um problema. Muitos... — A voz de Lock estava ficando mais lenta; ele estava lutando contra o sono, mas fracassando. — Muitos Zeds esbanjadores. Muitos sonhos famintos. Não é... culpa dos sonhos. Os sonhos não pediram... eles nunca pediram... eles não tinham poder sobre a escolha de vir ao mundo. O problema é com os Zeds, que não vão parar. Elimine-os e já vai haver mais energia para todos nós aqui. Um programa de castração/esterilização, na verdade.

Hennessy fez um som gutural.

Farooq-Lane havia apontado uma arma para aquelas pessoas. Ela os perseguira por todo o mundo. Parsifal Bauer tinha morrido por seu genocídio. Desamparada, ela se lembrou dele implorando para poupar um dos Zeds. Ambos sabiam que aquilo não estava certo. Por que ambos tinham concordado, então?

— E o apocalipse... isso era uma mentira?

— Ah, não poderíamos fingir... as visões. *Há* um Zed que vai... que vai... haverá... fogo — disse Lock. Cada pausa estava ficando mais longa. — Era uma boa desculpa. Uma desculpa justa. Olha, nós sabíamos... sabíamos que era uma justificativa fraca. Nós nos permitimos acreditar nele porque queríamos.

— Nele? — repetiu Farooq-Lane. Estava esperando por isso com pavor, ela percebeu. Queria e não queria a resposta. — Se os Moderadores não foram os criadores desse plano, quem foi? Diga o nome dele.

Por favor, diga Bryde.

Ela sabia que ele não diria.

— Um Zed — disse Lock. — *Agora* você pode nos chamar de hipócritas... recebemos ordens de um Zed. Um Zed com um plano.

Você... dentre todas as pessoas... deve saber como é atraente... outra pessoa ter um plano... por você.

Hennessy rosnou:

— De quem é o plano? Não seja tímido agora, cacete.

Lock ficou quieto por um longo tempo, antes de começar a acordar, os dedos sacudindo ao redor do cartão de anotações.

— Você sabe... exatamente quem.

Ela queria dizer Bryde. Ela queria dizer Ronan Lynch.

Mas sabia que nenhuma dessas era a resposta real. Para ser honesta, sabia a verdadeira resposta havia muito tempo. Ou pelo menos estava com medo de que fosse a resposta real havia muito tempo. Você não pode ter medo de uma coisa em que não acredita, pelo menos um pouco.

A própria voz soou fina para ela; estava ficando tudo perdido em sua garganta fechada.

— Ele está morto. Eu vi você atirar nele.

— Uma cópia. Ele sabia disso... era mais fácil... permanecer oculto se... ele estivesse... morto... ele...

Nathan. Nathan. Nathan.

Seus ouvidos latejavam com os próprios batimentos cardíacos.

— Ele é um serial killer — declarou Farooq-Lane, por fim. — Não dá para seguir os planos de uma pessoa dessas!

— Não existem heróis perfeitos — disse Lock, parecendo muito, muito acordado.

Mas quando fechou os olhos, desta vez, eles permaneceram fechados.

Ele estava dormindo novamente e o cartão de anotações se tornou apenas um cartão de anotações mais uma vez, despojado de qualquer energia que originalmente o tivesse tornado mais do que isso.

Você dentre todas as pessoas deve saber como é atraente outra pessoa ter um plano por você.

A pior parte de tudo isso era que Farooq-Lane sabia que Nathan estava certo. Ela não era melhor do que os Moderadores. Acreditara no plano deles porque queria que outra pessoa tivesse as respostas, embora, no fundo de seu coração, ela sempre soubesse que não era certo.

— O que isso significa? — perguntou Hennessy.

— Este é o apocalipse do meu irmão — concluiu Farooq-Lane.

Dois minutos depois, a primeira bomba explodiu.

22

Era uma bomba incomum.

Aninhada nas profundezas do prédio em que estava escondida, a arma disparou vinte e três tiques antes de explodir.

A explosão não foi a parte incomum.

As ondas de choque se espalharam pelo prédio, incinerando tetos, pisos, escadas e paredes, nivelando tudo até a placa na frente, que dizia: CENTRO DE ASSISTÊNCIA MEDFORD.

Os danos físicos pararam por aí, mas a bomba não estava pronta para encerrar.

Depois que a onda de choque inicial nivelou o prédio e assustou a maior parte da área de Boston, uma onda adicional continuou a se propagar do local. Esta era invisível e de maior alcance. Tocou cada pessoa num raio de quilômetros.

Se estavam acordados, começaram a ter uma visão.

Se estavam dormindo, começaram a sonhar.

Todos viram as mesmas coisas.

Primeiro, viram o Centro de Assistência Medford explodir. Viram do ponto de vista da bomba. Assistiram-na desmontar o prédio e todos os sonhos não reclamados e os funcionários noturnos dentro dele.

Então a cena destrutiva se dissolveu no brilho de uma tarde diferente. Eles estavam olhando para uma interestadual lotada de carros como um abatedouro. Tudo brilhava com fumaça de escapamento e fumaça de fogo. Todos os que compartilhavam essa cena se moviam ao longo do acostamento, tentando não fazer contato visual com as pessoas nos veículos. Estavam fugindo da cidade que costumava ficar no final da interestadual.

Estava pegando fogo.

Tudo o que não era a interestadual estava pegando fogo. Uma cidade, em chamas. O mundo, em chamas.

Nunca se apagaria, sussurrou o fogo. Comeria tudo.

Devorar, devorar

Todos os que experimentaram a visão tiveram a sensação rastejante da premonição. Aquilo não parecia um pesadelo. Aquilo parecia uma promessa.

E então, da mesma forma repentina, a bomba os liberou.

Os que estavam acordados balançaram a cabeça, atordoados.

Aqueles que estavam dormindo e podiam acordar dispararam, tremendo de adrenalina.

Aqueles que dormiam e não conseguiam acordar voltaram para a escuridão.

Ninguém sabia ainda quem havia plantado a bomba. Mas havia uma pessoa, pelo menos, que sabia quem havia *feito* a bomba:

Carmen Farooq-Lane reconheceria a obra de seu irmão Nathan em qualquer lugar.

Afundado contra uma parede em um corredor escuro como breu, Ronan Lynch não acordou, mas uma única lágrima comum escorreu por sua bochecha imóvel.

Havia começado.

23

A Barns foi o suficiente, por um tempo.

Niall e Mór tinham muito para mantê-los ocupados. Havia o sonho, é claro. Eles sonhavam por diversão, para ver o que podiam fazer, mas também sonhavam coisas para vender, a fim de continuar mandando dinheiro para casa. Afinal, não queriam um reaparecimento de Marie.

Eles se acomodaram no tipo de sonhadores que seriam. Niall sonhava com mais frequência, mas também de forma mais inútil. Sonhava telefones que não paravam de tocar e relógios com o mesmo número impresso doze vezes no mostrador. Sonhava sonhos vivos às vezes, o que Mór nunca conseguia. Às vezes pareciam vacas, mas às vezes pareciam coisas que ninguém imaginaria vivas também, como pequenos motores que precisavam ser acariciados e amados para funcionar. Esses sonhos pareciam custar mais energia de sonho, e, depois que ele sonhava algo que parecia vivo, muitas vezes tinham que esperar dias ou semanas antes que conseguissem sonhar produtivamente outra vez.

Mór era uma sonhadora mais acurada, porém mais lenta. Ela pensava no objeto de que gostaria e sonhava com ele muitas e muitas vezes para tentar reter todas as possíveis facetas em seus pensamentos para trazê-las ao mundo desperto exatamente como queria. Cada saliência em cada tampa de garrafa teria sido completamente imaginada antes que ela tentasse trazê-la ao mundo desperto. Ao contrário de Niall, que lançava erros para a esquerda e para a direita, os sonhos de Mór geralmente apareciam exatamente como ela os pretendia, porque ela demorava muito para conceituá-los. Havia apenas uma parte de seus sonhos que ela nunca pretendia e que, no entanto, sempre aparecia: eles sempre tinham dor. Ela manifestava um frasco de perfume, uma caixa de papéis de carta delicadamente estampados, um conjunto de tamancos úteis... e todos tinham dor incrustada neles. A tampa do frasco de perfume mordia a palma da mão, o que quer que estivesse escrito no papel de carta provocava lágrimas, os tamancos roíam bolhas.

Ela estava tão acostumada com a dor que às vezes nem percebia, mas Niall evitava usar os sonhos de Mór tanto quanto podia. Não porque não pudesse suportar a dor, mas porque não suportava pensar em como Mór conseguia se acostumar a ela. Juntos, eles administravam a fazenda. Niall, nostálgico pela fazenda bem-sucedida em que crescera, tinha a intenção de fazer a Barns preencher esse buraco em seu coração e transbordar um pouco. Agora os campos e celeiros estavam cheios de tantos animais de quanto Niall e Mór podiam cuidar sozinhos. Niall não era um homem de negócios talentoso, mas fazia o possível para tentar transformar esse gado todo em um meio de vida, esperando que não sentissem mais a necessidade de ganhar a vida com sonhos. Ele sentia falta de quando era divertido.

E criavam Declan, é claro. Ele era uma criança fácil, mas, ainda assim, era uma criança. Mór nunca perdia a paciência, mas demonstrava um certo jeito quando estava ficando frustrada por ter que cuidar dele por muito tempo em vez de sonhar. Declan sentia isso, e Niall sentia ainda mais, e então ele adquiriu o hábito de levar Declan com ele sempre que podia.

Lugar inusitado para uma criança, ele ouvia quando chegava aos matadouros com o gado.

Claro, assim eu tenho companhia para minhas lágrimas, Niall respondeu, para provocar o riso dos outros fazendeiros, porque ele tinha um fraquinho por suas vacas e não gostava de mandá-las embora, mesmo que poupasse o ato de sonhar de um pouco do peso do capitalismo. *E ele também deve saber o que está comendo; não estou criando um tolo.*

Parecia que a vida poderia continuar assim para sempre. Até que um dia Niall trouxe de volta um vírus sem perceber. O vírus não era realmente uma doença, era um contato em um telefone, era uma palavra rabiscada no verso de um recibo da fazenda, era um cartão de visita quadrado com o rosto de uma mulher, uma cruz pintada sobre ela.

— O que você acha de ser rico? — Mór perguntou a Niall certa tarde. Ele estava descansando no sofá depois de uma manhã cuidando de seus animais com Declan. Declan nunca descansava, mas ele estava quieto, de qualquer maneira, sentado no canto e organizando a coleção de discos por cor.

Niall riu.

— Por que eu haveria de querer dinheiro? Não tenho tudo de que preciso aqui?

Mór disse:

— Liguei para um dos números daqueles pequenos cartões que você trouxe para casa. Era interessante o que ela tinha a dizer. Pessoas poderosas em posições elevadas. Parecia um filme de espionagem.

— Coloque esse disco, Declan — disse Niall. — Esse que está na sua mão agora. Você sabe colocar ou precisa de ajuda?

— Você ouviu o que eu disse? — Mór perguntou.

— Eu ouvi — afirmou Niall. — Mas o que poderíamos fazer por pessoas poderosas em posições elevadas?

— Nos tornarmos como elas. A Floresta diz que pode ajudar. Ela também te disse isso?

Disse, mas Niall não estava prestando atenção. A Floresta parecia um pouco ansiosa demais, o que o deixou nervoso. A expressão nos olhos de Mór o deixou nervoso também, mas ele não podia ignorá-la como ignorava a Floresta. Ele não queria que ela se cansasse dele ou da Barns. Então assentiu e pediu que ela lhe contasse mais.

Isso era o que a coisa na Floresta vinha dizendo a eles ultimamente: *mais*.

Por um tempo, a Floresta havia ficado no fundo de seus sonhos. Uma árvore aqui ou ali no horizonte de um sonho com outra coisa. O cheiro das folhas no outono. O som da chuva em um matagal. Mas ultimamente estava se aproximando. Em seus sonhos, Niall se viu pressionando os galhos para chegar às clareiras onde as vacas estavam. Mór encontrava-se no fundo de uma clareira escondida, as videiras penduradas tocando seu rosto.

A Floresta os buscava de novo e de novo. Segurava Niall quando ele estava tentando acordar. Não, não segurava. Pressionava-se contra ele, tentando escapar como um cachorro por uma portinhola.

Uma noite, Niall e Mór esperaram até que Declan dormisse e então fizeram seus melhores esforços para sonhar juntos. Estavam na Floresta, e aquilo estava lá. Era estranho, Niall pensou, como, no início, a Floresta se parecia com a floresta perto da casa de seus pais, onde ele havia sido criado, e então parecia a floresta da Virgínia, que crescia em ambos os lados da entrada para a Barns, mas agora não se parecia com nada disso, como uma floresta em um país onde ele nunca esteve. Eram grandes e vastas árvores antigas. Pareciam dimensionadas para entidades de tamanho diferente dele e de Mór, para um lugar ou época em que os gigantes andavam sobre a Terra. Talvez fosse isso, pensou ele. Pareciam vir de uma época mais antiga, muito antes de os humanos serem a espécie dominante, quando tudo poderia ser maior, quando o ar e o solo eram diferentes.

Ele podia sentir aquilo na Floresta concordando com ele, alimentando essa informação da maneira como os sonhos fazem, quando parece ser ideia sua, mas na verdade você está apenas fazendo companhia no passeio.

Enquanto sonhavam juntos, Mór perguntava à Floresta como conseguir mais, ser mais. Aquilo na Floresta ouvia ansiosamente. Niall podia sentir seu desejo e curiosidade permeando cada galho e cada raiz. A Floresta respondeu a ela.

Queria sair.

Raízes e galhos, qual era o caminho para cima? De quem era esse sonho? Eles estavam sonhando com aquilo na Floresta, ou aquilo estava sonhando com eles?

— Se dermos o que ela quer — disse Mór —, ela nos dará o que queremos.

— O que nós queremos? — perguntou Niall.

Mór respondeu:

— Mais.

24

Parecia que o apocalipse ainda estava de pé.

A área ao redor da cena do crime era um bairro agradável, com casas antigas grandes e bem cuidadas, com calçadas sem gelo e muito pouca neve suja. As residências mais distantes da explosão estavam sem algumas de suas vidraças; as mais próximas estavam parcialmente desmoronadas e com escombros espetados. O próprio Centro de Assistência Medford havia desaparecido completamente. O lugar onde antes ele ficava parecia um cruzamento entre um incêndio florestal e um estacionamento; agora era contido por uma cerca metálica de isolamento enquanto a busca por sobreviventes e corpos continuava.

Centenas. Isso era o que estavam dizendo. Centenas de pessoas haviam morrido ali; todos no prédio presumivelmente mortos. Humanos. Adormecidos. Sonhos. Quaisquer que fossem suas diferenças antes, todos eles tinham algo em comum agora.

Centenas de pessoas se reuniam em torno da cerca de isolamento, esticando o pescoço para ver melhor ou gravando vídeos enquanto policiais uniformizados tentavam enxotá-las. Não havia nada para verem ou gravarem além dos destroços, mas Hennessy supôs que entendia o impulso.

A visão obrigatória tinha sido um puta de um sonho desperto.

O apocalipse.

Hennessy tinha esquecido que era até possível que os sonhos não fossem a Renda. Certamente não para ela. Certamente não sem Ronan ou Bryde para manipular seu subconsciente.

E, ainda assim, logo que voltaram para o carro, do lado de fora do depósito, a alucinação vívida a atingiu, agindo através de seus pensamentos tão completamente quanto seus pesadelos com a Renda. Ela chegou a se sentir tão limpa do ponto de vista químico quanto se sentiria com qualquer pesadelo formado naturalmente. Tinha visto o apocalipse — um apocalipse não causado pela Renda.

Sentia como se tudo estivesse mudando. O sonho da Renda estava mudando, a maneira como ela estava se sentindo sobre suas pinturas estava mudando, o mundo estava mudando.

Agora Hennessy, Farooq-Lane e Liliana estavam no local da explosão, e Farooq-Lane estava do outro lado da fita de isolamento de perímetro, tendo obtido acesso com credenciais da Agência de Combate às Drogas. Hennessy achou sombriamente hilário que os Moderadores tivessem conseguido que a caça aos sonhadores fosse classificada na Agência de Combate às Drogas. Todos os tipos de coisas terríveis podiam ser feitas em nome do fim da guerra às drogas; era meio brilhante. E os sonhos não eram uma espécie de substância psicoativa? Os pequenos orbes extravagantes de Bryde eram.

E certamente essa bomba também.

— Não sei se nossa amiga Carmina Burana anda tão em alta, velhinha — disse Hennessy a Liliana enquanto elas estavam no lado civil da fita policial. O cheiro era estranho e nada agradável. Era o cheiro de coisas que não deveriam ser arrombadas tendo sido arrombadas.

Liliana olhou para Farooq-Lane com uma expressão preocupada, a brisa chicoteando seus longos cabelos brancos. Farooq-Lane estava ouvindo roboticamente um dos membros da equipe de recuperação. Tudo em sua postura parecia incorreto para ela, como se alguém tivesse sido solicitado a montar uma nova Farooq-Lane apenas a partir de uma descrição escrita. Liliana murmurou:

— O irmão dela matou os pais dela com uma bomba dessas.

— Merdola — comentou Hennessy. Isso explicava sua reação após a visão. Os olhos de Farooq-Lane estavam completamente mortos. Ela não respondeu a nada que Hennessy lhe disse enquanto se afastavam do depósito. Era como se não pudesse ouvir.

— Ela é uma boa pessoa — disse Liliana, que franziu a testa olhando ao longe, onde ainda se podiam ouvir os sons do tráfego comum. Como sempre, parecia impossível que um dia normal estivesse a apenas alguns quarteirões de uma tragédia. — Ela é mais gentil do que eu.

Hennessy olhou de relance, intrigada, mas Liliana não continuou.

Farooq-Lane finalmente se juntou a elas e disse:

— Hennessy, não há uma maneira fácil de dizer isso. Bryde estava sob custódia naquele prédio. O centro de assistência. Eles não encontraram sobreviventes até o momento.

Bryde não morreria. Não sem lhe dar um último sermão. Não, a menos que a morte de alguma forma colocasse ela e Ronan um contra o outro para seu próprio bem educacional.

— Ele é uma raposa astuta — disse Hennessy, forçando um tom jocoso. — Você nunca sabe quando ele pode ter escorregado no tomate, como um golfinho na margarina. Quantas metáforas! Que manhã.

Liliana voltou seu olhar de pena para Hennessy e, quando Farooq-Lane falou, parecia tão cansada quanto Lock.

— Ele estava preso a uma cama com lacres plásticos.

A imagem veio facilmente para Hennessy. Era uma imagem miserável.

Por alguma razão, embora fosse fazê-la se sentir melhor recordar qualquer uma das vezes em que Bryde a havia feito se sentir uma merda, ela se lembrou, em vez disso, de quando sem querer mostrou a horrível Renda a cinco crianças sonhadoras. A mãe ficara furiosa com ela; achava que Hennessy era um monstro e não se conteve em lhe dizer isso. Bryde tinha enviado Ronan e Hennessy para o carro, mas antes que estivessem fora do alcance da voz, Hennessy o ouviu dizer à mãe das crianças:

— Você deve se lembrar que aquela sonhadora já foi criança um dia e não faz muito tempo.

Hennessy. Ele estava falando de Hennessy. Foi a coisa mais gentil que já tinha dito sobre ela, e não tinha sido para ela. *Seja suave com ela*, ele queria dizer. *Seja suave porque ainda importaria.*

Liliana disse:

— Vou te abraçar agora.

Ela o fez.

O estranho conforto da presença de Liliana envolveu Hennessy. Ela ficou ali com os olhos abertos, e Liliana se debruçou sobre ela, olhando através dos escombros.

— Não havia sinal dele — disse Farooq-Lane, e algo na maneira como disse *ele* dava a entender que não era de Bryde que ela estava falando, mas de Nathan. — Mas certamente era uma das armas dele. Tudo o que fizemos foi em vão.

Liliana soltou Hennessy.

— Não acredito que seja verdade.

— Ah, é sim — disse Farooq-Lane. — Pense nisso. Ele deve ter um estoque inteiro de armas. E, se ele as estocou, qualquer sonhador pode ter sonhos estocados. Esse fogo interminável já pode estar queimando em uma jarra em Topeka ou em uma mina na Virgínia Ocidental, e ainda não o vimos. A única coisa que paramos foram os sonhos *novos*. De qualquer forma, eu não parei a única pessoa que pensei que definitivamente tinha parado. E agora olhe.

Todas elas olharam. Por vários minutos simplesmente ficaram assim, olhando para os destroços com seus próprios sentimentos sobre o que estavam vendo, e então Hennessy respirou fundo.

— Ah, que merda — exclamou, seus olhos fixos em um objeto do outro lado dos escombros.

Liliana e Farooq-Lane seguiram seu olhar até um carro. Parte de um carro. Era o suficiente do carro para ser identificável, embora as janelas estivessem todas quebradas e os destroços tivessem derrubado o teto e empalado as portas.

— O que você está apontando? — perguntou Liliana.

Hennessy respondeu:

— O carro daquele filho da puta do Declan Lynch.

25

A princípio, Declan odiou Matthew.

Depois que Ronan tinha sonhado Matthew quando criança, Aurora Lynch tentou o seu melhor para convencê-lo a amar seu novo irmãozinho. Ela apelou primeiro para sua curiosidade, depois para sua compaixão e depois para seu dever. *Você não quer ver como ele vai ficar? Não vê como ele está sorrindo para você e esperando que você sorria de volta? Não acha que ele merece um irmão mais velho inteligente como você?*

Não, Declan não queria, não via e não achava.

Matthew era um erro: um sonho que conseguira escapar da cabeça de Ronan, apesar dos melhores esforços de Declan para evitá-lo.

Matthew também era um usurpador, um irmão que sonhava ser um companheiro melhor para Ronan do que Declan.

Não, Declan não ia amá-lo.

Ainda mais frustrante era saber que todos os outros o amariam.

Matthew, sonhado para ser amável e abraçável, estava sempre recebendo amor e abraços de todos. Ele era inabalavelmente feliz. Mesmo quando Declan se recusava a brincar com ele ou retribuir um sorriso ou abraçá-lo, ele apenas seguia seu caminho corajosamente.

Nada que Aurora pudesse dizer persuadiria Declan a fazer mais do que tolerá-lo. Aurora já era uma mentira que Declan estava sendo convidado a aceitar. Ele não iria aceitar outra.

Alguns anos depois de Matthew estar com eles, a família Lynch fez uma viagem a Nova York (estado, não cidade). Essa era uma viagem que eles sempre faziam, geralmente para ver pessoas que os meninos tinham sido instruídos a chamar de tia e tio (Declan sabia agora que também não eram). Essas viagens geralmente coincidiam com outros negócios que Niall tinha, embora, nesse caso, o objetivo da viagem fosse ir ao Fleadh anual, uma competição e festival de música irlandesa. Todos os três garotos haviam aprendido um instrumento musical, com níveis variados de devoção, e essa era uma chance para todos eles saírem de casa e se exibirem. Era também um dos únicos lugares para onde faziam longas viagens em família; Ronan tinha ficado doente em muitas outras viagens longe de casa, forçando seu retorno mais cedo. (Declan se perguntava agora se era por causa da tinta noturna.)

No Fleadh, os prédios estavam cheios de gente e barulho. Concertinas pulando por aqui. Violinos se embaralhando ali. Flautas esganiçando aqui. Bandolins sorrindo lá. Dançarinos com cachos empilhados sobre cachos passavam saltitando; mães segurando perucas extras feitas de cachos em cima de cachos iam atrás. Niall e Ronan seguiam em frente, Ronan intimidando as pessoas com o estojo de sua gaita de fole, Niall compensando o caminho violento de seu filho com sorrisos e palavras alegres. Declan e Aurora andavam atrás, Matthew entre eles. À medida que a multidão crescia, Matthew pegou a mão de Declan.

Foi simples assim. Havia Aurora de um lado, Declan do outro, e Matthew poderia ter escolhido qualquer um, mas ergueu a mão para Declan. Não questionou que Declan fosse querer mantê-lo seguro; apenas presumiu que ele o faria.

Declan olhou para Matthew. Matthew sorriu.

Naquele momento, Declan entendeu que Matthew era diferente de qualquer um dos outros integrantes da família Lynch. Os outros membros da família de Declan estavam presos a segredos, memórias, vidas vividas por trás de máscaras. Matthew podia ter sido um sonho, mas nada nele era fingimento. Matthew era a verdade.

Declan pegou sua mão e a segurou com força.

— Entendo que Matthew está morto — disse Declan. — Essa parece ser a situação.

A noite preta e alaranjada já ia bem avançada a essa altura, já totalmente na hora de Jordan. Depois de um dia dirigindo de um lugar para o outro em busca de respostas definitivas, de fazer e receber telefonemas, ele finalmente pediu para ser deixado na delegacia para aguardar notícias. Ela queria ficar com ele, mas precisava pintar se quisesse ficar acordada para o que quer que ele descobrisse. Agora ele finalmente havia retornado para ela no estúdio. Era menos confortável do que o apartamento dele para conversar, mas ela sabia por que ele preferiu. O apartamento deveria ter Matthew nele, e não tinha.

Jordan disse:

— Você não pode ter certeza. Seu carro estava no local. Isso é tudo.

Com um suspiro, Declan navegou até um e-mail e entregou o celular para ela. Enquanto ela lia, ele tirou o blazer e o pendurou em um dos cavaletes vazios, fazendo isso com um bom tanto de cuidado. Alisou vincos no tecido, mesmo que o blazer não fosse do tipo que amarrotasse. Pendurou-o muito delicadamente no cavalete para não derrubá-lo, embora não fosse do tipo que se derrubasse.

— Então, uma câmera de segurança a um quarteirão inteiro de distância capturou uma foto de alguém entrando que se parece com ele — disse ela. — E, mesmo que fosse, isso não significa que ele ainda esteja lá.

Declan abriu sua bolsa carteiro e puxou um pacote que continuou se expandindo depois que foi removido.

— A equipe de recuperação encontrou isso nos escombros. A polícia disse que eu poderia ficar com ela.

Jordan olhou para a jaqueta bomber de estampa colorida de Matthew, agora quase toda cinza de fuligem.

A mão de Declan estava firme enquanto a segurava, mesmo assim as pontas das mangas tremiam.

Jordan balançou a cabeça.

— Com certeza, não.

Declan podia dizer que, apesar de tudo, a crença ainda escapava a Jordan. Mas não escapava a Declan.

Parte de Declan sempre pensou que terminaria assim. Esse era o fruto que tinha crescido das sementes que seu pai plantara. Declan tinha se esforçado muito para transformar a colheita em outra coisa, para que o resultado não fosse simplesmente *Declan Lynch, um homem que costumava ter uma família*, mas sempre foi assim. Ele era feito de material mais resistente do que os outros integrantes da família Lynch, para melhor ou para pior, e, assim, perdurava enquanto o resto do pomar perecia ao seu redor. Havia se preparado a vida toda para ser o último homem de pé.

Edvard Munch — um artista que, como Declan, se sentia definido por sua ansiedade — havia escrito uma vez:

Uma ave de rapina pousou na minha mente

Cujas garras cravaram meu coração

Cujo bico perfurou meu peito

Cujo bater de asas escureceu

meu entendimento

O entendimento de Declan estava escuro com a tinta noturna. Garras cravaram seu coração, apenas para descobrir que tinha sumido.

— Declan... — disse Jordan, mas, em vez de continuar, ela apenas colocou o celular de volta em sua mão estendida. Ferozmente, começou uma nova pintura, a tinta dizendo o que as palavras não conseguiam.

Ele começou a fazer ligações.

Primeiro, descobriu quem entre seus clientes estava disposto a garantir que ele fosse ao Mercado das Fadas em Nova York na noite seguinte, já que ele não havia solicitado um convite.

Em seguida, entrou em contato com alguns dos clientes que precisavam fazer transferências regulares do aeroporto de Logan para a área de Nova York e lhes informou que, se fornecessem o veículo, ele estava disposto a fazer a viagem.

Assim que soube que tinha um carro, ligou para Jo Fisher, da Boudicca. Colocou no viva-voz, para que Jordan pudesse ouvir. Ele e Jo Fisher jogavam em círculos enquanto ele tentava descobrir quanto ela estava disposta a fazer por ele com o que ele estava disposto a oferecer ("Você estaria disposto a marcar uma reunião para nós com seu irmão?", "Você estaria interessado em ter acesso a todos os pertences pessoais de Ronan e do meu pai na propriedade de nossa família?"), e descobriu o que já sabia: que os números não faziam o que ele queria que fizessem, não mais, e que mais conversa-fiada seria necessária, mais negociação. Ele marcou um encontro com Barbara Shutt no Mercado das Fadas para argumentar em favor próprio. Boudicca disse-lhe para vir preparado para falar da Barns. Pediram a ele que não viesse sem Jordan Hennessy.

Ele ligou para sua advogada, cujo marido havia adormecido ao mesmo tempo que Matthew, e Declan a instruiu a mudar o testamento dele para deixar sua casa na cidade e seus ativos líquidos para Jordan Hennessy. Ele disse que chegaria em quinze minutos para assinar a papelada.

Então ele ligou para o homem que guardava suas armas para dizer que chegaria em quarenta minutos para pegar um revólver e o frasco de metal que ele dissera ao homem, sob pena de morte, para não abrir.

Então desligou o celular e o enfiou no bolso. Ele informou a Jordan:

— Preciso que você me leve até Ronan.

Foram para Waltham, para a oficina onde Adam Parrish trabalhava meio período, ou tinha trabalhado, antes de ajudar Declan a esconder o corpo de Ronan nas paredes. Ninguém estava lá enquanto eles cruzavam o cascalho sob a luz fria da lâmpada acima da porta da área principal. Declan usou a chave que Adam lhe dera para destrancar a porta lateral, acendeu a lanterna de seu celular e entrou no corredor escuro.

Foi até o corpo de Ronan. Não havia nova tinta noturna em seu rosto. Apenas duas lágrimas muito comuns vazando de seus olhos fechados. Ronan sempre usava seus sentimentos para todo mundo ver.

Declan se ajoelhou na frente dele.

— Você acha que ele pode me ouvir?

Jordan não respondeu. Ela estava observando os dois, mastigando um de seus dedos tatuados, a testa franzida.

Ele se virou para Ronan e disse, com a voz bastante calma:

— Você estava certo. Eu estava errado. Eu fodi com tudo. Eu fodi tudo miseravelmente. Aqui está a situação. Bryde disse que eu não estava protegendo você do perigo, que eu estava impedindo você de ser perigoso. Eu não acho... Não. Eu estava. Isso é verdade. O que ele disse era verdade. Eu contive você toda a sua vida porque eu estava com medo. Fico com medo toda vez que você dorme desde que eu era criança, e tenho impedido você sempre que posso. Não mais. Estou indo para Nova York e vou conseguir um docemetal forte o suficiente para te acordar.

Ronan não se moveu um milímetro, mas um dos rastros salgados descendo por sua bochecha brilhou um pouco quando mais uma lágrima foi adicionada a ele.

— Encontre quem o matou, Ronan — disse Declan. — Encontre quem matou Matthew e certifique-se de que ele nunca mais seja feliz.

Ele e o irmão nunca se abraçaram, mas Declan colocou a mão no crânio quente de Ronan por um segundo.

Declan disse:

— Seja perigoso.

Finalmente, tendo feito tudo isso, ele se virou para Jordan e deixou que ela cruzasse os braços ao redor do seu pescoço.

— Você não vem comigo — disse ele. — Eles podem ficar com a Barns. Eles podem ter o que quiserem de mim. Eles não podem ter você.

Ela colocou as mãos em cada lado do rosto dele e apenas o encarou. Ambos usavam máscaras fazia muito tempo, mas não havia máscaras entre eles agora.

— Sempre vai ser assim — Declan acrescentou, baixinho. — Jordan, sempre seria assim. Nossa história sempre foi uma tragédia.

— Pozzi, não foi — disse ela.

— Não a sua — disse Declan. — A da família Lynch. Os irmãos Lynch. Foi escrito antes de eu nascer.

— A minha também foi. Eu a reescrevi. Eu vi o anjo no mármore...

— ... e eu esculpi até você libertá-lo — Declan terminou a citação de Michelangelo para ela. — Sim, você viu, Jordan.

Mas Declan ainda estava aprisionado em pedra.

26

Ronan costumava sonhar que estava morto.

Não eram pesadelos. Eram bons sonhos, na verdade. Ele os tinha de vez em quando havia tanto tempo que não conseguia se lembrar com precisão de quando os tivera pela primeira vez, mas se lembrava de um muito antigo. Ele estava na missa, aninhado e escondido ao lado de Niall, embora fosse um pouco grandinho demais para uma coisa dessas. Toda a família Lynch estava lá. Ronan sentado ao lado de Niall, Niall sentado ao lado de Aurora, Matthew ao lado de Aurora, Declan segurando um de seus irmãos. Mesmo naquela época, Ronan sentia-se bastante fixado na missa, então era incomum que ele adormecesse durante a cerimônia, mesmo durante a interminável homilia; mas, naquela ocasião em particular, ele estava exausto. Na noite anterior, Declan o havia acordado bem no meio de um sonho.

— Vou me livrar disso — Declan sussurrou para ele, seus olhos selvagens, mas Ronan nem sabia do que ele estava falando antes de o irmão mais velho sair do quarto. Ronan já havia esquecido o sonho que estivera tendo, e tudo de que se lembrava era a visão de seu irmão mais velho pairando na beirada da cama, sua expressão bem diferente da dele, dentes arreganhados em um rosnado violento e aterrorizado. Ele não conseguiu dormir por horas depois por medo de ter um pesadelo com Declan tão assustador daquele jeito.

Na igreja no dia seguinte, porém, esse medo parecia distante. Tudo em St. Agnes era reconfortante para Ronan. A presença de seu pai magro, com seu cheiro de limão e buxo. Sua mãe entretendo Matthew sutilmente lançando sombras de animais com as mãos no banco diante deles. Declan lendo o folheto da missa com as sobrancelhas franzidas como se discordasse muito da maneira como estavam conduzindo as coisas, mas precisasse saber de qualquer maneira. Deus. Ronan sempre sentia a presença de um deus, *D* maiúsculo, quando estava na igreja, mas especialmente em dias chuvosos como aquele, quando a igreja estava silenciosa e escura, quando todos os horrores dos vitrais assumiam o aspecto de pedras preciosas sem brilho, as luzes do interior cintilantes e oníricas sob o incenso e a fumaça das velas.

Ronan era muito reconfortado por um deus, *D* maiúsculo. O mundo ficava cada vez mais sem sentido à medida que ele crescia, com regras que pareciam se contradizer a torto e a direito, mas o conhecimento de que havia alguém lá fora que sabia como tudo se encaixava era um alívio.

Por que eu sou assim? Ronan orou quando chegou à igreja, os joelhos doendo no genuflexório. *Me mostre um sinal do que devo fazer com a minha vida.*

Deus ainda não havia respondido, mas Ronan respeitava a reticência. Os pais nem sempre estavam presentes. Eles tinham outras coisas para fazer.

Naquela missa, ele dormiu e sonhou que estava morto.

Foi maravilhoso.

Não para os outros, é claro. O Ronan morto, no sonho, podia ver que o restante da família Lynch estava muito infeliz com a morte de Ronan, mas Ronan não sabia dizer se isso era porque sentiam sua falta ou porque haviam sido deixados para trás. Essa última possibilidade ele poderia entender. Estar morto o levou para o que ele achava ser o céu. O céu se parecia muito com a Barns, só que mais límpido.

A luz através da velha casa de fazenda era brilhante. Colocava toda a madeira esculpida em detalhes nítidos: o padrão floral áspero no corrimão da escada, a cabeça de cachorro na ponta da bengala, o falcão e a lebre no porta-retratos sobre a lareira da sala de estar. A luz encontrava todos os pratos e xícaras de cerâmica da Irlanda nos armários, as cortinas de renda na janela da cozinha, a lavanda seca na pia antiga do quarto de seus pais.

Quando Ronan estava vivo, raramente recebiam alguém na Barns, mas, agora que ele estava morto, podia ver pela janela que uma grande quantidade de convidados vinha descendo o caminho. Era uma grande multidão deles — centenas, talvez —, todos saindo das árvores abrigadas no final da estrada e subindo o caminho sinuoso até a casa. Como esses convidados eram excepcionais! Estavam vestidos de todas as maneiras e eram de todas as raças, idades, gêneros e tamanhos. Alguns não pareciam ser humanos. Havia, por exemplo, algumas entidades que pareciam muito longas ou muito esticadas sob suas roupas esvoaçantes, e havia outras que usavam coroas ou chifres. Algumas, como a amiga dos sonhos de Ronan, a órfã, pareciam ter cascos.

Não eram assustadores, porém, porque ele via que estavam lá para ele. Alguns já o tinham avistado na janela e acenaram.

Seu coração explodiu de alegria. Alegria e alívio. Graças a Deus, ele pensou no sonho, que o mundo fosse assim na realidade. Alguma parte dele pensou que devia ser. Não poderia ser apenas mundanidade e humanos, porque isso parecia errado, como se ele tivesse sido feito para algo diferente, como se estivesse sempre procurando algo mais, sem nunca encontrar. Porém, essa festa variada, com suas diversas sombras lançadas sobre esses campos que ele amava, vindo para comemorar com ele... seu coração pensou, *claro, claro*. Ele simplesmente não havia encontrado todas essas peças enquanto estava vivo, mas, na morte, teve acesso e conhecimento de todas as coisas que estavam muito distantes ou escondidas para ele encontrar antes.

Obrigado, obrigado, obrigado, pensou Ronan. Ele poderia chorar com isso, tanto alívio, tanto alívio.

Ele desceu correndo as escadas para abrir a porta da Barns para eles e então foi cercado pela estranheza dos visitantes. Erguiam-se acima dele com sua enormidade desumana. Outros rodopiavam com fragrâncias que ele nunca havia sentido antes. As mulheres usavam flores que não existiam na Virgínia. Os homens riam e cantavam uns para os outros em línguas que ele nunca tinha ouvido. A antessala do andar de baixo não estava cheia de sapatos, mas de trepadeiras selvagens, samambaias e árvores. Um homem elegante, de cabelo castanho-claro, com um perfil distinto de falcão, estava na porta, continuando a receber cada vez mais convidados, certificando-se de que a entrada não fosse recusada a ninguém. A comida havia aparecido, espalhada em todas as superfícies planas da Barns, tudo estranho e familiar ao mesmo tempo. Tudo era tão brilhante, tão claro, nada escondido, tudo exatamente como era antes, mas tão visível, tão visível. Ronan não tinha certeza se era seu funeral ou seu batismo naquele lugar, mas, o que quer que fosse, era alegre e completo. Ele tinha sido confuso e impotente na terra caprichosa dos vivos.

Ali na terra dos mortos, Ronan era um rei.

Alguém agarrou a mão de Ronan, entrelaçando firmemente os dedos com os dele, e ele baixou os olhos para o gesto, para a reivindicação de posse. Era uma mão de menino, cheia de nós de dedos e veias, e se encaixava perfeitamente na dele.

Ele ouviu uma voz em seu ouvido:

— *Numquam solus.*

No sonho, ele sabia o que significava: *Nunca sozinho.*

Como Ronan queria estar morto.

Ronan estava matando docemetais.

Não queria, mas estava.

De alguma forma, em um instante, ele havia perdido tudo.

À medida que a visão do apocalipse se espalhava por todos em Boston, também se espalhava por Adam e Ronan, de alguma forma emaranhada na revelação de Declan de que Matthew estava morto, os dois eventos comprimidos em apenas um, no estranho sentido de tempo do mar de docemetal.

Ronan teve um espasmo de horror.

E, naquele momento — *naquele* momento — de vulnerabilidade, a Renda atacou. Ele nem teve tempo de perceber que havia uma lacuna em sua cerca protetora em torno de Adam.

Houve um ruído rouco, complicado, alto e baixo ao mesmo tempo. Então Adam se foi. Ele simplesmente *se foi*.

Ronan estava absolutamente sozinho no mar escuro, com nada além do brilho dos docemetais. Não havia sinal da Renda. Nenhum sinal da consciência de Adam.

Horrivelmente, Ronan estava começando a entender que o som que ouvira era o grito de Adam. A aspereza nele ficava pior cada vez que ele se lembrava. E ele se lembrou. Repetidas vezes, como se punir a si mesmo com o som pudesse apagar sua culpa.

Matthew, morto. Adam, perdido.

Ele queria voltar no tempo. Só precisava voltar um segundo ou dois. Não podia afetar a explosão da bomba, mas podia manter o controle sobre Adam. Poderia apagar o som de seu grito da realidade. Mas, por toda a estranheza do tempo no mar de docemetal, refazer o tempo não fazia parte disso.

O que estava feito estava feito. Ele havia perdido os dois em rápida sucessão.

Matthew, morto. Adam, perdido.

Foi quando ele começou a matar docemetais.

Ele se jogou de docemetal em docemetal, tentando desesperadamente vislumbrar Declan, ou Adam, ou Matthew. Olhou para fora desta pintura, daquela escultura, desta tapeçaria, daquela aliança de casamento, procurando em cada espaço em que se encontrava.

Ronan gritou em cada cômodo em que estava.

A princípio ele tentou gritar os nomes de seus irmãos, mas depois se sentiu gritando também *Adam*, depois *Deus* e, finalmente, apenas gritando. Estática e ruído. Não era um som feito por um humano, mas, pelo menos ali embaixo, ele não tinha boca.

Cômodo após cômodo.

Docemetal após docemetal.

Enquanto ele gritava, docemetais menos potentes imediatamente davam seu último suspiro, mergulhando sonhos vulneráveis próximos no sono.

Docemetais mais fortes pareciam canalizá-lo, enquanto os espectadores estremeciam e trocavam olhares para ver se eles eram os únicos a sentir a mudança na atmosfera.

Ele não conseguiu encontrar Matthew. Não conseguiu encontrar Declan. Não conseguiu encontrar Adam.

Ele estava preso ali.

Todo esse tempo, ele havia julgado Declan por ser tão sério enquanto tomava medidas extremas para manter seus irmãos seguros. Mas, todo esse tempo, era isso que Ronan deveria estar fazendo. Ele tinha muito poder antes que a linha ley fosse desligada. Deveria estar protegendo sua família, não o contrário. Em vez disso, agia como um garoto petulante. Ele inventou a tarefa de guardar o mundo, que não significava nada para ele, em vez de guardar sua família, que significava tudo para ele.

Mas como poderia tê-los protegido, quando tudo a seu respeito tinha que ser secreto?

Ele era um velho herói irlandês com um *geis* colocado sobre ele para sonhar tão grande que, chegaria um tempo, não seria mais capaz de escondê-lo, e outro *geis* colocado sobre ele para nunca revelar esse verdadeiro eu a mais ninguém.

Ele não deveria ter existido. Ele era impossível. Ele tinha sido feito, feito para não estar acordado nem dormindo. Ele havia matado Matthew e Adam com seus sonhos.

Ronan girou e girou através de docemetais, arremessando-se pelo mar escuro, gritando, desmoronando. Aquilo não poderia ser real. Talvez nada daquilo tivesse acontecido, talvez ele ainda fosse um estudante do ensino médio dormindo em um antigo armazém, talvez ainda fosse uma criança dormindo em um quarto a poucos metros de seus pais ainda vivos, talvez fosse um deus sonhando ser um bebê sonhando ser um deus...

O que era a realidade? Ele fazia a realidade.
Estava acordado ou estava sonhando?
Estava acordado ou estava sonhando?
Estava acordado ou estava sonhando?
Estava acordado ou estava sonhando?
Estava acordado ou estava sonhando?
Estava acordado ou estava sonhando?
Estava acordado ou estava sonhando?
Estava acordado ou estava sonhando?
Estava acordado ou estava sonhando?
Estava acordado ou estava sonhando?
Estava acordado ou estava sonhando?
Estava acordado ou estava sonhando?
Estava acordado ou estava sonhando?
Estava acordado ou estava sonhando?
Estava acordado ou estava sonhando?
Estava acordado ou estava sonhando?
Estava acordado ou estava sonhando?
Estava acordado ou estava sonhando?
Estava acordado ou estava sonhando?
Estava acordado ou estava sonhando?
Estava acordado ou estava sonhando?
Estava acordado ou estava sonhando?

Estava acordado ou estava sonhando?
Estava acordado ou estava sonhando?
Estava acordado ou estava sonhando?
Estava acordado ou estava sonhando?
Estava acordado ou estava sonhando?
Estava acordado ou estava sonhando?
Estava acordado ou estava sonhando?
Estava acordado ou estava sonhando?
Estava acordado ou estava sonhando?
Estava acordado ou estava sonhando?
Estava acordado ou estava sonhando?
Estava acordado ou estava sonhando?
Estava acordado ou estava sonhando?
Estava acordado ou estava sonhando?
Estava acordado ou estava sonhando?
Estava acordado ou estava sonhando?
Estava acordado ou estava sonhando?
Estava acordado ou estava sonhando?

27

Esse ano, o Mercado das Fadas de Nova York acontecia no General, um antigo hotel perto da Quinta Avenida. Era exatamente o tipo de lugar que costumava hospedar os Mercados; depois que o Mercado chegava ao fim, o prédio anfitrião sempre queimava até o chão. Presumia-se que fosse para queimar as evidências de alguma transação — Declan suspeitava sombriamente de que envolvia corpos — e era possível que incluísse fraude de seguros, já que todos os prédios estavam sempre avançando para a obsolescência de alguma forma. Declan realmente não queria saber por que os prédios queimavam, ou quem os queimava. O mercado clandestino era um livro em que as páginas ficavam menores e mais escuras à medida que você avançava, e Declan preferia simplesmente reler os primeiros capítulos várias vezes. No penúltimo Mercado das Fadas, aquele antes de ele trazer Ronan (teria sido isso um erro?), os comerciantes de antiguidades que Declan conhecia a vida inteira lhe disseram: "Os imigrantes sempre preferem uma visão idealista da pátria". Declan não sabia o que ele dizia para provocar tal declaração. O Mercado das Fadas não era sua terra natal. Declan não era Niall Lynch. Declan não era nada como sua família. Ele não tinha família.

(Matthew estava morto.

Morto para sempre.

Não haveria planejamento para a escola, nenhuma razão para fazer café pela manhã, nada impedindo Declan de fazer tudo, nada impedindo Declan de não fazer nada.

Morto.)

No General, um porteiro em um terno preto anônimo fez sinal para Declan entrar direto. No interior, o pequeno saguão era pouco mais moderno do que o prédio do século XIX que o abrigava, mas os dois guardas diante do balcão de check-in eram surpreendentemente modernos, em Kevlar e protetores faciais. Eles pareciam colados ao cenário, que de outra forma era formado por papel de parede estampado, piso de madeira profundamente arranhado, lustres vintage com insetos mortos empilhados dentro do vidro.

— Convite — disse um.

Declan mostrou seu convite conquistado a duras penas, que eles escanearam com um dispositivo eletrônico. Isso era novo. Parecia grosseiro e feio ser escaneado no Mercado das Fadas, não diferente de uma exposição de armas ou um concerto. O que era o Mercado das Fadas quando você tirava o ritual da corte e a arte? Era apenas crime. Jordan não seria capaz de encontrar caminho para dentro deste, pensou Declan, o que o fez se sentir estranho e nostálgico, mesmo que ele não quisesse um mundo onde Jordan precisasse estar ali em vez de em uma galeria.

— Armas? — perguntou o segundo guarda, mesmo que já tivesse começado a revistar Declan.

— Este não é meu primeiro Mercado — disse Declan. Armas sempre foram proibidas dentro do Mercado. Era para ser um lugar onde todos detinham o mesmo poder. As armas quebravam esse equilíbrio.

O primeiro guarda encontrou o frasco de prata no bolso do terno de Declan, aquele para o qual ele havia providenciado uma parada no caminho. O guarda ergueu o frasco.

— O que é isso?

O estômago de Declan se agitou, mas em sua habitual voz branda ele respondeu:

— Você sabe o que é.

O guarda sacudiu o frasco e escutou enquanto ele chacoalhava. Álcool não era proibido dentro do Mercado. Nem docemetais, o que o frasco era. Um docemetal muito fraco, mas ainda assim um docemetal.

Não o pegue, ele pensou.

Eles não o pegaram. O guarda o colocou de volta no bolso de Declan e disse:

— Por aquela porta. O convite preferencial usa o elevador no final do corredor, décimo andar.

Declan abriu a pesada porta corta-fogo e se viu em um corredor estreito e de teto baixo.

A primeira coisa que notou foram as fotos em preto e branco de Nova York datadas e emolduradas penduradas entre cada porta do corredor. Eram tão agressivamente feias que voltavam a ser quase arte.

A segunda coisa que notou foi o rato. Já tivera um longo debate com Matthew sobre ratos, na casa em Washington, DC, que eles haviam dividido uma vida antes, porque Matthew queria um. Como animal de estimação. Declan disse que Matthew ia mudar de ideia quando tivesse visto um rato da cidade. Matthew havia respondido que a única coisa diferente em um rato da cidade era que ninguém o amava. Esse rato, andando rapidamente pela borda do corredor antes de desaparecer em uma fenda, era diferente de um rato de estimação em muitos aspectos. Era enorme. Era asqueroso. Seus olhos brilhavam com uma espécie de órbitas vazias. Se ao menos Matthew estivesse ali, ele teria entendido que uma vida nas ruas tinha efeitos em um rato.

(Exceto que Matthew não estava ali, ele não estava em lugar nenhum)

A terceira coisa que Declan viu, quando colocou um pé na frente do outro, foi um número de pessoas alinhadas ao longo do saguão do hotel entre ele e o elevador no final, todos sentados exatamente iguais, com plaquinhas no peito, cuidadosamente impressas. Todos tinham um quadrado preciso de fita adesiva sobre a boca. A maioria eram mulheres. Ele não tinha dúvidas de que isso era obra da Boudicca.

Era desagradável. Representava outro limite cruzado naquela edição do Mercado, e Declan não gostava do que via. Claro que havia violência em torno dos Mercados; qualquer indústria não regulamentada acabava dando lugar à violência, que era apenas outro tipo de ordem. Mas, como armas e clãs não eram permitidos nos Mercados reais, geralmente ocorriam fora das vistas. Não se apresentava para todos que chegavam, quer fossem em busca de vasos roubados ou de serviços de matadores de aluguel. Antes, era possível ir ao Mercado com, digamos, seu filho de dez anos, se você fosse Niall Lynch e fingisse que era simplesmente um clube secreto para pessoas que consideravam o mundo jurídico um pouco enfadonho.

Essa era uma óbvia demonstração de força da parte de Boudicca. O poder havia mudado.

Os primeiros cinco prisioneiros (porque tinham que ser prisioneiros; seus pulsos estavam presos com lacres) não tinham orelhas. Eles claramente costumavam ter orelhas, mas, em algum momento recente, suas orelhas haviam sido removidas sem muito cuidado. As placas diante desses prisioneiros diziam: OUVI O QUE NÃO DEVERIA TER OUVIDO.

Declan fez o melhor que pôde para não olhar para essas pessoas enquanto caminhava pelo corredor em direção ao elevador, mesmo que fossem pessoas claramente destinadas a serem olhadas; ele não queria se envolver, e olhar para elas parecia torná-lo cúmplice dos métodos.

Foi mais difícil não olhar para as pessoas que vinham a seguir, que não tinham mãos, uma exclusão mais dramática do que no primeiro grupo. As placas dos prisioneiros diziam: PEGUEI O QUE NÃO DEVERIA TER PEGADO.

Uma delas era Angie Oppie, não se parecendo em nada com a voluptuosa ladra e corretora que ele conhecia dos Mercados anteriores. Sua boca vermelha estava escondida atrás da fita adesiva. Sua roupa estava rasgada e manchada de sangue. Seus braços estavam amarrados com lacres várias vezes acima e abaixo do cotovelo, terminando em tocos enfaixados. Isso era tão difícil de entender quanto Matthew estar morto. Ele estivera vivo e agora estava morto. Angie tivera mãos e agora não tinha.

Os passos de Declan se detiveram.

Ele não era amigo dela, mas também não eram inimigos. Tinham mais em comum um com o outro do que a maioria das pessoas. Não parecia algo que pudesse ser desprezado.

Ele encontrou os olhos dela.

Com extrema sutileza, Angie balançou a cabeça. Seus olhos desviaram para a porta pela qual ele tinha acabado de passar, e ele poderia dizer sem se virar que alguém estava no corredor atrás dele, talvez um dos guardas.

O estômago de Declan doeu.

Ele continuou andando.

O corredor pareceu durar para sempre.

Não eram apenas essas pessoas que tinham sido arruinadas. Parecia que a infância de Declan também estava arruinada. Ele não tinha percebido, até passar por todas aquelas pessoas, o quanto ele confiava no ritual de ir a esses Mercados com seu pai, como pareciam conferências subversivas, não campos de batalha sujos. Parecia que ele mesmo havia se juntado à Boudicca, à máfia, se inscrito para essa maldade em sua vida diária. Ele não podia fugir disso.

O último grupo de prisioneiros havia sido colocado ao lado do elevador, de modo que era preciso ficar bem ao lado deles enquanto esperava.

Eles não tinham olhos.

Suas placas diziam: VI O QUE NÃO DEVERIA TER VISTO.

Declan não pôde evitar. Olhou para eles enquanto esperava o elevador chegar.

Percebeu que estava examinando o grupo em busca de sua mãe. Não Aurora Lynch, a mulher que o criara. Mór Ó Corra, sua verdadeira mãe, sua mãe biológica, a mulher que servira de protótipo para Aurora, a cópia sonhada. Não havia nenhuma razão para que

Declan esperasse que Mór estivesse entre esses prisioneiros, além do fato de que ele sabia que ela trabalhava para Boudicca. Tinha sido tão difícil localizá-la, pensou, e, no final, ela não queria vê-lo. Em vez disso, uma cópia sonhada de seu pai jovem o havia avisado para ficar longe e manter Ronan seguro.

Bem, ele não tinha feito isso, tinha?

As portas do elevador se abriram para revelar um último prisioneiro. Essa pessoa, uma jovem desengonçada, estava caída contra a parede apainelada do elevador, nem amordaçada nem amarrada, porque não havia necessidade. Ela estava dormindo.

A placa encostada em seu joelho dizia: ESQUECI QUE ERA INÚTIL.

Declan se obrigou a entrar no elevador. Podia ouvir a própria respiração quando entrou, como se tivesse um saco na cabeça.

As portas se fecharam.

Apertou o botão para o décimo andar.

Ele odiava tudo sobre essa viagem, pensou. Tudo parecia perverso.

A tela no topo do elevador piscava à medida que a cabine subia, tão instável quanto o resto do hotel.

Quando Declan leu 9, os olhos da garota se abriram. Não muito. Apenas um lampejo. Mas ficaram abertos quando o elevador tocou o 10. *Docemetais*, pensou Declan. Seu convite preferencial o estava levando ao andar que tinha docemetais, e algo ali era forte o suficiente para acordar a garota no elevador. Não o bastante para animar completamente o corpo dela, mas o bastante para despertar sua mente.

Quando as portas do elevador se abriram e a garota suspirou, Declan percebeu que ela ter sido colocada no elevador era uma tortura. Ou punição. Escolha o seu substantivo. Por toda a extensão do Mercado das Fadas, a garota subia no elevador até a consciência e depois deslizava de volta para a escuridão, repetidamente.

E depois queimaria com o resto?

Declan hesitou.

— Lote 531 — a garota sussurrou. — Sou eu. Dê um lance alto.

Declan saiu do elevador.

Ele se viu cercado por docemetais. O último andar anteriormente era uma suíte sofisticada, e cada cômodo havia sido transformado em uma vitrine de peças de arte. Havia vitrines de vidro cheias de joias e prata e fragmentos de esculturas. Bronzes em pedestais. Desenhos em envelopes de proteção. Pinturas penduradas atrás de cordas de veludo. Vestidos e paletós, sapatos e luvas, intrincados com miçangas, joias e bordados. Até a cama era claramente um docemetal, maravilhosamente esculpida, coberta com colchas e tapeçarias espetaculares.

Postado em cada porta havia um guarda volumoso com uma arma exibida sem discrição.

Quaisquer que fossem as apostas do Mercado das Fadas antes, elas eram maiores agora.

Declan se viu encarando um Magritte.

Era uma surpresa tão grande ver a pintura naquele contexto que ele não podia nem fingir que a peça não o havia feito parar. Era uma imagem famosa, oficialmente chamada de *O filho do homem*, mas conhecida pela maioria das pessoas que não eram da arte como *Homem com chapéu-coco*, que na verdade era o nome de outra pintura de Magritte menos conhecida, na qual aparecia um pombo. Em *O filho do homem*, um homem de negócios anônimo de paletó escuro, gravata vermelha e chapéu-coco encarava o espectador em frente a um muro de pedra, com as mãos soltas ao lado do corpo. Um de seus cotovelos estava sutilmente dobrado para o lado errado. Suas feições estavam completamente escondidas atrás de uma maçã verde flutuando na frente dele. Por um período, durante o ensino médio, Declan ficara moderadamente obcecado por essa pintura. Ou talvez estivesse obcecado com o que Magritte dissera sobre ela: que o espectador desejava desesperadamente ver o rosto do homem não porque fosse necessariamente mais interessante que a maçã, mas porque, ao contrário da maçã, estava escondido. Declan havia escrito essas palavras de Magritte no topo de seu caderno de inglês para aquele trimestre e ainda se lembrava delas de cor, como um versículo da Bíblia.

— É uma visão e tanto, né? — disse Barbara Shutt, aproximando-se dele. Como antes, a representante de Boudicca tinha uma aparência enganosamente desarmante, em uma blusa desleixada com um broche meio torto de galo abusivamente não artístico. Ela segurava um refrigerante que lançava pequenas bolhas logo acima da borda do copo. — A primeira olhada é apenas um *macacos me mordam, isso é uma pintura!* E então você percebe, uopa, você já *viu* essa pintura antes, é *aquela* pintura.

Ela estava ombro a ombro com Declan, perto o suficiente para que ele pudesse ouvir o leve chiado nasal em sua respiração e sentir a fragrância de seu perfume.

Ele disse:

— "Tudo o que vemos esconde outra coisa. Sempre queremos ver o que está oculto pelo que vemos."

— O que é isso?

— Foi Magritte quem falou.

— Oh! Sua coisa espertinha. Não tenho cabeça para citações. Ah, mas as piadas! Aqui está uma: por que um nariz não pode ter trinta centímetros?

Declan não respondeu até que o silêncio se estendeu o suficiente para ele perceber que deveria.

— Por que não?

— Porque então seria um pé! — Ela riu tanto que teve que tomar cuidado para não derramar a bebida. — Que fofo. Onde está sua amiga Jordan? Ela está olhando os colares? Talvez os anéis, se você entende o que quero dizer, seu cachorrão...

— Ela não veio — disse Declan, e então percebeu assim que disse isso que Barbara Shutt já sabia.

Ele teve que repensar sua opinião sobre ela à luz desse fato.

— Ah, puxa, nós realmente queríamos ela aqui — lamentou Barbara Shutt. — Não é que não queremos ver você, cara bonito que você é! Mas...

192

— Quando fazemos um pedido e você concorda, esperamos que isso seja seguido — disse Jo Fisher, interrompendo. A jovem havia puxado o cabelo liso em um coque bem apertado para que não houvesse nada para esconder a frieza em sua expressão. — E acho que o acordo era você chegar aqui com Jordan Hennessy e as informações sobre a propriedade de seu pai.

— Ainda não fizemos um acordo — disse Declan. — Esta reunião é para discutir um acordo. Eu fui bem claro quanto a isso.

— Ah, não entendi nada disso pelo telefonema — respondeu Barbara Shutt a Jo Fisher. — Você entendeu? Isso é um grande e gordo não dela também. Lamento muito que você tenha vindo de tão longe, mas não podemos ajudá-lo.

Declan manteve sua voz o mais neutra possível.

— Há muito do seu interesse na Barns. As escolhas da Jordan são dela, não minhas, separadas de tudo isso.

Para seu espanto, Barbara Shutt e Jo Fisher simplesmente se afastaram dele e começaram a sair, falando como se estivessem em uma conversa completamente não relacionada. Ele deveria persegui-las, talvez, e implorar, para que pudessem recusá-lo novamente.

Ele disse, levantando a voz:

— É assim que vocês terminam uma conversa com todos os seus contatos?

As duas mulheres pararam e se voltaram para ele.

Barbara Shutt disse:

— Querido, seu pai e seu irmão estão mortos e enterrados, e só resta você. Você é um bom pudim para os olhos, se é que você me entende; mas, fora isso, para que *você* serve?

— Por favor, acompanhem este homem até a saída — disse Jo Fisher aos guardas.

E acompanhando até a saída eles foram, os dois guardas, um de cada lado. De volta ao elevador, onde a garota acordou e disse "Lote 531", até que um dos guardas a chutou na boca. Ela gemeu um pouco até que a cabine afundou demais para que o conjunto de docemetais a afetasse. De volta ao corredor dos outros prisioneiros da Boudicca, incluindo Angie sem nenhuma mão. De volta ao saguão, onde estavam os homens em Kevlar, certificando-se de que apenas aqueles com os meios corretos pudessem ter acesso àquele produto precioso.

De volta à calçada escura, onde Nova York fazia seus ruídos noturnos comuns de carros e sirenes e gritos. O vento uivava pelo longo quarteirão. Levaria o fogo do hotel a um frenesi mais tarde.

Declan ficou ali por um longo momento no meio da calçada, tremendo. Tinha acabado de ser cercado por docemetais que teriam tornado a vida de Matthew infinitamente mais fácil, que teriam impedido a discussão entre eles em primeiro lugar, que o teriam mantido...

(ele está morto)

E *O filho do homem* — se ele tivesse aquela peça famosa, não tinha dúvidas de que seria capaz de acordar Ronan. E, se ele acordasse Ronan, então... então...

(ele está morto, ele está morto, ele está morto)

Declan teve a sensação de haver uma versão sua que nunca poderia dar outro passo naquela calçada. Que poderia ficar ali para sempre até que seu coração parasse de bater, por mais tempo que levasse.

Mas, em vez disso, ele endireitou os ombros. Ele respirou fundo. Ele se sentia vazio.

Ele mandou uma mensagem para Jordan: *você foi a história que eu escolhi para mim*

Então voltou para o hotel.

— Do que você precisa? — perguntou um dos guardas.

— Esqueci uma coisa — disse Declan. Ele pegou seu celular. — Você poderia me dizer o que isso significa?

Quando o primeiro guarda se inclinou para olhar a tela, Declan tirou a arma do coldre e a usou para disparar no segundo guarda.

O primeiro guarda cambaleou para trás, tentando pegar sua arma perdida, mas Declan atirou nele também. Ele se inclinou e pegou a faca de combate do cinto do primeiro guarda e logo somou a ela a arma do segundo guarda.

Ele empurrou as portas corta-fogo com acesso ao corredor. Os prisioneiros olharam para ele.

Sem dizer uma palavra, caminhou pelo corredor, usando a faca para cortar as braçadeiras de cada um dos prisioneiros.

O elevador abriu. Um guarda estava lá dentro, por cima do lote 531.

Declan atirou nesse guarda também. Ele pegou a arma do homem e arrastou o lote 531 para o corredor.

Em seguida, se virou para os prisioneiros.

— Saiam — disse ele. — Por que ainda estão sentados aí? Eles estão mortos. Levem ela. Saiam.

Mais pessoal uniformizado apareceu das portas laterais. Ele ouviu tiros, mas já estava entrando no elevador e atirando de volta.

Décimo andar. Ele estava indo para o décimo andar.

Subindo.

Havia sangue respingado em suas mãos e sapatos. Não o seu sangue. Ele podia ouvir gritos dos andares por onde passava.

As portas do elevador se abriram. Sétimo andar, não décimo. Mais seguranças. Ele abriu fogo de cobertura enquanto apertava o botão de fechar a porta.

Subindo.

A porta se abriu novamente no nono andar. Mais seguranças. Já bem em cima dele, sem tempo para fechar o elevador.

Ele esfaqueou o mais próximo, atirou no outro, saiu do elevador e rolou contra a parede enquanto os tiros salpicavam onde ele estava instantes antes.

Mais guardas vieram enquanto ele descia o corredor, caminhando direto para a escada a fim de continuar subindo, subindo, subindo. Os corpos empilhados atrás dele. As portas dos quartos de hotel por onde passava se abriram o suficiente para ver a luta antes de fecharem novamente. Suba as escadas, suba as escadas.

Décimo andar.

Ele estava cercado por docemetais e guardas e estava sem balas.

O filho do homem olhou para ele por trás da maçã.

(mortos, todos estão mortos)

Declan tirou o frasco prateado do bolso da jaqueta e desatarraxou a tampa. Enquanto as balas voavam na direção dele, criaturas de repente explodiram da boca recém-aberta do frasco. As criaturas eram cães de caça e fumaça, escuras e ameaçadoras enquanto se espalhavam pelo tapete. Quando eles latiam, uma luz tão brilhante quanto o sol saía de suas bocas, alimentando-os de dentro para fora.

Estavam famintos.

Devoraram as balas voadoras enquanto saltavam sobre os guardas. Eles não eram certinhos.

Esses eram os cães do sol de Ronan. Sonhados para proteger seus irmãos, mas estava disposto a separá-los também, uma vez que o trabalho de destruir os vilões estivesse concluído. Tudo o que eles sabiam era matar.

Declan procurou uma porta destrancada e só teve tempo de deslizar para o espaço atrás dela quando os gritos começaram. Era um armário. Ele ficou parado na escuridão, ofegante. De alguma forma, o som de sua respiração e as batidas de seu coração eram mais altos do que os sons horríveis que aconteciam do outro lado da porta.

Quando finalmente ficou quieto, Declan contou sessenta segundos para ter certeza.

Então ele desatarraxou o frasco novamente para revelar o líquido dentro, e arriscou voltar para o quarto.

Corpos cobriam o espaço; os cães do sol ainda giravam entre eles, ofegantes, famintos. Um inferno brilhante era visível na boca aberta de cada cão; não havia sinal de sangue em suas bocas amorfas, embora os tapetes sugerissem que deveria haver.

— Está na hora — Declan disse — de encerrar.

Ao ouvir sua voz, o bando avançou em direção a ele. Bocas brilhantes idênticas queimando na sua direção, famintas, irracionais, nunca satisfeitas. Por um momento ele pensou: *é isso*.

Mas então os cães do sol giraram de volta para o frasco, perfeitamente como um vídeo reproduzido ao contrário.

Ele apertou a tampa com força.

No silêncio silencioso da sala amortecida, Declan caminhou sobre os corpos em ruínas em direção a *O filho do homem*. Tentou imaginá-lo ao lado dele no carro de volta para Massachusetts. Tentou se imaginar dando a obra a Ronan naquele corredor escuro onde ele estava preso para sempre. Tentou se imaginar vendo Jordan outra vez.

Mas tudo isso foi escondido pelo que ele podia ver diante dele.

— Não — disse Barbara Shutt. — Jovem, você já fez o suficiente.

Ela saiu do elevador, sangue respingando em seu rosto também. Não dela.

— Já está feito — disse Declan.

Erguendo as sobrancelhas, Barbara Shutt olhou além dele. Talvez fosse um blefe, mas Declan olhou também, acompanhando seu olhar.

Ele viu uma figura segurando uma arma. Só teve tempo de ver que era sua mãe, Mór Ó Corra.

Então ela atirou nele.

28

— O que você acha que a Floresta quer de nós? — perguntou Niall.

Disse *Floresta* porque Mór também chamava a coisa em seus sonhos de floresta, mas ele sabia que não era realmente uma floresta aquilo com que estavam lidando. Floresta era apenas uma abreviação de um lugar onde aquilo vivia; uma representação de como ela era uma vasta entidade, raízes em um mundo e galhos em outro, embora fosse totalmente incerto se vivia nos galhos ou nas raízes. Niall teria assumido que aquilo vivia do lado do sol, mas talvez estivesse no subsolo.

Esses eram os tipos de pensamentos que os sonhos com a Floresta provocavam. Niall não gostou. Estava desafiando seu cérebro, e ele podia sentir seu cérebro querendo romper com a enormidade da existência. Ele não tinha sido construído para entender nada daquilo.

— Não sei se essa é a pergunta certa — respondeu Mór. — Em vez disso, é, o que a Floresta quer?

— De que forma isso é diferente?

— Por que está aqui? Por que está falando com você e comigo em vez de fazer o que quiser lá de onde veio?

Niall disse:

— Você acha que é um demônio?

Mór lançou-lhe um olhar pesado. Ela achava que ele era tolo por ainda ser religioso quando os dois conseguiam tirar coisas de seus sonhos, mas ele achava que havia muitas coisas no mundo que não eram explicitamente mencionadas na missa. Ele estava bem em ser um deles. Precisava acreditar que alguém além dele e Mór e a coisa na Floresta tinha um plano, para que ele não precisasse ter um.

— Mais para um deus, se você quer usar nomes como esse — ela respondeu. — Seja o que for, acho curioso. Às vezes penso que aquilo gostaria que pudéssemos ser nós. Humano. Aquilo quer ver mais do que vê; é por isso que está sempre nos cutucando.

— Ver mais o quê?

— Mais do nosso mundo. Acho que gostaria de pernas, é tudo o que estou dizendo.

— Bom, não pode ter as minhas; eu tenho vacas para alimentar! — Niall retrucou. Ele manteve a voz leve, mas ambos sabiam que ele se sentia desconfortável com a conversa. Haviam entrado em um estado de proximidade com a coisa na Floresta que fazia da ideia de entregar as próprias pernas algo mais possível do que no começo. Niall chamou Declan, calçou um par de luvas em suas mãos e disse:

— Você vai me ajudar, garoto. Deixe sua mãe ter algum tempo para ela. — E saiu.

Parecia importante deixar Mór ter tempo para si mesma, porque cada vez mais parecia que, se ele não lhe desse um pouco de liberdade, ela tomaria *um monte* de liberdade. Depois de fazer contato com Boudicca — esse era o nome do grupo ligado ao cartão que Niall havia conseguido —, ela começou a fazer viagens para longe da Barns. A princípio eram apenas uma ou duas horas, depois uma tarde, depois um dia e depois muitos dias. Saía sem avisar e voltava do mesmo jeito, sem explicação ou pedido de desculpas, como um gato. Sempre voltava dessas viagens com um olhar feroz e vivo, então não era como se Niall pudesse se opor a elas. O que quer que estivesse lá, era algo de que ela precisava, e quem era ele para impedi-la? Como a Floresta, ela queria pernas e espaço para usá-las, e ele não seria sua âncora.

Declan não encarava nada disso bem, no entanto. Ele estava se tornando um filho de regras rígidas e planos diligentes, e, cada vez mais, os planos que envolviam Mór não eram confiáveis. Ela poderia ter ido embora quando viessem a se concretizar.

— Marie — disse Niall certa noite, quando ela voltou tarde e se arrastou para a cama com ele —, você acha que poderia se dispor a levar o grande D com você em suas viagens pra lá e pra cá?

— Mór — ela respondeu. Marie Curry era seu nome verdadeiro, o que a fez se chamar Marie Lynch, assim como a mãe de Niall, uma verdade que ela sempre odiou.

— O quê? — Ele pensou que ela tinha dito *dor*. Não *Mór*, que significa *grande* em irlandês.

Ela disse:

— Vou mudar meu nome. Mór Ó Corra soa bem, você não acha? Vou ser Marie Mór e sua mãe pode ser Marie Beag. Eu ganhei.

— Você não quer mais ser uma Lynch?

— Eu não quero mais ser Marie Lynch, não.

Parecia um pouco como se Mór tivesse conseguido colocar um de seus dolorosos objetos de sonho na conversa, mas Niall disse:

— Tudo bem, então. — Ele não ia chamá-la de um nome pelo qual ela não queria ser chamada. Seria como um insulto todas as vezes.

— Você não está chateado comigo?

Essas não eram ideias mutuamente exclusivas. Em voz baixa, ele disse:

— Eu quero que você seja feliz. Fico feliz por você ser feliz.

A noite escura da Virgínia fazia seus ruídos de noite escura da Virgínia no quarto deles — os grilos cricrilando, as árvores sussurrando, uma raposa regougando em advertência no alto dos campos.

Mór se apoiou em um cotovelo e disse:

— Você realmente está falando sério, não está? Você tem tantos sentimentos... Posso te contar uma coisa sobre mim que nunca contei a ninguém?

Ele beijou sua bochecha. Os olhos dela estavam bem abertos para ele.

200

— Acho que não tenho nenhum — disse ela.

Niall balançou a cabeça, sorrindo um pouco, sem entender se ela estava tentando achar uma frase.

Ela continuou:

— Não, de verdade, quando você diz que está feliz por mim, feliz por eu estar feliz, você sente isso, eu percebo. Você não está apenas dizendo isso porque quer algo de mim; esse sentimento realmente mexe com você.

Nesse momento, Niall se levantou também.

— Eu não entendo, amor... você está me dizendo que só diz coisas porque você acha que eu quero ouvir você dizê-las?

— Isso, sim! — Ela parecia feliz por ele ter descoberto, não envergonhada. — Mas veja você, foi isso o que eu pensei que você estivesse fazendo também, por um longo tempo. Achei que todos estivessem. Eu pensei que estivéssemos todos nessa grande encenação em um palco, como quando alguém pergunta como você está e você diz "bem", porque é isso que você deveria dizer. Mas não é bem assim, é? Porque, quando você diz que me ama, você *sente*, não é?

Niall esfregou os dedos contra os dela para ter certeza de que eram reais, que ele estava acordado, que isso não era um pesadelo, que essa era sua verdadeira esposa. Ele se sentiu um pouco nervoso, como na noite em que tinham decidido fugir da Irlanda.

— Você não? — ele perguntou.

— Acho que não, não como as outras pessoas pensam — disse ela. — Outras pessoas, parece que amar alguém as machuca, ou as faz se sentirem felizes. Eu observei como outras pessoas diziam "eu te amo" e tentei, tentei todas as coisas que outras pessoas faziam, para ter certeza de que estava fazendo certo. Eu tenho fingido ser como os outros há muito tempo, mas acho que não *amo* as coisas... acho que estou *interessada* nelas. É difícil dizer porque não estou na cabeça de mais ninguém, mas acho que é assim que você vive esses sentimentos.

Niall disse lentamente:

— Você é como uma psicopata, então?

Ela deu uma risada alegre.

— Sociopata, eu acho, porque eu tenho consciência! Eu pesquisei sobre isso. Mas uma sociopata agradável, sorte sua.

— Então você nunca foi sincera quando disse que me amava?

— Eu lamentaria se você morresse — disse ela. — Nunca liguei para isso antes. Eu costumava imaginar minhas irmãs morrendo. Minha mãe. Tentei decidir se ficaria chateada. Tentei dizer a mim mesma que ficaria, mas eu sabia que não. Acho que posso ficar chateada, mas isso exige mais de mim do que da maioria das pessoas. Você é o único com quem eu já falei sobre esse assunto.

Ela o beijou então, mas ele não sabia mais o que isso significava.

— Vamos dar à Floresta o que ela quer — disse Mór, de repente animada —, para que ela possa nos dar o que queremos.

Mas agora ele nem mesmo sabia se ela estava realmente empolgada, ou se estava empolgada apenas para o benefício dele. Niall perguntou:

— O que a gente quer mesmo?

— Tudo — afirmou ela.

A Barns e Marie Lynch e Declan eram suficientes para Niall. Mas ele podia sentir que estava correndo perigo de perder uma dessas coisas.

Ele perguntou:

— O que a Floresta quer?

— Greywaren.

Por que aquilo já tinha um nome? Aquilo já havia feito isso antes? O que significava se tivesse? Ele não queria saber nenhuma das respostas.

Mas ele a amava e tinha medo de perdê-la, então disse:

— Tudo bem.

29

O problema de ser muito velha, pensou Liliana, era que os sentimentos se abrandavam e embotavam. Era muito difícil lembrar quanto costumavam ser nítidos e importantes. Como era perder o sono para a antecipação. Como costumava doer perder alguém.

Liliana se lembrava bem da forma dos sentimentos, mas, hoje em dia, muitas vezes parecia que ela estava representando os que costumava ter. Ela tinha visto tanto, sobrevivido tanto, se despedido tantas vezes.

Estar com Carmen Farooq-Lane, isso a ajudava a se lembrar de como os sentimentos costumavam ser *grandes*. Também a lembrava de como os seus haviam se tornado pequenos.

E os sentimentos de Farooq-Lane foram muito grandes nos dias que se seguiram à explosão da bomba de Nathan. Era como se ela e Hennessy tivessem trocado de papéis. Hennessy se tornou silenciosa, estudada, implacável em seu ataque à arte no porão, tentando, falhando, tentando, falhando em fazer outro docemetal. Farooq-Lane, por outro lado, tornara-se uma parede de ruído incessante. Em todos os lugares a que ela ia, ela ligava ópera, se já não estivesse tocando espontaneamente para ela de qualquer maneira. Os tenores gorjeavam na cozinha enquanto ela olhava pela janela dos fundos em direção à pequena garagem. Contratenores ondulavam sedutoramente nos alto-falantes do mercado. Sopranos lamentavam no carro enquanto ela ia para a delegacia a fim de descobrir quaisquer novas informações sobre a explosão ou a caça a Nathan. Barítonos resmungavam punitivamente por cima dos atendentes de drive-thru confusos. Mezzosopranos duelavam mais alto do que seus fones de ouvido podiam conter enquanto ela corria ao redor do quarteirão até ficar escorregadia de suor e sem fôlego. Ópera, ópera, ópera. Farooq-Lane e seu fantasma. Não aguentavam mais, e a única outra pessoa que conseguia entender era o outro.

Liliana pegou Farooq-Lane pelos cotovelos depois de uma de suas corridas e a segurou com delicadeza imóvel. A pele de Farooq-Lane estava ao mesmo tempo queimando e congelada, uma contradição possibilitada por correr quilômetros durante a manhã ainda fria.

— Carmen.

Farooq-Lane disse:

— Tenho muito sangue nas minhas mãos.

Ela era impossível. Não podia ser convencida ou levada a usar a razão. Não podia ser obrigada a deixar de lado seus sentimentos por nada. Ela fervilhava durante o café da manhã. Ardia enquanto tomava banho. Chamuscava e formava bolhas até o momento em que conseguia adormecer na cama. Tudo o que ela conseguia falar ou pensar era o que tinha feito, o que Nathan tinha feito, e o que ela poderia fazer para impedir que aquilo acontecesse de novo.

Certa noite, Farooq-Lane confrontou Hennessy quando ela saiu do porão.

— Você pode ligar a linha ley de volta, Hennessy?

— O quê? — perguntaram Liliana e Hennessy ao mesmo tempo.

— O orbe funciona ao contrário? — disse Farooq-Lane. — Se a linha ley estivesse funcionando de novo, *você* poderia sonhar algo para encontrá-lo e derrubá-lo. Ou pelo menos ajudar a trazê-lo. Descobrir se ele tinha uma bomba maior, algo ainda pior...

— Ei, ei, ei — disse Hennessy. — Pise no freio, como diria o Papa. Em primeiro lugar, não, o orbe era um brinquedo de uso único, destinado a ser jogado fora ou reciclado, dependendo da sua proximidade com as instalações de resíduos mais próximas. É apenas

204

um botão de desligar, não um interruptor. Em segundo lugar, não sou a sonhadora que você pensa que eu sou. Acabei de interpretar uma na TV. Tudo o que tenho para você é aquela espada, eu garanto. Em terceiro lugar, você me jogaria na Renda apenas para parar seu irmão? Em quarto lugar, preciso mijar como um cavalo de corrida, posso ir?

Em resposta, a televisão acima da lareira explodiu em uma ária em pânico.

Tudo isso lembrou Liliana de quanto tempo fazia que ela não tinha sentimentos tão fortes sobre qualquer coisa.

Em um dia particularmente ameno, Hennessy e Liliana ficaram na pequena varanda e observaram Farooq-Lane aspirar o carro, ópera aos berros, os olhos queimados. Hennessy bateu a cinza do cigarro antes de soprar um anel de fumaça na direção de Farooq-Lane.

— O suprassumo da beleza, não é? Como assistir a um vulcão matar aldeões inocentes, um de cada vez, enquanto eles dormem.

— Ela se culpa — disse Liliana.

— Que bom! Ela deveria, porra. Não é à toa que "Eu estava seguindo ordens" não é o lema de muitas escolas. — Hennessy virou-se para se apoiar nos cotovelos e olhou para Liliana. Com seu cabelo enorme, casaco vintage e calça de couro, Hennessy parecia completamente fora de sintonia com aquele chalé, como se tivesse sido deixada ali para uma irônica sessão de fotos para um álbum. Ocorreu a Liliana que Hennessy não era exatamente o seu oposto, mas estava perto. — O que você acha, Visionária? Tenho que me preocupar em comprar presentes de Natal este ano?

Liliana disse:

— Estou preocupada.

Mas o que ela quis dizer foi: *eu me lembro como é estar preocupada*.

— Sei que é rude não perguntar a idade de uma mulher — continuou Hennessy —, então, quantos anos você tem? Ah, espere, talvez eu tenha entendido errado. Mas, agora que já falei, quantos anos você tem?

205

Não era a primeira vez que ela perguntava. Não era a quinta vez. Não era a sétima. Liliana perguntou:

— Hennessy, por que você fica me fazendo essa pergunta?

Hennessy acendeu outro cigarro com o primeiro e colocou os dois de volta na boca. Ela falou ao redor dos dois como se fossem presas de vampiro.

— Porque eu tive muito, m-u-i-t-o tempo para pensar sobre a decisão de fechar a linha ley nos últimos dias, e no geral, você sabe, reviver a experiência de chegar a esse ponto de estar disposta a fazê--lo no café, e me parece que foi sua ideia. Então a boa e velha Frookla apoiou você na ideia, porque essa é a grande coisa que ela faz, não é, ser vagamente sugestionável para evitar ela mesma ter ideias ruins.

— Mas não é bem...

— Por favor, espere, Liliana, um representante *está* esperando para atender sua ligação e estará com você em breve, mas, até lá, me ouça: de todas as maneiras pelas quais eu analiso, desligar a linha ley foi muito frio. — Hennessy olhou para cima para ver Farooq-Lane, ópera italiana ainda berrando nos alto-falantes. — Quero dizer, quem pode dizer se estava certo ou errado. Talvez venha a funcionar, no futuro. Apocalipse evitado! Oitocentos bilhões de pessoas salvas ou quantas pessoas vivem neste lugar. Não importa qual seja seu foco, esses são bons números, mesmo que você ache que matou mais pessoas do que a bomba de Nathan acabou de matar. No entanto, acho que você concorda que é preciso certa personalidade para fazer essa ligação, certo? Sem um pingo de hesitação. Sim, aperte o botão, Hennessy, pilares de sal estão em ação. Parece algo que um verdadeiro idiota faria, ou alguém que é tão *ríspido* que seu coração se tornou um nugget de frango. E assim por diante: quantos anos você tem, Liliana?

Liliana se sentiu presa entre duas frentes de tempestade. Esbofeteada pela ópera, de um lado, e por Hennessy, do outro.

— Não foi fácil — disse Liliana.

Hennessy sustentou seu olhar.

— Eu sabia que não era fácil — corrigiu-se Liliana.

Hennessy apagou os cigarros, satisfeita. Não parecia esperar que Liliana lamentasse ou contextualizasse mais. Ela disse:

— Você acha que policiais comuns serão capazes de matar esse irmão dela enquanto nós sentamos aqui brincando de casinha? Em uma escala de *um* a *repreensível*, é tão ruim assim esperar que a situação se resolva sem que a gente faça nada a respeito?

Liliana tentou primeiro pensar no que Hennessy poderia estar tentando fazer ela dizer, e depois em qual ela realmente achava que era a resposta. Ela balançou a cabeça.

Hennessy se afastou do gradil enquanto uma velha ária de Handel vibrava atrás dela. Ela arqueou uma sobrancelha e balançou os dedos no ar como se estivesse conduzindo a música.

— Quantos anos você tinha quando esta foi lançada, Lil? Quando você vai fazer a coisa certa?

— O que você quer que eu faça?

Hennessy passou por ela e entrou no chalé. Ela deu de ombros.

— Mas o restante de nós já deu tudo de si no escritório.

30

Matthew Lynch nunca tinha passado tanto tempo *dentro* de móveis antes.

Quando era mais novo, ele e seus irmãos brincavam de esconde-esconde na Barns, o que envolvia passar um bom tempo dentro de móveis. Havia um armário no quarto dos seus pais adequado para esconder uma criança de tamanho razoável. Um baú na sala de estar que poderia acomodar uma criança de tamanho irrazoável, se estivesse disposta a remover algumas colchas primeiro. Algumas cômodas na garagem para os ligeiramente mais ousados. Uma máquina de lavar quebrada em uma das dependências maiores, para os verdadeiramente aventureiros.

Mas tinham sido minutos passados dentro dos móveis. Horas, no máximo, quando a tampa da máquina de lavar se fechou e se prendeu em Matthew.

Não dias.

Dias era muito tempo para ficar sentado em silêncio dentro de uma mesa, especialmente se a única companhia que tinha, do outro lado do espaço, fosse Bryde.

Acho que a sala está vazia agora!, Matthew sinalizou para Bryde. Ele havia feito um curso de língua de sinais americana no ano anterior para compensar a terrível reprovação em Francês I. Estava encantado por ter alguém com quem praticar, embora Bryde não tivesse sido rápido em aprender.

No espaço escuro, os olhos de Bryde brilhavam ao se fixar em Matthew. Ele estava a cerca de um metro de distância, o mais longe que podia chegar. A mesa tinha dois ou três metros de comprimento, com laterais sólidas, até o chão, feita de placa de MDF ou algo semelhante. A única luz vinha das aberturas estreitas onde os cantos não se encontravam perfeitamente e da abertura ocasional no local onde as laterais encontravam o carpete para tráfego intenso.

Acho que podemos conversar!, Matthew sinalizou.

Bryde, imóvel, sinalizou de volta, soletrando a palavra final com surpreendente habilidade: *Estou ocupado*.

Ele não estava ocupado. Ele não estava fazendo nada. Não havia nada para fazer.

Bryde não era nada do que Matthew esperava que ele fosse.

Para começar, ele não parecia interessado em cometer crimes. Com base em tudo o que Matthew tinha ouvido, ele esperava que a primeira coisa que Bryde fosse gostar de fazer ao ser libertado do centro de assistência seria destruir algumas coisas, ou roubar algumas coisas, ou talvez tentar algum comportamento de culto em Matthew ou pelo menos em alguns espectadores. Mas ele não tentou fazer nada disso. O mais perto que chegou do crime foi logo depois que eles o tiraram do Centro de Assistência Medford. Ele usou o último troco de Matthew do console do carro para pegar um táxi até o centro da cidade a fim de procurar Burrito, o carro invisível e sonhado de Ronan. Depois de passar horas tentando encontrá-lo, Bryde perdeu a paciência e chutou o Mercedes de alguém. Ele deixou amassados, mas nenhuma recado. Criminoso.

Ele também não era assustador. Do jeito que Declan falava, Matthew esperava que ele fosse um bicho-papão aterrorizante. Na escola, costumavam dizer que, pessoalmente, os ditadores não pareciam assustadores, pareciam legais, como pessoas com quem você gostaria de sair. Bryde *parecia* legal o suficiente, mas com certeza não agia como uma pessoa legal. Ele ficou em silêncio por longos períodos, parecendo cansado e maltratado com as mãos nos bolsos da jaqueta, e então, quando falou, foi em longos blocos de palavras que geralmente envolviam um vocabulário que Matthew nunca havia memorizado. Ele e Matthew estavam falando sobre algo totalmente diferente e então, de repente, Bryde interrompia e ficava todo *a consciência é um mapa para todos os lugares em que já estivemos e estaremos e ainda assim ninguém aqui quer consultá-lo e assim está perdido* e Matthew perguntava:

— Você já leu alguma coisa sobre depressão clínica?

Bryde também não parecia obcecado por Ronan. Matthew estava preocupado que tudo o que ele quisesse fazer fosse encontrar Ronan para mexer com sua cabeça, já que Declan parecia ter certeza de que era tudo o que ele tinha feito antes. Em vez disso, Bryde parecia aflito sempre que Ronan era mencionado. A única vez que ele mencionou Ronan sem avisar foi quando entrou em um pub naquela primeira noite e saiu com um maço absoluto de dinheiro. Ele murmurou:

— Obrigado, Ronan Lynch. — E não disse mais nada.

— Sabe, eu nunca gostei de museus antes — Matthew disse em um sussurro fingido. Ele tinha *certeza* de que a galeria estava vazia, mas não cem por cento. — Nunca entendi o sentido deles. Eu costumava inventar músicas na minha cabeça quando tinha que fazer passeios de estudo do meio na escola. Eu fiz uma sobre um quiroprático uma vez, porque eu gostava da palavra *quiroprático*. Você sabe se você tem ossos?

Os dois estavam em um museu agora.

Tinham que estar.

A fuga do Centro de Assistência Medford havia ocorrido sem problemas. Uma vez que Bryde foi libertado da cama, ele rapidamente fechou o zíper de seu blusão azul até o queixo, fazendo com que parecesse mais uma jaqueta de empresa, colocou um lençol sobre o leito do hospital, encheu-o com todas as cadeiras de visitantes e vasos de plantas falsos do quarto e, em seguida, jogou uma prancheta em cima dela. Então ele e Matthew a empurraram para fora da sala como um boneco, como se tivessem sido chamados para mover a mobília para algum propósito mundano. Não encontraram ninguém no corredor quando foram diretamente para uma saída lateral e empurraram os móveis para as latas de lixo. Matthew pegou as chaves do carro, mas Bryde disse que os policiais encontrariam o carro em questão de minutos, e ele queria ser encontrado em questão de minutos?

Eles não foram pegos em questão de minutos, mas o pingente de cisne não durou muito mais que isso.

Tinham acabado de sair de uma loja de conveniência depois de comprar um celular descartável, mas, antes que Bryde pudesse ativá-lo, a pele ao redor de seus olhos ficou apertada e ele disse:

— Os lamentos deste lugar são incessantes. Eu queria nunca ter concordado em vir.

Matthew não se lembrava do que aconteceu depois disso.

Ele acordou ali, sob aquela mesa de exibição, que acabou sendo bem do lado de fora da exposição de Klimt no Museu de Belas Artes. Uma garota chamada Hannah e um cara chamado Musa e outra garota chamada Claire os levaram ali. Dois deles trabalhavam ali e um deles era estudante de arte, mas Matthew não conseguia se lembrar qual era qual. Bryde aparentemente tinha ido até eles em seus sonhos e, em troca disso, eles trouxeram sanduíches para ele e Matthew até que Bryde pudesse "descobrir algo".

Bryde ainda precisava "descobrir algo".

Matthew começou a manter um pequeno diário; Bryde tinha dado a ele. Ele perguntou a Matthew se ele escreveria o que estava pensando em vez de dizer em voz alta se comprasse um diário, e quando Matthew disse que sim, Bryde imediatamente distribuiu parte do dinheiro do pub para Musa comprar na loja de presentes.

A maior parte do que Matthew escreveu foi sobre a voz.

A voz era uma coisa que Matthew ouvia havia séculos, especialmente depois que a linha ley começou a ficar um pouco estranha e Ronan começou a vazar mais tinta noturna. Sempre dizia o mesmo tipo de coisa, como *Matthew, você está ouvindo* e *Matthew, há uma maneira melhor* e *Matthew, venha me encontrar* e *Matthew, você não quer mais?*

Ali no museu, a voz começava todas as noites. Matthew ouvia. Não havia muito mais a fazer. Eles não podiam passear pelo museu, mesmo quando estava fechado, por causa das câmeras de segurança e dos guardas. Podia-se tentar passar o tempo, como Bryde fazia, e dormir, ou passar o tempo, como Matthew fazia, e ouvir.

— O que você está escrevendo? — Bryde perguntou em voz baixa.

— O que a voz está dizendo — respondeu Matthew. *Não tenha medo, Matthew. É mais simples do que você imagina.*

— A voz... é assim que você chama? — disse Bryde. — Ela não importa mais. Esse mundo não está morto, mas poderia muito bem estar, arrastando seu cadáver do café para o salão de baile para shows de rock alternativo, incapaz de fazer qualquer coisa além de manter--se acordado, nada mais.

— Não fique chateado, você não pode fazer o que estava fazendo antes — disse Matthew, encorajador. Ele arrancou uma página em branco do diário. — Hannah trouxe uma caneta extra... Você se sentiria melhor desenhando alguma coisa?!

— O mundo se prepara para queimar e nós nos divertimos com bugigangas e artesanato enquanto mijamos em garrafas no escuro.

— Mas Bryde sentou-se rigidamente e aceitou o papel de rascunho.

— Veja, este é um momento perfeitamente legal — disse Matthew, baixinho.

— Eu não fui feito para *um momento perfeitamente legal* — disse Bryde. Ele havia desenhado algo que parecia um tornado ou era como se alguém estivesse tentando pegar a caneta enquanto escrevia. — Este lugar que você chama de mundo é apenas metade de um mundo. Do outro lado de um espelho está o resto. É como amar a noite sem nunca ver o dia. É uma frase, cortada. Um livro, abreviado. É a primeira metade de qualquer coisa. Acordado, adormecido: são duas coisas diferentes agora. Mas existe uma realidade em que há apenas uma condição, perfeitamente trançada, as duas coisas ao mesmo tempo. Aquela sensação que você tem quando ouve a voz, você não sabe que está faltando alguma coisa?

— Sim, totalmente! — disse Matthew. — Mas por um tempo eu pensei que significava só que eu estava com fome de lanche. Me conta mais sobre a voz.

— Tem uma voz do outro lado chamando seu nome. E, do outro lado, você também está chamando coisa. Quem sabe quem está te ouvindo por aí. Tolos, de ambos os lados, para ouvir, para se aproximar, para querer... — Bryde fechou os olhos. — Não sei se o que eu sei é verdade.

— Vamos fingir que é por enquanto — sugeriu Matthew. — Apenas entre no jogo, diga o que vier à mente. Chuva de ideias: é assim que Declan chama.

Bryde parecia não entender o conceito de chuva de ideias. Ele continuou:

— Eu sou velho ou sou jovem? Não sei se minhas memórias são reais, não sei mais o que é real. Importa se eu não tenho milhares de anos se sonharam que tenho?

Matthew também ponderou sobre isso quando descobriu que era um sonho, não fazia muito tempo. As pessoas gostavam dele, sempre haviam gostado. Ele tinha sido feito assim? Ou era algo que havia ganhado? Afinal, isso importava? Ele contou tudo isso a Bryde enquanto Bryde deixava o tornado cada vez maior no papel de rascunho e a voz continuava falando, e então Matthew terminou:

— Isso faz sentido?

— Não — Bryde disse, taciturnamente.

Esse era o problema de fazer Bryde falar. Ele ficava chato ou triste. Matthew não se importava tanto de estar ali embaixo da mesa. Era difícil se lembrar de que havia um mundo real lá fora quando esse era tão pequeno e imutável. Difícil de realmente acreditar que Declan estava lá fora em algum lugar, louco por Matthew ter roubado seu carro, que Ronan estava lá fora, dormindo misteriosamente.

Matthew, você quer ser livre? Você está ouvindo?

Enquanto Matthew continuava a transcrever, cantarolando um pouco, repetindo as palavras em diferentes caligrafias para interromper a monotonia, Bryde perguntou, em tom mais intenso:

— Você não tem medo da voz. Do que ela está pedindo para você fazer?

— *Está* me pedindo para fazer alguma coisa?

— Está.

— Eu não entendi nada disso.

— Aquilo vai te mudar, se você deixar — afirmou Bryde. — Aquilo vai mudar você para sempre.

Matthew perguntou:

— Ela vai mudar *você*?

— A voz não pede para mim.

— Por que não?

— Provavelmente porque sabe que eu diria não. Não estou interessado em me manter acordado. Estou interessado em manter o mundo acordado. Não eu, mas nós. Sonhos e sonhadores. Imagine o que seria este lugar se você não tivesse que mendigar aos pés de uma pintura por sua vida.

— Maluco, você é o cara mais triste que eu já conheci — Matthew disse a ele. — É como se você estivesse sempre molhado. Parece que, se *eu* tive que aprender a ser triste, *você* tem que aprender a ser feliz. Por que você não desenha uma, não sei, chinchila ou algo assim, em vez dessa… coisa. Não, isso não é bom.

— O que é uma chinchila?

— Você é uma pessoa engraçada — Matthew disse a ele. — Você sabe um monte de coisas, mas também é bem estúpido.

Pela primeira vez, Bryde meio que sorriu. Ele meio que tinha o sorriso de Ronan, o que significava que agora Bryde estava um pouco mais feliz, mas Matthew estava um pouco mais triste.

Você deve saber que não pode se esconder para sempre. Bryde, você sabe que vai chegar ao fim.

A expressão de Bryde ficou intensa.

— Está falando com você! — disse Matthew. — Por que aquilo está falando com você agora?

Matthew, você está ouvindo? Bryde, você pode me ouvir? Matthew, há uma maneira melhor. Bryde, esta é a única maneira. Matthew, venha me encontrar. Bryde, você sabe como fazer isso. Matthew, você não quer mais? Bryde, você não quer se livrar dele de qualquer maneira?

Matthew não conseguia acompanhar o diário.

— Por que está falando *tanto*?

Inclinando-se para a frente, Bryde passou os dedos embaixo da orelha de Matthew. Com um suspiro, ele estudou a tinta noturna espalhada em sua pele. Combinava com o líquido preto fino que se acumulava no canto do olho de Bryde.

Ele disse:

— Porque agora sabe que estamos ouvindo.

31

Farooq-Lane ardia.

Ela precisava de um item de ação, mas não havia nenhum item de ação. Da última vez, depois que Nathan matara seus pais, ela conseguira pegar uma arma e viajar com os Moderadores para fazer a coisa certa. Agora não havia Moderadores. A polícia local não estava disposta a elaborar um plano tão dramático quanto os Moderadores, embora estivesse igualmente empenhada em prender Nathan Farooq-Lane. Sim, Nathan estava no radar deles; sim, tinham visto o memorando sobre como o indivíduo identificado como ele na Irlanda havia sido um erro; sim, nos avise se ele entrar em contato com você e se pensar em algo relevante que possa ajudar na nossa busca; não, você não pode fazer mais nada para ajudar.

Claro que ela não poderia ajudar.

Farooq-Lane tinha apenas seu coração para seguir, e isso já havia sido estabelecido como uma fonte não confiável.

Sabia apenas duas coisas com certeza: Nathan ia fazer aquilo de novo. E tudo aquilo tinha a ver com ela.

A bomba de Medford explodiu minutos depois de ela ter saído do depósito, minutos depois de ouvirem Lock admitir que outra pessoa estava dando as ordens. Como se Nathan tivesse sido invocado pela admissão. O mais provável era que ele a estivesse observando — por quanto tempo?

Farooq-Lane não conseguia se livrar da ideia sinistra de que Nathan, de alguma forma, tinha sido guardado com os outros

Moderadores e ela simplesmente não o tinha notado deitado em silêncio no escuro, à espera dela.

Ela revirou a sequência de eventos no depósito várias vezes, tentando encontrar uma pista que lhe desse o passo seguinte. Levou vários dias para perceber — no meio da noite — que havia ignorado completamente outro par de olhos ali: Hennessy. Claro que Hennessy estava lá! Ela poderia estar no esquema também. Qualquer coisa era possível. Qualquer coisa! No fundo, Farooq-Lane sabia que ela era uma fonte bem duvidosa; mesmo assim, ela não conseguia parar de se mover, parar de procurar um item de ação, parar de procurar algo para riscar de uma lista ou atirar na cara. Se não o fizesse, algo terrível aconteceria dentro dela. Ela podia sentir.

Então, pulou da cama e desceu ao porão para um confronto.

Para sua surpresa, Hennessy havia recolhido a bagunça deixada por seu ataque de nervos e substituiu aquele desastre por um novo: um desastre de telas, esboços, paletas de tinta com filme plástico sobre elas, almofadas de sofá trazidas para criar um ninho para dormir o dia todo. Mas, ao contrário dos resultados do chilique, essa confusão claramente tinha um sistema. Cobria todos os espaços disponíveis, mas também era um local de trabalho.

A própria Hennessy estava atualmente sob luzes brilhantes, trabalhando em um autorretrato. Era uma obra de arte vacilante e alegre, as linhas eram longas e emaranhadas, tudo alongado e torto, intencionalmente deformado. Não era o carniçal que Hennessy poderia ser, mas sim a Hennessy engraçada e divertida que às vezes ela era.

Numa mesa de trabalho ao lado dela, em uma gaiola de hamster, o rato sonhado corria sobre uma roda, sua cauda dourada tilintando ritmicamente contra o plástico. Algo no porão estava zumbindo com energia de docemetal suficiente para mantê-lo acordado, por enquanto.

Sem preâmbulo, Farooq-Lane questionou:

— Como Nathan sabia que estávamos no depósito? Ninguém estava lá além de mim e você.

Hennessy, de costas para Farooq-Lane, não se incomodou em virar o retrato quando acrescentou:

— E todos os Moderadores.

— Estavam dormindo. Lock estava falando com a gente. Isso deixa você e eu.

Esfrega, esfrega, esfrega. Hennessy esfregou sombra debaixo dos olhos.

— Com certeza, sim.

— Nós teríamos ouvido outra pessoa entrar, com certeza.

— Então você chegou à conclusão de que tenho que ser eu? — disse Hennessy. Ela parecia despreocupada. Continuou pintando. — Faça o que você tem que fazer, eu acho.

Farooq-Lane sabia que ela estava sendo irracional, e ela sabia que Hennessy sabia, e isso a fazia se sentir ainda *mais* irracional. Era então que, geralmente, a ópera começava a tocar.

Só então ela notou um pano manchado de tinta familiar jogado sobre a borda de uma das mesas.

— Essa é a minha blusa?

Esfrega, esfrega, esfrega. Hennessy esculpiu tatuagens no pescoço de seu retrato.

— Estava no chão.

— Deve ter caído da secadora!

— Coisas que caem no chão só prestam por dez segundos, foi o que ouvi. Mas ainda tinha o seu cheiro.

A blusa parecia irrecuperável, mas Farooq-Lane se aproximou para pegá-la assim mesmo, por princípio. No caminho de volta, seus passos vacilaram. O enorme retrato de Farooq-Lane olhou para ela das sombras da parede oposta. Hennessy o tinha terminado.

Farooq-Lane não resistiu a olhar mais de perto. Estava melhor desde a última vez que o vira, o que ela não teria imaginado ser possível. Os olhos eram deslumbrantes, líquidos, perfeitos, lacrimejantes, brilhantes, observando de dentro da tela. O cabelo era tocável e brilhante.

E a expressão. Era Farooq-Lane, mas melhor. Agora a versão de retrato dela não queimava apenas insensivelmente. Agora ela queimava com propósito, com confiança, com lealdade, com justiça, implacável, poderosa. Poderosa. Farooq-Lane nunca tinha sido poderosa.

Em tom de conversa, ainda rabiscando seu papel, Hennessy disse:

— Aquela Zed em que vocês atiraram na Pensilvânia, Rhiannon Martin? Ela sonhava espelhos. Ela só sonhava isso. Nunca nada diferente. Nunca nada que fosse acabar com o mundo, não que isso importasse para os Mods, como você sabe agora. Ela não sonhava muitos; cada espelho levava muito tempo. A questão sobre esses espelhos é que eram apenas legais. Você consegue imaginar? Eles gostavam da gente. Sabe, como dizem, os espelhos nunca mentem; bem, esses também não, mas eles eram legais pra caralho. Única maneira de dizer. Eles mostravam em você todas as coisas que você gostava em si mais do que todas as coisas de que você não gostava.

Farooq-Lane sabia que Hennessy estava falando sobre o retrato, e era verdade que ela queria ser a mulher do retrato. Era assim que ela desejava ser vista. Ainda não tinha chegado lá, mas o belo retrato dessa linda mulher parecia uma aspiração.

Era mais do que isso, no entanto. A pintura não era apenas bonita. Não era *agradável*. Era cheia de desejo dinâmico. As pinceladas refeitas no rosto estremeceram. A pele parecia quente ao toque.

Farooq-Lane passou os dedos sobre a superfície, a poucos milímetros de distância. Ela queria muito tocá-la. A têmpora, a bochecha, o queixo, a garganta.

Hennessy agarrou seu pulso.

Farooq-Lane nem a ouvira atravessar a sala.

— Eu não ia tocar... — ela começou, mas então Hennessy usou seu pulso para puxá-la para perto. Hennessy a beijou.

Não eram os beijos doces de Liliana.

Aquela era uma situação de corpo inteiro, uma situação de dia inteiro. Hennessy a abraçou e, no momento em que os lábios de Farooq-Lane se abriram, ela mordeu um deles. Não havia uma única parte do beijo que não sublinhasse firmemente que Hennessy, a pessoa, sentia exatamente o mesmo por Farooq-Lane que Hennessy, a artista.

A ópera explodiu em todos os alto-falantes da casa. Cordas em disparada. O cravo a galope. Voz limpa e alta como um dia sem nuvens.

Não havia uma parte de Farooq-Lane que não estivesse pegando fogo, tão viva e vívida quanto as pinceladas do retrato.

Farooq-Lane, em chamas.

Ela cambaleou para trás.

— Você não... Existe algo como... Por que você está *assim*?

— Você deixou cair sua blusa — disse Hennessy.

Farooq-Lane não conseguiu pensar em uma resposta. Ela finalmente disse:

— *Liliana.*

Hennessy deu de ombros.

Com um ruído estrangulado, Farooq-Lane recuou, os lábios ainda quentes. Tudo dela ainda quente. Virando-se, ela subiu as escadas, dois degraus de cada vez, perseguida por uma ária recatada. Isso era horrível. Ela ardeu de fúria — mas não por Hennessy, por si mesma. Hennessy estava apenas sendo Hennessy. Farooq-Lane, por sua vez, deveria ser alguém de princípios, de caráter, de equilíbrio.

Quem ela estava se tornando?

Farooq-Lane, em chamas.

O problema era achar que poderia gostar dessa pessoa.

Mas o que isso significava para o resto de seu mundo?

No topo da escada, ela deu de cara com Liliana.

Liliana gentilmente a pegou pelo mesmo pulso que Hennessy acabara de segurar. Ela olhou para a aparência desgrenhada de Farooq--Lane.

— Liliana — disse Farooq-Lane. — Eu...

Liliana interrompeu:

— Nós temos que conversar.

De carro, percorreram apenas alguns minutos de distância até o Red Rock Park, uma pequena reserva que se projetava para o oceano. Durante o dia era agradável de ver, apesar do tempo frio, o verde da grama mesmo quando as folhas das pequenas árvores decorativas estavam nuas. À noite, no entanto, o parque parecia árido e exposto, com os ventos soprados com as ondas, diretos e puros. Não era um lugar que a maioria das pessoas escolheria para passear naquela hora, com aquele clima.

Mas Liliana as conduziu pela calçada até o promontório e então ficou ali com as mãos nos bolsos do casaco grande e feio que um caminhoneiro lhe dera no início daquele ano, olhando por cima da água. Não estava exatamente preto; Boston era brilhante demais para deixar o oceano perto dela dormir de fato.

Farooq-Lane se mexeu e estremeceu, os braços em volta de si mesma. Testou suas palavras. Antecipou as de Liliana. *Foi Hennessy!*

Mas Farooq-Lane sabia. Não se sentia culpada por Hennessy beijá-la. Sentia-se culpada pela maneira como isso a fazia se sentir.

— Começou com uma voz — disse Liliana, por fim. — Eu percebia que era diferente. Não era uma voz humana. Era algo diferente. Algo que falava diretamente comigo, em uma linguagem que eu não ouvia de outra forma. Não sei se mais alguém poderia ter ouvido enquanto eu estava lá, porque sempre falava comigo quando eu estava sozinha, mas tenho certeza de que, se houvesse mais gente, não teriam sido capazes de entender. Era uma linguagem para sonhos.

Farooq-Lane franziu o cenho para ela, pega de surpresa.

Mas Liliana continuou, ainda olhando para aquele oceano sem fim:

— Fiquei com medo quando a voz veio até mim. Ele... o sonhador de quem lhe falei... estava adoecendo e eu pensei que provavelmente morreria em breve. Todo mundo estava adoecendo da mesma maneira, e todos estavam morrendo, então eu sabia como seria. Há muito tempo eu desejava que ele morresse, mas não de maneira genuína. Eu sabia que sem ele eu ia adormecer. Porém, a voz me disse algo diferente. Ela me disse que havia outra maneira. Ela me manteria acordada, dizia, em troca de apenas uma coisa.

— Liliana...

Liliana balançou a cabeça e continuou:

— Se eu contivesse seus pesadelos, dizia, eu poderia ficar acordada para sempre.

As visões. Ela estava falando sobre as visões. Pesadelos? Mas...

— Eu sei o que você está pensando. Você está pensando que os pesadelos são imaginários, e é verdade, que geralmente não são reais, mas não são *totalmente* irreais. Eles mostram pessoas que você conhece. Lugares em que você esteve. Situações que você viveu. Talvez os detalhes ao seu redor sejam falsos, mas sempre há pelo menos uma parte verdadeira, ou não seriam assustadores. — Ela deu um suspiro pesado. — É por isso que as visões são verdadeiras na maioria das vezes. As visões são imaginações do pior cenário, descoloridas pela natureza humana e informadas por sentidos desumanos que, na maioria das vezes, são o cenário real.

— Por que você está me contando isso? — perguntou Farooq-Lane. — Por que agora, quando...

Era muito para absorver; perceber que Liliana não tinha intenção alguma de falar sobre Hennessy, pensar na jovem Liliana sendo atraída para se tornar uma Visionária. Parsifal também devia ter sido atraído, quando era apenas uma criança.

— Quantos anos tinham os outros Visionários? — perguntou Liliana. — Você já viu algum tão velho quanto eu?

No escuro, Farooq-Lane balançou a cabeça. Ela não sabia se Liliana tinha visto, mas não importava; a pergunta era retórica.

— Isso porque, hora ou outra, todos tomam a decisão que você viu: eles voltam suas visões perigosas para dentro em vez de para fora, porque estão cansados de machucar as pessoas toda vez que a voz tem um pesadelo. Eu nunca fiz isso. Eu escolhi a opção, todas as vezes, que me manteve viva. Por um longo período de tempo.

— Não julgo você por isso — disse Farooq-Lane.

— Eu sei — respondeu Liliana. — Eu sei por que fiz o que fiz, e isso não me torna certa ou errada. Mas agora é hora de parar.

— O quê!

— Se o mundo for destruído, meu egoísmo terá sido em vão de qualquer maneira. — Liliana tirou o casaco de caminhoneiro para ficar ali à beira do promontório, uma mulher incrivelmente velha e graciosa com determinação em seus olhos. Ela pegou um pedaço de papel do bolso e o mostrou a Farooq-Lane. Era um dos autorretratos estranhos e estilizados de Hennessy, feito em carvão borrado. — Eu roubei isso de Hennessy, mas acho que ela vai me perdoar; posso imaginar que ela ficaria lisonjeada, na verdade. É um docemetal forte o suficiente para me permitir ter uma visão, se eu a voltar para dentro para tornar a energia mais potente.

O pulso de Farooq-Lane acelerou.

— Liliana, você não precisa fazer isso.

— Você sabe tão bem quanto eu que este é o apocalipse do seu irmão — disse Liliana. — E você sabe que é você quem terá de detê-lo.

Lágrimas escorriam pelas bochechas de Farooq-Lane. Não houve pausa entre as palavras de Liliana e a aparência delas; seu corpo nem lhe ofereceu uma oportunidade de resistir a elas.

— Podemos encontrar um docemetal mais poderoso. Você não precisa...

— Eu preciso que você veja a visão — disse Liliana —, e você só pode fazer isso se eu a virar para dentro, para que eu possa tocar em você quando a tiver. É assim que tem que ser.

— Com certeza não é! — Farooq-Lane sentiu como se Liliana a estivesse punindo injustamente por deixar Hennessy beijá-la e, com a mesma rapidez, percebeu que ela só pensava assim porque sua raiva tornava a verdade mais fácil de suportar. — Não importa se existem outras maneiras, não é? É assim que você quer.

Liliana sorriu seu sorriso gracioso para Farooq-Lane, satisfeita por ser compreendida.

— Você me fez tão feliz quanto posso ser. Você me lembrou como era ser jovem. Mais cheia de sentimentos. Mais humana. Eu não estou arrependida.

Farooq-Lane não protestou, apenas continuou chorando baixinho enquanto Liliana passava os braços ao seu redor.

Ela sussurrou no ouvido de Farooq-Lane:

— *Observe atentamente.*

Então ela teve uma visão.

As imagens inundaram as duas, abrasadoras, imediatas e precisas.

E então havia apenas Farooq-Lane, segurando o corpo flácido de um sonho muito, muito antigo em seus braços, tremendo com o que acabara de acontecer e o que ainda estava por vir.

32

H ennessy sonhou com a Renda.
Essa era a verdadeira Renda.

Ela havia pintado um docemetal e estava dormindo a poucos metros dele, então agora a Renda poderia vir até ela outra vez. A porta, escancarada.

Como antes, o sonho clareou pouco a pouco para revelar a borda irregular da entidade. Mais uma vez, o pavor subiu dentro de Hennessy, completamente primitivo, desapegado de qualquer pensamento consciente. Esse era um efeito colateral de ver a própria Renda, algo tão diferente de si, e de ser vista pela Renda, sentindo o ódio dela esbofeteando-a.

Mais uma vez, a Renda começou a assobiar seu refrão odioso. Ela era tão inútil, tão horrível, tão carente. Havia arruinado as coisas com todos. Empurrado Farooq-Lane para longe, subindo as escadas, assim como tinha levado Jordan embora. Hennessy não era exatamente como sua mãe? Sempre não tinha sabido que era como ela? Não era por isso que ela esculpira aquelas memórias de Jordan? Para ver como teria sido sem ela?

Mas não soou tão convincente quanto antes.

Sua mente gritava novos refrões: Hennessy havia pintado o docemetal mais poderoso que Boudicca tinha em Boston. Hennessy poderia pintá-los de novo. Hennessy podia pintar energia em arte, magia em arte. Hennessy poderia atrair para seus pigmentos *algo mais* que normalmente era reservado para a magia dos sonhos.

Hennessy era poderosa mesmo sem seus sonhos.

São mentiras que você conta a si mesma para se distrair do desastre que está por vir, disse a Renda, mas era uma defesa fraca, feita na hora. Aquilo não poderia perfurar a percepção crescente de Hennessy: desperta, ela era tão poderosa quanto Ronan adormecido. No controle. Portadora de magia. Conhecedora de segredos. Criadora de coisas que não existiam antes.

E no fundo ela sabia que Carmen Farooq-Lane gostava dela.

— Vamos parar de dançar — gritou Hennessy para a Renda. Sua voz estava alta agora, a coisa mais alta em seu próprio sonho.

A Renda se movia lenta e intrincadamente no horizonte, mas não se aproximava.

— Tudo o que você faz é me atacar. Esse é o seu único truque, não é? Você faz o que sempre faz; eu faço o que sempre faço. É um acordo, certo? Então, vamos fazê-lo!

Ela começou a caminhar em direção à Renda. O chão estava cheio de pedaços quebrados de Renda que brilhavam feito navalhas finas como papel. Cortava suas roupas e pernas, mas ela continuou.

Na verdade, ela começou a correr.

A Renda disse-lhe para não se aproximar. A Renda a detestava. Hennessy era sem sentido. Impotente.

— Então por que você se importa se eu estou aqui? Por que você continua vindo até mim? Quem precisa de quem?

Eu vou fazer você fazer o que eu digo, vou matar o que você ama, eu tenho em minha posse agora, estou pronta para...

Ela correu até a beira da Renda.

Fixada no lugar, fervia e crescia em sua maneira estranha e sonhadora. Sabia por experiência própria que, se chegasse até ela, a Renda a perfuraria mil vezes, e a dor explodiria por todo o seu corpo.

Mas era só isso. Dor. Certo? Se não podia fazer sua mente se sentir pior, era apenas dor física.

Ela se jogou na Renda.

Não havia dor.

A Renda uivou e estremeceu, mas não a esfaqueou. Era como um anzol agulhado que só doía quando você puxava contra ele, ou pele de tubarão, abrasiva quando você esfregava no sentido oposto ao da fibra, suave a favor dela.

Hennessy descobriu que estava dentro da entidade. As formas rendadas caíam sobre ela e, agora, dessa perspectiva, ela podia ver que eram exatamente as mesmas sombras lançadas pelas luzes do antigo estúdio londrino de sua mãe. Ali, enquanto murmurava para si mesma, podia ouvir que a voz profunda da Renda era, na verdade, apenas sua própria voz. Estava usando seus pensamentos contra ela. Todas as armas da Renda eram apenas as suas armas.

Foram armas muito eficazes por muito tempo.

Foi então que ela percebeu que havia mais alguém ali, iluminado por trás com a mesma luz brilhante que perfurava a própria Renda.

Hennessy protegeu o olho contra o brilho intenso.

Ele estava enrolado, suas mãos torcidas atrás dele para puxar o pescoço tatuado para mais perto dos joelhos, como se pudesse ficar ainda menor. Ele estava de costas. Mesmo sem ver seu rosto, porém, ela o teria reconhecido em qualquer lugar.

33

Estava acordado ou estava sonhando?
Estava acordado ou estava sonhando?
Estava acordado ou estava sonhando?
Estava acordado ou estava sonhando?
Estava acordado ou estava sonhando?
Estava acordado ou estava sonhando?
Estava acordado ou estava sonhando?
Estava acordado ou estava sonhando?
Estava acordado ou estava sonhando?
Estava acordado ou estava sonhando?
Estava acordado ou estava sonhando?
Estava acordado ou estava sonhando?
Estava acordado ou estava sonhando?
Estava acordado ou estava sonhando?
Estava acordado ou estava sonhando?
Estava acordado ou estava sonhando?
Estava acordado ou estava sonhando?
Estava acordado ou estava sonhando?
Estava acordado ou estava sonhando?
Estava acordado ou estava sonhando?
Estava acordado ou estava sonhando?
Estava acordado ou estava sonhando?

Estava acordado ou estava sonhando?
Estava acordado ou estava sonhando?
Estava acordado ou estava sonhando?
Estava acordado ou estava sonhando?
Estava acordado ou estava sonhando?
Estava acordado ou estava sonhando?
Estava acordado ou estava sonhando?
Estava acordado ou estava sonhando?
Estava acordado ou estava sonhando?
Estava acordado ou estava sonhando?
Estava acordado ou estava sonhando?
Estava acordado ou estava sonhando?
Estava acordado ou estava sonhando?
Estava acordado ou estava sonhando?
Estava acordado ou estava sonhando?
Estava acordado ou estava sonhando?
Estava acordado ou estava sonhando?
Estava acordado ou estava sonhando?
Estava acordado ou estava sonhando?
Estava acordado ou estava sonhando?
Estava acordado ou estava sonhando?
Estava acordado ou estava sonhando?
Estava acordado ou estava sonhando?
Estava acordado ou estava sonhando?
Estava acordado ou estava sonhando?
Estava acordado ou estava sonhando?
Estava acordado ou estava sonhando?
Estava acordado ou estava sonhando?
Estava acordado ou estava sonhando?
Estava acordado ou estava sonhando?
Estava acordado ou estava sonhando?
Estava acordado ou estava sonhando?

Estava acordado ou estava sonhando?

Estava acordado ou estava sonhando?

Estava acordado ou estava sonhando?

Estava acordado ou estava sonhando?

— Ronan Lynch — disse Hennessy. — Nós precisamos conversar.

34

Hennessy observava uma memória.

Um homem que se parecia muito com Ronan estava dormindo em um quarto idílico. Quase tudo na sala era marrom-escuro ou branco puro. Edredom branco na cama. Cachos escuros no travesseiro. Cortinas de linho branco esvoaçando na manhã brilhante. Tábuas escuras estampadas com o sol da manhã. Tapete de crochê branco cobrindo o chão arranhado ao lado da cama. Mala escura sobre ela.

Apenas a cama era uma profusão de cores. O homem adormecido estava manchado de sangue e coberto com pequenas flores azuis em forma de estrela. Punhados de pétalas, tingidas de mais sangue, estavam espalhados pelo chão. Era uma visão estranha porque parecia uma cena que deveria ser escondida, e ainda assim era uma manhã clara.

O próprio Ronan estava parado em um quadrado perto da janela, o rosto brilhando ao sol, observando o homem dormir. Ele era mais jovem do que Hennessy jamais o vira e, a princípio, ela não o reconheceu com seu cabelo comprido, suas bochechas mais carnudas. Mas então sua expressão se aprimorou e Hennessy viu o homem que ele se tornaria.

Os olhos de Niall se abriram. A luz da janela deixava sua pele incandescente. Os dois pareciam anjos.

— Eu estava sonhando com o dia em que você nasceu, Ronan — Niall disse ao filho.

Enxugou o sangue da testa para mostrar ao filho que não havia nenhuma ferida por baixo. Ele não estava usando aliança de casamento.

Ronan parecia prestes a dizer alguma coisa, mas depois mudou de ideia e disse outra:

— Sei de onde vem o dinheiro.

Niall olhou para o filho com tanta ternura que Hennessy sentiu a raiva crescer automaticamente nela. Ainda achava difícil assistir a um amor assim, especialmente de um pai. Ele disse:

— Não conte a ninguém.

Do lado de fora da janela, a Renda se movia, inquieta, e Hennessy percebeu que havia um segundo Ronan, o Ronan que ela conhecera, enrolado no chão ao pé da cama. No entanto, formas quadriculadas caíram por cima desse Ronan, porque esse Ronan, o verdadeiro Ronan, estava na sombra da Renda.

Ela não estava realmente em uma memória. Estava em um sonho.

Ela havia conseguido.

Ela havia mudado seu sonho; não era mais o que sempre tivera. Antes disso, Bryde e Ronan precisavam forçar os sonhos dela para outra coisa. Haviam tentado muito ensinar truques e técnicas para moldar seu subconsciente.

No final, foi tão fácil. Não tão diferente de pintar sobre uma tela.

Hennessy atravessou as tábuas do piso xadrez de renda para ficar bem na frente de Ronan adulto.

— E aí, *brother* — disse ela, para tentar aliviar a atmosfera. — Gostaria de falar sobre isso?

Ele não levantou a cabeça. Ficou sentado ali, imóvel e escuro. Ficou sentado ali por tanto tempo que começou a ficar aterrorizante. Parecia cada vez menos humano quanto mais ela olhava para ele, até que ela começou a se perguntar por que é que tinha achado se parecer com Ronan Lynch.

Com o poder da mente, ela se revestiu de bravura e tocou no ombro dele.

Ele gritou.

Ela pulou para trás de susto.

Ele continuou gritando.

Erguendo a cabeça, ele gritou e gritou e gritou. Lágrimas escorriam pelo seu rosto e sua voz estava rouca, mas ele não parava. Todo o espaço dos sonhos foi preenchido com o som. Cresceu até que a luz e as sombras pulsaram com ela. A miséria e o desespero inundaram as raízes irregulares da Renda e o tornaram grande e forte.

Ronan continuou gritando. Ele não parava para respirar. Em um sonho, você podia gritar para sempre sem precisar de fôlego.

Hennessy não sabia o que fazer.

Poderia acordar sozinha, ela pensou. Não havia linha ley; não havia perigo de trazer algo dali para o mundo desperto. O corpo físico de Ronan estava adormecido em algum lugar, presumivelmente incapaz de acordar sem a linha ley. Ele também não corria o risco de trazer nada de volta consigo.

Ela poderia simplesmente deixá-lo ali. Gritando. Era óbvio que ele não aguentaria, mas não havia como parar. Aquela agora era sua existência.

Vê-lo a lembrou de um dia não muito tempo antes, quando eles foram até a fazenda de servidores para destruí-lo. Bryde estava preso. Preso pelo som que parecia feito para horrorizá-lo, ele gritou sem fazer som até que a fazenda de servidores foi destruída, incapaz de se remover ou se proteger. De certa forma, ela pensou, Ronan estava gritando desde que ela o conhecia. Ela simplesmente não tinha sido capaz de ouvir, já que também estava gritando.

Isso importava? O que eles deviam um ao outro?

Havia acontecido muito entre eles. Ronan havia mentido para ela e para si mesmo sobre Bryde. Ela o enganara e desligara a linha ley. Ele deveria ter todas as respostas; ela deveria ser menos fodida. Não tinha decoro na fala para isso.

Ele ainda estava gritando. Era incrível como o grito nunca ficava menos visceral, a dor se renovando sem parar, nunca se deteriorando.

O próprio Ronan havia começado a se transformar com uma espécie de renda, todo fios, espinhos e garras. Cobriu sua pele. Estava dentro dele, explodindo, não o contrário. Alimentava sua Renda onde pudesse vê-lo. Ele havia enterrado seu interior.

Ronan Lynch estava se tornando um horror pontiagudo e desgrenhado. Ela podia sentir crescendo dentro dela o mesmo medo sem palavras que a Renda invocava.

Hennessy o abraçou.

Nem sabia de onde tinha vindo o impulso. Não era uma abraçadora sentimental. Não tinha sido abraçada quando criança, a menos que o abraço estivesse sendo emocionalmente armado para mais tarde. E Ronan Lynch não parecia o tipo de pessoa que se importaria em receber um abraço. Dar carinho a alguém e recebê-lo eram duas ações não relacionadas.

A princípio não parecia ter efeito nenhum.

Ronan continuou gritando. O abraço não o fez parecer mais humano. Ele parecia mais Bryde do que nunca — e não Bryde quando ele tinha a forma mais humana. Apenas parecia uma entidade de sonho que odiava tudo.

— Ronan Lynch, seu idiota — disse Hennessy.

Houve uma vez em que ele a abraçou. Na época, ela pensou que não ajudaria, mas estava errada.

Então ela o abraçou naquele momento, e continuou abraçando, embora ele tivesse se tornado ainda menos reconhecível como Ronan Lynch por um tempo. Então, depois, o grito deu lugar ao silêncio.

Ela podia sentir o corpo dele tremendo. Como um esboço a lápis, transmitia a miséria com o menor dos gestos.

E então não havia nada, apenas quietude.

Por fim, ela percebeu que ele a estava abraçando também, com força.

Havia um tipo estranho de magia em ser uma pessoa abraçando outra depois de não ser abraçada por alguém por um longo tempo.

234

Havia outro tipo estranho de magia em entender que você estava usando palavras e silêncios da maneira errada por um longo tempo.

Finalmente, Ronan disse:

— Você não está sonhando a Renda.

Hennessy disse:

— Eu me cansei disso. Você vai acordar?

Ele parecia mais sombrio do que nunca.

— Não consigo acordar sozinho.

— Por que não? Você é um sonho?

— Não sei mais o que eu sou. Eu pensei que soubesse. Eu sei e foda-se. — Não houve alarde. Nenhuma navalha escondida em suas palavras. Era apenas verdade crua, sem nada para protegê-lo.

Eles não pediram desculpas. Não precisavam.

Depois de uma pausa, Ronan disse:

— Estão todos mortos. Nathan vai matar o restante. Não consigo acordar. Não tenho mais nada. Isso é tudo o que há para mim agora.

Hennessy se afastou. Ele se parecia mais uma vez com o sonhador que ela conhecera, aquele que ela pensava que poderia ter todas as respostas. Seu primeiro amigo verdadeiro que não tinha um rosto igual ao seu. Ela perguntou:

— Se eu te dissesse que poderia ajudá-lo a sair disso, Ronan Lynch, você acreditaria em mim?

— Você é uma das poucas pessoas em quem eu acreditaria.

35

Na noite depois que Mór confessou sua verdadeira natureza para Niall, os dois colocaram Declan na cama e saíram para sonhar juntos nos campos, como faziam na Irlanda.

Sonharam com a coisa na Floresta.

A Floresta explicou que o sonho deles era como um pedido para o outro lugar, o lugar onde a Floresta tinha suas raízes. Era daí que a capacidade de realizar sonhos no mundo desperto vinha. Quanto mais longe um sonhador tivesse as mãos estendidas em direção a esse outro lugar, mais fácil seria trazer os sonhos de volta quando acordasse. Estava fazendo dos dois lugares um só lugar, como uma árvore conectando a terra e o céu. Raízes se estendiam em direção ao ar, galhos se transformando na terra. Um sonhador poderia ser assim. Cavar mais fundo. Mas, para fazer isso...

— Eu sei o que você quer — Mór disse à Floresta.

Niall podia sentir a coisa na Floresta responder do jeito que sempre fazia. Em imagens, em sentimentos, em sensações além das humanas despertas. Ele podia imaginar uma árvore, galhos e raízes visíveis. Os galhos ansiavam por ver o que estava enterrado sob a terra e as raízes ansiavam por investigar o sol. Mór era um desses buscadores. A coisa na Floresta era outra. Ambos ansiavam por mais do outro lado. Estavam com muita fome.

Niall só queria ser humano, só queria que tudo fosse fácil, ser feliz...

— Por que você quer sair do lugar de onde veio? — perguntou Niall.

Mais.

Ele viu esse desejo ecoar no rosto de Mór.

E assim eles sonharam, os três juntos — Mór, Niall e a coisa na Floresta. O que eles sonharam? *Greywaren.* Assim como *floresta*, era apenas um nome para algo além da compreensão.

Parecia uma criança, um pouco mais nova que Declan.

A forma do sonho era a contribuição de Mór. Com sua maneira precisa de sonhar, ela o imaginou em cada detalhe. Suas feições se pareciam com as fotos de bebê de Niall. Uma criança humana. A coisa menos ameaçadora do mundo, um jovem humano com olhos azuis brilhantes como os de Niall.

Exceto que eles eram muito brilhantes, muito precisos, esses olhos. Eles lembraram Niall da noite anterior, quando Mór disse que não tinha os mesmos sentimentos que qualquer outra pessoa. Parecia uma ideia terrível, dar à coisa na Floresta uma forma que não se sentiria mal se sua família morresse.

Então a contribuição de Niall foram sentimentos.

Sentimentos, sentimentos, tantos sentimentos, tantos quantos ele pudesse pensar, e de todas as maneiras que alguém poderia mostrá-los. Ele derramou sentimentos na criança no sonho, tão grandes quanto ele podia pensar, amor e ódio e medo e excitação.

E a coisa na Floresta — a coisa que estava morando naquela Floresta, o mais longe que podia ir daquele outro lugar de onde era originalmente — derramou-se na criança. À medida que se estendia na criança como raízes, como garras, como vinhas, como veias, como estradas sinuosas através de uma floresta da meia-noite, ela estremeceu com o medo recém-descoberto ao experimentar a sensação peculiar de sua experiência encolhendo e crescendo para se adequar ao seu novo lar. Havia muitas coisas que a entidade na Floresta podia imaginar e lembrar que o cérebro de uma criança humana não conseguia, e, na maioria das vezes, eles tinham que ir. E havia muitas coisas que uma criança humana, especialmente uma cheia de sentimentos, possuía que a Floresta nunca havia imaginado.

Essa foi uma experiência aterrorizante para todos os envolvidos.

Todos os três tinham certeza de que era a única vez que havia sido feito antes.

Nenhum deles pensou nem por um momento que fossem parte de um padrão, um ciclo de anseio e manifestação e destruição, anseio e manifestação e destruição. Nenhum deles se perguntou por que a palavra Greywaren já existia antes daquela noite.

Quando Niall e Mór acordaram no campo, a grama ao redor deles estava cheia de corvos e pétalas azuis, e o ar fedia a ferro. Quando Niall finalmente recuperou o senso de movimento e se levantou, seus pés afundaram na lama e o sangue esguichou em torno de suas botas. O chão estava encharcado de sangue.

Mór levantou-se diante dele. Agarrada à sua calça estava uma criança de olhos azuis, manchada de sangue e pétalas. A última sabedoria da entidade onírica estava desaparecendo de seus olhos conforme a vida despertava. Tudo o que restava era o desejo e os sentimentos.

Ela puxou os dedos livres da criatura de sua calça para olhar para ele.

A criatura começou a chorar.

Ela apenas continuou olhando. Era o sonho dela? Era dele? Era da Floresta?

O coração de Niall uivava de terror, mas ele se ajoelhou e estendeu a mão. Em seguida, quando isso não fez nada, estendeu a outra. A criança hesitou antes de tropeçar nele. Os dois estavam cobertos com o sangue ainda quente e as pequenas flores brilhantes. Os pássaros nas árvores próximas estavam em grande comoção, gritando ou rindo. O momento pareceu substancial para Niall e Mór. Sobrenatural. Eles sempre fizeram mágica, mas não parecia mágica havia muito tempo. E certamente a sensação nunca tinha sido essa. Alguma coisa mudara. Para eles. Para o mundo. Para aquele outro mundo.

— Greywaren — disse Mór.

Niall olhou em seus olhos azuis, na forma angustiada de sua boca. Dentro desse corpo estava o que costumava ser a coisa na Floresta. Parecia muito, muito importante que parecesse humano.

— Não — Niall a corrigiu, segurando-a com força apesar de tudo. Calorosamente, apesar de tudo. Parecia muito, muito importante que se sentisse amado também. — Ronan.

36

Declan Lynch estava vivo.

Estava vivo, mas ressentido dessa condição.

Sentia dor de todas as formas imagináveis. Sua cabeça ressoava de dor. Seus ombros estavam rígidos e torcidos. Seu estômago roncou de fome. E o lado de seu corpo rugiu com um calor latejante que irradiava cada vez que ele respirava.

A luz brincava no teto. O ar tinha o cheiro de mofo de um prédio antigo. Em algum lugar, um piano tocava. Tinha o som imperfeito de um piano de verdade, não de uma gravação.

Declan criou coragem para virar a cabeça; até mesmo fez a dor irradiar lancinante por seu corpo. Sua imaginação estava inundada com a imagem de uma gota de pigmento caindo em um copo de água, ondulando enquanto se expandia para colorir todo o copo: Essa era sua dor.

Respirando de maneira irregular, ele se orientou.

Estava em um apartamento espaçoso e desmazelado. Do lado de fora da grande janela, as fachadas das lojas do centro eram visíveis. Ele reconheceu a palavra parcialmente visível na velha placa que se projetava do prédio em que estava: PIANOS. Alguém o colocara em um sofá listrado com travesseiro e cobertor, como se ele tivesse pegado um resfriado, não levado um tiro. Teria duvidado de sua lembrança de tudo o que acontecera no Mercado das Fadas, mas, quando levantou o cobertor e a camiseta (que não era dele), viu um curativo profissional muito certinho na lateral de seu corpo, e um urinol ao pé do sofá. Ele não tinha memória de nada desde ter sido baleado. Na verdade, também não tinha certeza se conseguia se lembrar disso direito. A adrenalina havia apagado tudo, menos o momento dos cães do sol de Ronan sendo liberados.

Ele procurou pelo celular. Não estava mais com ele. Carteira também não.

Declan fechou os olhos novamente.

— Ei, garotão, como está se sentindo? — disse uma voz suave. Declan conhecia tão bem, essa voz, a cadência dela, o sotaque, o jeito como o chamava de "garotão".

Provocou um tipo diferente de dor.

Declan abriu os olhos. O rosto que olhou para ele era um rosto que se parecia muito com o de Ronan, exceto que estava cercado por cabelos longos, e era muito parecido com o de seu pai morto Niall, exceto por ser vinte anos mais novo. Era o novo Fenian, uma cópia sonhada de seu pai quando jovem. Inalterado, sem nunca envelhecer.

— Você parece estar indo bem no departamento da cura — continuou o novo Fenian —, considerando todas as coisas.

Declan lambeu os lábios. Pareciam secos como um capacho. Ele abaixou a mão e empurrou, testando sua habilidade de se sentar.

Não. Seu corpo não o levantava, nem um pouco. Seu lado uivou e falhou.

O novo Fenian disse:

— Você deveria apreciar que sua mãe fez um bom trabalho ao atirar em você. Foi tudo em tecido mole, nem um pouco de tripas, estômago ou fígado, coisas com as quais você realmente não vai querer mexer. E a perda de sangue não foi ruim, considerando o tamanho do buraco. Olhe para você suando balas de dor. Você vai querer analgésicos.

O estômago de Declan roncou audivelmente.

— Ou um sanduíche.

— Sem remédios — Declan disse. — Eu quero minha mente.

241

O novo Fenian riu, um latido curto e agudo que trouxe de volta uma onda de lembranças da risada de Niall quando estava surpreso.

— Você está drogado há dias, garotão; por que parar agora?

Enquanto o piano divagava em mais uma sonata, Declan começou a esfregar a mão no rosto. Então, colocou a outra também, bloqueando a luz. Normalmente, depois de um revés, ele teria inventado outra estratégia, outro mecanismo de enfrentamento, outra reestruturação de vida que fosse um pouco pior do que a anterior. E parecia que conseguir pelo menos uma coisa boa — ser feliz com Jordan — deveria tê-lo tornado mais resiliente. Mas, em vez disso, foi o contrário. Fosse o sabor da boa vida ou a estupidez das drogas e ferimentos ou a dor de perder Matthew ou a impossibilidade de salvar Ronan da tinta noturna, ele se viu completamente chocado. Não conseguia se sentar; ele não queria na realidade. Ele queria retornar ao nada e nunca mais sair de lá.

— Vamos, Declan — disse o novo Fenian —, me deixa pegar uma coisa para você. Me dói ver você assim. Vamos dar uma olhada no sol, talvez.

Ele arrastou Declan para se sentar e enfiou um travesseiro em suas costas, um movimento bem-intencionado que fez a dor disparar voando, subindo, batendo pelo corpo de Declan. Um som de agonia escapou dele; estava mortificado.

— Declan — disse o novo Fenian, com pesar. Ele colocou a mão na têmpora de Declan, assim como Niall faria em sua juventude. Se Declan fechasse os olhos, poderia imaginar que era seu pai ali. Mas não era seu pai. Era um homem feito com o modelo de Niall Lynch, um homem que tinha vivido outra vida. A última vez que Declan vira o novo Fenian foi ao localizar Mór Ó Corra, tentando descobrir se ela se assemelhava mais como família do que sua família real até então. Então, como agora, o novo Fenian tinha uma bolsa arrumada consigo, uma que ele nunca largava. Declan viu que ainda estava diretamente ao lado da cadeira que o novo Fenian havia puxado para o sofá. O que será que havia nela? Armas, talvez. Dinheiro. O que

242

mais poderia ser precioso? Ele não conseguia pensar em nenhuma outra opção agora.

— Você tem um nome? — perguntou Declan. — Não o novo Fenian. Um nome verdadeiro.

O novo Fenian sorriu.

— Um para todos que conheço. Você gostaria de me dar um nome também?

— Eu sei o nome verdadeiro dele — disse uma voz da porta. — Mas não é para você.

Era Mór Ó Corra. Em carne e osso.

Vislumbres anteriores dela não o prepararam de forma alguma para isso: uma mulher com o corpo de Aurora Lynch andando pela sala em direção a ele, cautelosa e musculosa, o produto de uma vida muito diferente da de Aurora. Seus olhos estavam brilhantes como os de um predador, o que era um contraste no rosto de Aurora, a mulher gentil que o criara como seu filho. Ela tinha menos sotaque irlandês do que Aurora, mas isso, pelo menos, fazia sentido — Mór estava vivendo de um lado para o outro no mundo havia mais tempo do que o sonho clonado que seu pai tinha feito para si mesmo.

Ela lhe entregou um copo de água.

— Você sabe quem eu sou?

Ele bebeu o conteúdo inteiro do copo e desejou mais. Não achava que o novo Fenian tivesse prática em cuidar de vítimas de tiros. Declan não tinha certeza se isso o fazia se sentir melhor ou pior.

— Mór Ó Corra. Minha mãe biológica.

— Bom — disse ela, embora não estivesse claro qual parte achava que era boa. Ela o estudou. — E você é Declan Lynch, filho de Niall Lynch. Foi uma coisa incrível ver você disparar pelo hotel. Não achei que você fosse esse tipo de pessoa.

— Foi por isso que você me salvou?

— Não sei — disse ela. — Não sei por que fiz. Estou muito interessada em todos vocês. Você. Seus irmãos. Vocês são como um espetáculo que eu não consigo parar de assistir.

243

— E você não queria que eu saísse do ar. — Declan não desejava que sua voz soasse amarga, mas soou. Ele era a única reprise que ainda estava no ar. Era para ela ter salvado Matthew. Ronan.

— Queimou? O hotel. Eles queimaram?

Ela ergueu uma sobrancelha.

— É claro. Mas os prisioneiros não queimaram, graças a você.

Declan balançou a cabeça. Ele não pretendia ser um herói.

— Por que você simplesmente não me matou? Eu poderia estar morto todo esse tempo e você nem saberia. E isso deve te custar alguma coisa. Você deve estar em apuros.

— Ainda não — disse ela. — Até onde Boudicca sabe, você morreu. E você terá que ficar morto por um tempo, até que ele e eu resolvamos algumas coisas. Não estão satisfeitas comigo no momento porque eu sou inútil para elas, então já estão procurando razões para tirar o docemetal do novo Fenian.

É claro. O novo Fenian teria que ter um. Niall, seu sonhador, estava morto. Um docemetal era uma boa coleira para manter Mór obediente.

Bem, obediente em sua maior parte.

— Você pode ligar para uma pessoa por mim? — perguntou Declan. Não era estúpido o suficiente para pedir seu celular. — Ela já vai ter ouvido alguma coisa.

Mór disse:

— Se descobrirem que desobedeci, será muito doloroso para mim. Vão me fazer matar você de novo, de verdade dessa vez, e sem pressa nenhuma, se eu quiser manter o novo Fenian. E é claro que você sabe quem eu escolheria entre vocês dois.

Ele olhou para ela para ver se ela pretendia que essa declaração fosse dolorosa. Não parecia assim. Era apenas um fato: *você não é importante para mim. Ele é. Claro que você sabe quem eu escolheria entre vocês dois.*

Declan se recusou a deixar isso doer; não era uma informação nova. Mór Ó Corra *estava* escolhendo uma vida sem ele havia anos.

— Ela não vai contar. Ela tem todos os meus segredos.

Mór franziu a testa para o novo Fenian, que respondeu em voz baixa:

— A falsária.

Ela assentiu uma vez, rapidamente, e ele pegou o celular e fez uma ligação. Depois de um momento, ele o abaixou.

— Talvez ela não atenda um número desconhecido.

Ela atenderia. Ela atenderia, especialmente se soubesse que Declan estava no hotel quando um tiroteio começou.

Mas não atenderia se estivesse dormindo.

Ondas de náusea subiram por ele. Não sabia se era a dor, ou o estímulo da visita, ou se simplesmente estava se lembrando de tudo que o esperava do lado de fora daquele apartamento. Tudo o que não era.

Mór olhou para ele com aquele olhar brilhante e intenso.

— Você está chateado? Sobre como estão as coisas entre nós? Você e eu?

Ele não esperava que ela simplesmente perguntasse. Claro que ele estava chateado. Ele nunca deixaria de ficar chateado. Por quê? Por quê? Por quê? Ele era apenas uma criança. As mães tinham sido feitas para amar incondicionalmente. Os pais tinham sido feitos para saber das coisas. Ambos haviam sido negados a ele. Mas ele disse, indiferente:

— Estou curioso. Eu me lembro de você indo embora.

— Você se lembra? Você era muito jovem.

— Tenho boa memória. Você ficou chateada quando foi? Incomodou você ir embora?

Sua voz era vaga:

— Não me lembro.

Parecia uma mentira para dizer com uma cara séria.

— Você não se lembra se ficou incomodada em deixar seu filho?

— Eu não tenho boa memória — disse ela.

— Você sabia que meu pai substituiu você por outra mulher com a mesma aparência sua?

Ela franziu a testa.

— Acho que sim. Também não me lembro disso.

— Você não se lembra se seu marido sonhou um clone de você para brincar de casinha?

— Eu não tenho boa memória — ela repetiu.

— Declan... — o novo Fenian começou.

Mas Declan continuou:

— E então suponho que ele tenha sonhado o novo Fenian para vocês brincarem de casinha.

Mór o encarou por um longo tempo até Declan perceber que estava realmente olhando através dele, pensando.

— Ele deve ter feito isso. O novo Fenian saberia.

Naquele instante, foi mais do que ele poderia suportar: A montanha-russa de perder Matthew; não conseguir adquirir um docemetal para Ronan; levar um tiro, descobrir que ainda tinha que viver; estar preso ali, com dor; gastando todo aquele tempo para localizar sua mãe biológica apenas para descobrir que ele era tão desimportante que ela não se lembrava dos detalhes.

Ele virou o rosto para o encosto do sofá e fechou os olhos de modo que ela não visse a única lágrima que escorreu de seu olho para o ombro. Ele ficou ali assim até que ouviu os passos dela levarem-na para fora da sala e então ouviu o novo Fenian se aproximar ainda mais do sofá.

O novo Fenian disse:

— Eu te falei antes que não achava que conhecê-la era o que você estava procurando, não é? Ela não é fácil. Este mundo não é fácil. Você tem que entender que ela se importa; a única questão é que não se parece com o que você esperaria.

Declan não respondeu.

Abaixando-se, o novo Fenian puxou a bolsa para o colo. Estava desgastada por anos de manuseio. Ele a acariciou com aquelas mãos longas que eram idênticas às de Niall, às de Ronan.

— Com toda essa investigação sua, você ficou sabendo o que eu faço para Boudicca?

Declan balançou a cabeça.

O novo Fenian pressionou os dedos no fecho da bolsa.

— Esta bolsa está cheia de memórias, Declan, que tirei da cabeça das pessoas. Coisas que as fazem se sentir mal. Coisas que as mantêm olhando para o passado em vez de seguir em frente.

Ele observou o rosto de Declan de perto, procurando por descrença, mas Declan não teve o luxo de descrer nesses assuntos.

— As primeiras lembranças que coloquei nesta bolsa foram as de Mór. Depois as do seu pai. Ela não estava mentindo sobre não se lembrar. Ambos haviam aberto mão de muito.

Declan pressionou os dedos de leve no lado de seu corpo quando sentiu começar a latejar novamente. Ele se sentia muito comum e humano naquele mundo de sonhos e sonhadores.

— Nem sei se me importo o suficiente para perguntar por quê.

— Ah, Declan — disse o novo Fenian. — Falar esse tipo de coisa para si mesmo não vai fazer seus sentimentos doerem menos.

— Por que ela não os coloca de volta na cabeça, então?

O novo Fenian abriu a bolsa. Estava cheia de fios brilhantes parecidos com cordas de instrumentos, mas macios como cabelos. Ele pegou um após o outro, polegar e indicador, mostrando-os a Declan antes de colocá-los de volta para dentro.

— Memórias na bolsa só podem ser vivenciadas por alguém novo; essas são as regras. Eu não sei por quê. As pessoas que me dão costumam deixá-las em seus testamentos ou usá-las para mediação, mas não é por isso que Niall e Mór me pediram para guardar as memórias deles.

Declan se sentiu zonzo e insubstancial. O mundo real parecia muito descolado daquele apartamento com o distante murmúrio de piano e sua mãe biológica e um homem com um saco de memórias.

— Eles me pediram para guardar as memórias porque pensaram, nós pensamos... — O novo Fenian parou. — Bem, acho que sempre esperei que você pudesse ficar com elas.

37

Ronan.

Ronan.

Ronan.

Nas semanas e meses seguintes, tanto Niall quanto Mór fizeram o possível para continuar chamando a criança misteriosa pelo nome, porque a situação não parecia viável se eles não pudessem começar a pensar nele como humano.

Desde aquela noite, seus sonhos haviam mudado.

Seus sonhos se tornaram *maiores*.

Eram mais produtivos. Niall era mais capaz de se concentrar no que queria, o que significava menos bugigangas peculiares sonhadas que não funcionavam bem. Mór foi capaz de sonhar seus sonhos precisos com muito mais frequência.

Seus sonhos também eram mais porosos.

Agora, quando dormiam, Niall e Mór se sentiam conectados a algo além da Floresta, bem do outro lado, onde estavam suas raízes. Continuavam vendo imagens de como deveria ser lá. Visões de coisas que eles não conseguiam entender. Visões de um mundo que parecia completamente diferente do deles. Não que fosse como um planeta alienígena, porque mesmo isso era muito concreto. Esse mundo era insondável, projetado para sentidos que eles não tinham.

Às vezes, ainda pior, Niall e Mór sonhavam com visões que pareciam ser premonições, porque parecia que estavam olhando para seu próprio mundo, mas depois que tudo do outro lado o tivesse atravessado para este lado e o transformado. Tudo era música, chuva e raízes de árvores e oceano, e era tão lindo que nem Mór nem Niall conseguiam parar de gritar.

Os sonhos só eram assim se sonhassem perto de Greywaren. A criança. O conduíte, uma mão alcançando o mundo deles, uma mão segurando de volta de onde ele tinha vindo.

Ronan, eles se lembraram.

Ronan.

Ronan.

Parecia que deveriam ficar mais confortáveis com ele; mas, em vez disso, o terror cresceu.

Certa tarde, alguns meses depois de terem manifestado a criança, ele acordou de uma soneca cercado por pequenas flores em forma de estrela que não estavam ali alguns minutos antes.

A coisa na Floresta também era uma sonhadora, do outro lado de tudo isso.

E agora era um sonhador novamente.

Não lhes ocorreu que seu talento pudesse se espelhar no outro lado, ou que, quando a coisa na Floresta ganhasse pernas por ali, pudesse trazer essa habilidade consigo.

Seus próprios subconscientes já eram bastante estranhos. Imagine seus sonhos uma vez que ficasse mais velho. Uma vez lembrou. Se aquilo lembrasse.

Se *ele* lembrasse.

Ronan, eles se lembraram.

Ronan.

Ronan.

Naquela noite, Mór sussurrou para Niall:

— Devemos matá-lo antes que seja tarde demais.

— Você vai perder o poder que tem agora — respondeu ele.

— O poder não vale a pena — disse ela. — O que tínhamos antes era suficiente.

Niall foi inundado por uma onda de alívio.

O alívio não foi por ela sugerir violência, mas porque Niall percebeu que ela o amava, *sim*. Ele não sabia por que não tinha percebido isso antes, que não importava se ela sentia amor da mesma maneira. O amor, para ela, era sua confissão de que ela *não* o sentia da mesma maneira, que ela confiava em Niall o suficiente para compartilhar essa verdade sobre si mesma. O amor era que ela queria que ele a conhecesse de verdade, em vez de amar uma versão dela que ela simplesmente usava para benefício dele. Esse amor podia nunca se parecer com o amor que ele lhe dera, mas não mudava o que era.

— Temos que matá-lo? — ele perguntou. — Podemos simplesmente mandá-lo embora para algum lugar? Desistir dele?

— É muito poder — ela respondeu. — Você pode imaginar como seria se outro sonhador encontrasse aquilo e ele fosse mau? E se alguém quisesse sonhar uma bomba nuclear? Você pode imaginar se *aquilo* quiser sonhar uma bomba nuclear?

Quando ela colocava dessa forma, a situação parecia óbvia. Como os sonhos de Niall eram tão fantasiosos e sem direção, nunca lhe ocorrera a ideia de como, em um cérebro diferente, algo semelhante poderia ser um perigo para a sociedade. Ronan não era apenas a manifestação de uma coisa antiga que costumava ser uma floresta. Ronan também podia ser uma arma ou um portador de armas.

Parecia horrível, mas era necessário fazer algo a respeito antes que ficasse maior.

No entanto, quando eles entraram no quarto onde Ronan dormia, descobriram que a criança não estava sozinha.

Declan estava lá. Estava enrolado ao lado de Ronan, um braço dobrado ao lado do irmão. Pensaram que ele estivesse dormindo, mas, quando o pé de Niall provocou um guinchado no assoalho, seus olhos se abriram. Ele olhou para seus pais tão diretamente que eles se contorceram, de consciência culpada. Mas é claro que Declan não sabia — essa era simplesmente sua expressão comum, mesmo quando criança.

— Ele estava triste sozinho — Declan explicou.

— Como você sabe? — perguntou Niall.

Declan cuidadosamente se afastou da criança para se juntar a seus pais.

— Ele estava chorando.

Niall colocou a mão nos cachos de Declan e falou, tentando soar leve, não abalado.

— Não ouvi nada.

A voz de Declan era um pouco arrogante.

— Ele estava chorando bem baixinho.

Niall e Mór ficaram inquietos. Finalmente, eles mandaram Declan de volta para o quarto e ficaram lá por um longo tempo, sem dizer nada. Debatendo.

O amor havia mudado a situação. Niall ainda não amava a criança estranha e perigosa, mas amava Declan, e Declan amava Ronan.

Então Ronan viveu.

E a Barns ficou rica.

O dinheiro é usado de maneira diferente em uma fazenda, onde não é visto por mais ninguém, onde não é por status, mas, ainda assim, você percebe quando uma fazenda engordou depois de muito tempo magra. Cercas de três tábuas tornam-se cercas de quatro tábuas e são pintadas. Os telhados têm bordas retinhas e limpas. Os galpões de alimentação têm ratos, porque os ratos têm sacos de grãos para se ocupar. Os rebanhos crescem porque os bezerros não precisam ser vendidos imediatamente. Patos decorativos, porcos barrigudos, cachorros aparecem — animais que não precisam fazer trabalhos são permitidos. Dentro da casa da fazenda, os móveis ficam mais confortáveis e bonitos. Os eletrodomésticos ficam mais novos. Azulejos e luminárias ficam mais exóticos, vindos de mais longe, escolhidos pela estética, não pelo preço.

Normalmente, quando uma fazenda fica muito rica, chegam mais pessoas também, para que os donos possam viajar e deixar a fazenda em mãos qualificadas. No entanto, a maioria das fazendas não é secreta, como a Barns, cheia como estava de coisas descartadas dos sonhos; então, a princípio, crescia para se equiparar às fazendas das imaginações juvenis de Niall e depois encolhia novamente quando vendiam os animais que não poderiam ser deixados sozinhos por alguns dias e os substituíam por versões sonhadas que poderiam.

E viajar era uma obrigação, se a família Lynch quisesse ficar junta. Mór viajava frequentemente para trabalhar com Boudicca. Ela dizia que era para pesquisar o que poderiam querer vender, para se expor a outras bugigangas exóticas a fim de obter ideias de bugigangas exóticas que ela poderia sonhar. Não era verdade. Boudicca só queria que ela continuasse sonhando seus sonhos com dores secretas para elas, e Mór já sabia de tudo o que precisava para isso.

Mas...

Ronan.

Ronan.

Ronan.

Essa era a verdadeira razão pela qual Mór viajava. À medida que Declan e Ronan cresciam, Niall se apaixonava pelos dois meninos. Completamente, totalmente, de uma forma que ele não poderia imaginar amar mais ninguém, nem mesmo Mór. Eram seus filhos, ele era seu pai, eles eram uma família. Ele os estava fazendo à sua imagem, e eles o amavam por isso.

E Mór amava Declan. Mas nunca poderia amar Ronan.

Nunca poderia enxergar Ronan como um menino.

Ele sempre tinha sido *aquilo*: o Greywaren.

E ela não suportava mais sonhar com o outro lado tão completamente. Às vezes pensava que estava pedindo mais um Greywaren. Outro, outro, outro.

Um mundo completamente misturado ao caos irreconhecível.

Em uma tarde de verão, Niall observou Mór arrumar o carro para mais uma viagem, embora ela tivesse acabado de voltar.

— Eu tenho que ir — ela disse.

Foi um tipo de declaração completa. Niall sabia imediatamente o que significava.

— Mas Declan — ele começou.

— Não aguento — disse ela. — Está me deixando louca. Eu vou acabar me enforcando. E se fizermos de novo?

— Nós não vamos — disse Niall.

— E se a *coisa* nos obrigar?

Niall olhou para o pátio onde Declan e Ronan estavam sentados na grama. Declan fingiu não estar nem perto de rir enquanto Ronan agitava flores de dente-de-leão para ele, fazendo uma careta de ultraje.

— Ele agora é apenas um menino. Ele é apenas um garotinho comum.

Mór disse:

— Ele acordou com um patinho ontem à noite. Agora ele também sonha coisas vivas? Eu torci o pescoço do pato.

— Eu sonhei um patinho uma vez — disse Niall. — Você está tentando torcer meu pescoço também?

Ela acenou como se para ignorar o comentário.

— Poderia sonhar um exército. Poderia sonhar mais Greywarens.

— Ele é apenas um menino — disse Niall. — Ele não se lembra de nada daquilo. Só sabe o que dizemos a ele.

— Mesmo que continue assim, se Boudicca descobrisse a existência... — Mór balançou a cabeça. — Boudicca tiraria vantagem. Boudicca o usaria até não conseguir pensar em novas maneiras de usá-lo e, de quebra, destruir o mundo. Elas não sabem como lidar com esse tipo de poder. Isso foi um erro. Foi um erro, mas agora é tarde demais.

Mór sabia que, quando se tratava de questões objetivas, Niall preferia vê-la partir a cortar a garganta de Ronan para que pudessem voltar ao que eram.

O que significava que estava acabado, o grande experimento no paraíso.

— Você vai sentir minha falta — disse Niall.

253

Mór apenas olhou para ele. Não era um desacordo.

— Eu poderia levar Declan, se fosse mais fácil.

Niall balançou a cabeça. Ela também não discutiu quanto a isso. Ele disse:

— Vou sentir sua falta.

Mór olhou para Ronan, sua expressão cheia de desgosto e pavor.

— A Floresta vai nos ajudar facilitando essa separação. Se você vai manter *aquilo* vivo, a Floresta, o outro lado, eles podem fazer valer a pena. Não temos que sentir falta um do outro, você sabe. Nós nem precisamos saber.

Porque Niall conhecia tanto ela quanto suas habilidades de sonho, ele já podia imaginar no que ela estava pensando. Um Niall para partir com Mór. Uma Mór para ficar ali com Niall. Talvez uma bolsa para guardar as memórias antigas, para que nunca mais tomassem providências (manifestar um deus, se apaixonar).

— Não vai ser real — disse Niall, mas seu coração estava tão partido que ele sabia que faria o que ela quisesse.

— Você não viu? Sonhamos a realidade — disse Mór. — Nós fazemos a realidade.

Em algum momento durante o diálogo, Ronan se juntou a eles, e agora estava agarrado à perna de Niall. Quando Mór olhou para o pequeno, ele escondeu o rosto no jeans de Niall. Ela havia se exasperado com ele por causa do patinho, e ele ainda não lhe perdoara.

Niall apoiou suavemente a mão na cabeça de Ronan.

Olhou para Declan para ver se ele estava perto o suficiente para ouvir, mas o menino estava pegando caules de dente-de-leão espalhados para colocá-los em uma fileira organizada.

Então, ficou decidido assim.

Mais tarde, a Floresta fez o que pediram. Não o que pediram com palavras, mas com pensamentos. Niall tinha que ser o sonhador, no final, porque ele era melhor em dar vida aos sonhos, mas Mór se juntou ao sonho para deixar suas intenções claras. Mór pediu à Floresta para ajudar Niall a fazer uma cópia dela, porém mais suave, para que Niall pudesse finalmente se sentir amado. E Niall pediu à Floresta para fazer uma cópia dele, mas mais jovem, para que parecesse mais com ele quando fugiram da Irlanda.

E a Floresta lhes deu uma bolsa para descartar suas memórias, qualquer coisa que eles escolhessem.

A primeira lembrança de Niall na bolsa foi o dia em que Declan nasceu, porque tinha sido um momento tão feliz que ele pensou que morreria se tivesse que se lembrar.

Essa não foi a primeira lembrança que Mór colocou na bolsa, mas ela acabou chegando lá.

Foi por aqui que ela começou:

Ronan.

Ronan.

Ronan.

38

— Achei que ele preferisse Ronan — disse Declan.

Era a coisa mais ridícula de se dizer.

Era a mais sem sentido dentre as descobertas.

Mas foi o que saiu.

Declan e o novo Fenian estavam situados exatamente como quando haviam começado: o novo Fenian na cadeira de madeira que ele puxara, Declan no sofá, memórias amarradas para cima e para baixo em seus dedos. O novo Fenian havia selecionado as cordas brilhantes com habilidade sobrenatural, encontrando apenas as que ele queria. Então ele as amarrou cuidadosamente em Declan em ordem cronológica, desde o dia da chegada da sua mãe à Barns com Declan até o dia em que ela deixara a Barns sem ele.

Niall havia ficado, sempre escolhendo Declan, uma vida com Declan ao lado dele tanto quanto possível. Uma vida com Ronan, porque Declan cuidava dele quando ninguém mais o fazia.

Levou apenas alguns minutos para vivenciar as memórias, mas pareciam anos. Lógica dos sonhos. Tempo dos sonhos.

Declan não era a mesma pessoa que ele tinha sido do outro lado.

Seu pai o amava, o adorava, o favorecia. Tinha aberto mão de tudo por ele.

— Você tinha que saber que você era o favorito — disse o novo Fenian. — Eu não... ele não levou você a todos os lugares possíveis com ele?

— Ele ficava em cima do Ronan o tempo todo. — Ronan era exatamente como ele, Niall sempre dizia, a cara dele escrita. Mas agora as sobrancelhas de Declan se uniram em confusão, tentando redirecionar suas próprias memórias. Porque Ronan *era* a cara de Niall. Ele tinha sido feito assim. — Tudo o que Ronan fazia era impressionante e maravilhoso; ele se lembrava de tudo que Ronan dizia e queria.

— Era importante que Ronan soubesse que ele era tão amado quanto você — disse o novo Fenian. — As consequências de algo como aquilo se sentindo injustiçado... Era importante que ele fosse criado como filho, não como monstro ou bichinho de estimação.

Mas o problema era que Ronan *acabou* se sentindo como um monstro ou um bichinho de estimação, pensou Declan. E ele *se tornou* perigoso para o mundo e para si. Uma vida inteira sendo criado como humano e depois lhe diziam, na idade adulta, que não, ser humano não funcionaria para ele. De volta à Barns para esperar que os outros viessem e jogassem um osso.

— Eu não o culpo — disse Declan, mas ele não se referia a Niall.

— Você também não pode culpar Mór — o novo Fenian emendou com certa ansiedade. — Ela te amava. Não foi fácil. Se você estivesse lá, você teria...

— Eu também não a culpo — Declan interrompeu. — Eu não a julgo. Fácil se afastar do final da tragédia e dizer como poderia ter sido feito de forma diferente. Ela fez o melhor que pôde. — Ele continuava, menos porque achava que o novo Fenian precisava ouvir e mais porque precisava ouvir a si mesmo falando: — Eu vi o tipo de coisa que ela viu. Eu sei como é ter medo o tempo todo. Conter uma maré que ninguém mais sabe que existe. Ninguém pode julgá-la. Ela é quem eu... ela é o tipo de pessoa que eu queria encontrar quando fui procurá-la.

O rosto do novo Fenian estava ligeiramente virado para o outro lado. Mór estava parada na porta.

— Você sabia que eu estava aqui quando você disse isso? — ela perguntou, mas já sabia a resposta.

Era difícil dizer o que ela estava pensando. Mór não era como Aurora. A doce Aurora, fácil de ler, fácil de entender.

— Não consegui me livrar de todas as minhas lembranças de você — disse Mór. — Teria removido muitos anos da minha cabeça e seria muito confuso quando eu tentasse juntar as partes da minha vida. Então eu me lembro de você, um pouco. Você sempre foi prático. Mesmo quando era pequeno. Justo. — Ela fez uma pausa, vasculhando suas memórias vazadas e rendadas. — Intrépido.

Declan percebeu que ela esperava que ele tivesse ficado com raiva. Que se sentisse traído. Que a odiasse e julgasse. E ele foi e fez todas essas coisas, antes de ver a história dela. Mas agora isso havia se dissipado. Ele já tinha adorado sonhos e sonhadores também. Mór não estava errada sobre como os sonhadores poderiam ser perigosos. Também não estava necessariamente certa sobre como lidar com isso, mas era porque não havia certo ou errado. Muito antes de qualquer um deles nascer, o planeta já era feito de sonhos e não sonhos, e o que era bom para um não era necessariamente bom para o outro.

— Onde está Greywaren agora? — Mór perguntou.

— Morrendo — afirmou Declan. — Ronan precisa de um doce-metal, e eu estava tentando conseguir um para ele.

Mór Ó Corra virou-se para olhar pela janela e, quando o fez, parecia-se exatamente com o retrato dela que Niall sonhara, *A dama sombria*. O queixo erguido. As mãos nos quadris. A postura desafiadora.

Era o tipo de mulher por quem Declan gostaria que seu pai se apaixonasse.

Ela *era* a mulher por quem seu pai se apaixonara.

Todo esse tempo, a maior mentira que Declan tinha dito a si mesmo era que odiava seu pai.

O que realmente queria dizer, toda vez que pensava nisso, todos os dias, era: *sinto falta dele.*

Mór Ó Corra levantou o queixo para Declan.

— Embale-o da melhor maneira que puder. Embale tudo o que puder, mas não mais que três bolsas. Esteja pronto para se mover rápido.

— O que você está fazendo? — o novo Fenian perguntou.

— Eu roubei a tinta de Boudicca durante o tiroteio — disse Mór. — Eu estava pegando para você, amor, mas você vai ter que esperar.

39

Teste a lâmina não testada.. Será que vai cortar.. Essa é a única questão.. É possível fazê-la cortar.. Se me cortar, então serei refeito em uma forma melhor.. Forma mais verdadeira.. Menos ruído.. Mais capaz de pensar.. Mais difícil de desenrolar.. Eu corrompo conforme envelheço ou o mundo corrompe.. Preciso recomeçar.. Odeio.. Será que ela vai aprender a cortar.. Ou vai ter que sair da gaveta.. De uma forma ou de outra esta lâmina será refeita refeita refeita.. A gaveta virou.. Apenas lâminas afiadas de agora em diante.. Acho que ela consegue.. Eu não quero [ilegível]

—NATHAN FAROOQ-LANE,
O FIO CORTANTE DAS LÂMINAS, PÁGINA FINAL

40

Hennessy acordou.

O porão estava escuro. Fazia sentido. Era de noite.

Sua cabeça doía, como se a distância que seus pensamentos haviam tomado para encontrar Ronan Lynch a tivesse esgotado. E, antes disso, a Renda. E, antes *disso*, o beijo.

Ela ouviu o arrastar do rato sonhado em sua gaiola, patas contra as aparas. Era um animal noturno, como ela.

Não era para estar escuro.

Lentamente, esse pensamento lhe ocorreu. Tinha ido dormir depois de escurecer, o que significava que todas as suas luzes de trabalho estavam acesas, aquelas que tinham que ser acesas manualmente, não operadas pelo fio no topo da escada ou pelo interruptor na parte inferior. Mão de quem? Não conseguia imaginar nem Farooq-Lane nem Liliana descendo para puxar todos aqueles cabos, apertar todos aqueles interruptores, girar todos aqueles botões. Além disso, estava em silêncio. A energia devia ter caído. Não havia zumbido. Nenhum zumbido. Nenhum clique. Apenas os sons orgânicos da cauda do camundongo batendo nas laterais da gaiola. Bryde teria aprovado, ela pensou, porque parecia que a humanidade tinha morrido.

Por alguns minutos, permaneceu imóvel, pensando nele. Pensando em se sentar em um hoverboard flutuante com ele e Ronan Lynch, olhando para o mundo centenas de metros abaixo. Pensando em ele estar morto. Ter sido feito em pedaços na explosão.

Pobre coitado, ela pensou. *O mundo o pegou no final.*

Ela ouviu uma porta se fechar em algum lugar acima. Embora fosse um som bastante comum, algo nele imediatamente arrepiou os pelos de seus braços. Talvez houvesse algo de cauteloso no som. Furtivo.

Talvez não fosse nada. Talvez tivesse acabado a luz, a administradora do imóvel não tivesse pagado a conta. Talvez fosse Farooq-Lane ou Liliana saindo para dar um telefonema em silêncio para resolver esse problema.

Talvez os Moderadores tivessem voltado à consciência balbuciante para matar as Hennessys que não conseguiram na primeira vez.

Hennessy estava muito acordada.

Ela tirou as almofadas do sofá que havia feito de cama, tomando cuidado para não fazer barulho no chão de concreto. Pegou a espada da bancada de trabalho. Então subiu as escadas, virando os pés para o lado e apertando-os mais perto da parte vertical do degrau para evitar rangidos.

No topo, fez uma pausa. Ouviu. Apertou e afrouxou seu aperto no punho da espada.

Não havia nada para ouvir. Nada para ver.

A casa estava escura. Não apenas escura, mas incorretamente escura, a hora no micro-ondas apagada, a luz noturna na parede apagada.

Não havia sinal de Farooq-Lane ou Liliana. Seus casacos haviam sumido, mas sua bagagem estava ali. Hennessy estava começando a sentir... não *medo*, porque esse não era um sentimento que vinha facilmente para ela. Cautelosa. Ela não podia ver a imagem inteira ali, mas o que podia ver sugeria perigo. Pensou em ligar para Farooq-Lane, mas a ideia de baixar a guarda o suficiente para pegar o celular ou levantar a voz o suficiente para fazer uma pergunta parecia imprudente. Em vez disso, ela veria se o carro estava na entrada.

Um, dois, três passos pelo corredor dos fundos. Quando Hennessy alcançou a maçaneta, descobriu que a porta já estava entreaberta. Não era bom. Nem Farooq-Lane nem Liliana eram do tipo que ignorava algo assim. Agarrando o punho da espada com força, mantendo-se escondida atrás da porta o máximo possível, ela a abriu e deu uma olhada ao redor.

Na soleira havia uma tesoura aberta, apontada diretamente para ela.

Ah, pensou Hennessy, *merda*.

Um momento depois, duas bombas explodiram.

41

Foram explosões incomuns.

A primeira foi uma explosão de barulho.

Aconteceu bem no coração de Boston, saindo do Museu de Belas Artes. Anos e anos de som, compactados em apenas alguns segundos, saíram da exposição temporária de Klimt.

O barulho estrondoso virou uma mesa de exibição. Reverberou pinturas das paredes. Derrubou barreiras temporárias. Lamuriou-se por todas as criaturas vivas ao alcance da voz.

Abaixem essa música! Vocês estão fazendo meus ouvidos sangrarem.

O som mata de dentro para fora. Por todo o museu, as coisas morreram. Camundongos fugitivos, esquilos adormecidos e pombos empoleirados caíram mortos, suas entranhas liquefeitas.

No centro dessa explosão estava uma visão portentosa, mas apenas uma pessoa estava viva para vivê-la.

A segunda explosão destruiu uma pequena casa alugada em Lynn, não muito longe da água.

A bomba foi colocada dentro do forno. Explodiu a porta com força suficiente para empurrar toda a peça de metal através da mesa da cozinha e, em seguida, transportar a porta e a mesa diretamente pela parede externa. As outras paredes já haviam se espalhado pelo pátio e pela rua. Os azulejos da cozinha e as luminárias já estavam no céu. O teto estremeceu, as tábuas do piso se fragmentaram, os dutos vaporizaram, o telhado se desintegrou.

Tanta energia, tão pouco espaço. Fora, fora, fora. Levou menos de um segundo para a bomba terminar o negócio de abrir espaço para si mesma e nada mais.

Quando o som da segunda explosão ecoou, uma premonição noturna ultrapassou todas as pessoas nas redondezas.

Essa visão seguiu a mesma progressão das outras. Primeiro, viram a própria explosão quando esfacelou a casa de Lynn. Tinham um assento de primeira fila no marco zero, onde uma jovem determinada empunhava uma espada azul flamejante. Quando a bomba explodiu, a poucos metros, Hennessy começou a brandir a lâmina ao redor de seu corpo como um palhaço de rodeio fazendo truques com uma corda.

Ela deveria ter morrido instantaneamente.

Mas não morreu.

A frente do fio da espada cortou os destroços erráticos e o fogo. A parte de trás exibia um forte brilho noturno azul, prata e cinza, que absorveu a explosão.

A jovem era mantida em um círculo de noite turbilhonada. Escuridão e meia-noite ali dentro. Ameaça de bomba e luz de fogo fora dali. Um campo de força sobrenatural.

A casa desabou ao seu redor.

Ela continuou girando aquela espada.

Havia algo hipnótico no balanço constante da lâmina, no sorriso sombrio em seu rosto.

Então a visão seguiu em frente, como antes, do presente para o futuro. Todos os que foram apanhados na premonição da bomba viram uma cidade, uma população assustada. Ar ondulante e enfumaçado. O fogo faminto, nunca satisfeito, sussurrando, *devorar, devorar*.

Então a visão acabou, e a rua em frente ao Museu de Belas Artes ficou silenciosa, e a casa de Lynn estava completamente destruída.

Hennessy vasculhou os escombros até encontrar uma gaiola de hamster achatada. Baixou a espada por tempo suficiente para puxar os arames dobrados e formar algo que estivesse menos em 2D e examinou o conteúdo. Milagrosamente, o rato sonhado saiu ileso; ele havia enrolado sua cauda revestida de metal em torno de si como uma armadura. No entanto, estava adormecido, pois todas as obras de arte de Hennessy haviam sido transformadas em cinzas.

Ela pegou a gaiola destroçada e foi até o carro, que tinha uma maçaneta embutida na lateral.

— Puta que pariu — ela observou. Ela jogou a espada no banco de trás e colocou a gaiola do hamster no banco do passageiro. Então ligou para Farooq-Lane.

42

O medo da descoberta sempre estivera presente durante a infância de Declan. Eles não deveriam falar de nenhum dos sonhos que aconteceram na Barns — nem de Ronan, nem de Niall. Não deveriam falar de onde vinha o dinheiro. Não deveriam falar de onde Matthew havia nascido. Não deveriam trazer amigos à Barns; Ronan não deveria pedir para dormir em outro lugar.

Aurora e Niall falavam muito sobre magia, sim, mas apenas em histórias de ninar sobre deuses e monstros e reis e homens santos. A magia dessas histórias vinha na forma de caldeirões sem fundo. Galgos sencientes. Lanças sanguinárias. Cavalos com poderes especiais. Javalis com conhecimento secreto. Raios de sol fortes o suficiente para pendurarmos casacos neles.

Nunca garotos que davam vida a sonhos

Mesmo nas circunstâncias mais óbvias, nunca se falava de sonho em voz alta.

Declan podia se lembrar de um dia em que estava em casa doente, um amálgama repugnante de ranho e febre, incapaz de dormir, incapaz de ficar acordado. Estava sozinho no sofá. Niall estava fora havia semanas — onde, por que, sem perguntas, o de sempre. Ronan estava na creche do condado; Aurora estava no andar de cima assobiando e cuidando de Matthew, que ainda era muito pequeno para ir à escola.

No meio da tarde apática, a porta se abriu para apresentar Niall, os olhos inchados, a pele flácida de exaustão.

Ele levantou Declan do sofá para um abraço. Suas roupas tinham um odor acre e desagradável, como se ele tivesse atravessado o inferno para chegar em casa, mas Declan suportou enquanto Niall acariciava seus cachos e colocava os dedos na sua testa para sentir sua temperatura. *Tadinho do garotão*, disse ele.

Declan se pendurou no ombro de Niall enquanto este chutava os sapatos perto da lareira fria e jogava as chaves do carro na mesa, só voltando a si quando seu pai caiu no sofá e abaixou a cabeça. Juntos, ficaram deitados no ninho de cobertores e travesseiros feito para aconchegar o doente naquele dia.

Niall soltou um suspiro longo e trêmulo.

Declan não havia descansado bem o dia todo, mas, nos braços de seu amado e caprichoso pai, ele finalmente adormeceu.

Mais tarde, Declan acordou para encontrar tudo coberto com pedaços de metal.

Eram joias. Centenas de anéis de Claddagh, cada um com duas mãos segurando um coração, tantos que encostavam nas paredes. Aurora passou por eles para beijar a boca de Niall e sussurrar:

— Olhe só para essa bagunça, seu vândalo. Vai levar uma eternidade para recolher todos.

No andar de cima, o pequeno Matthew começou a gritar alegremente: "po-iiii-ça!"

Polícia. Polícia?

Com certeza, um carro-patrulha estava avançando lentamente pela entrada sinuosa da Barns. Parando a cada poucos metros. O que eles queriam? Ninguém sabia, apenas que estava chegando à casa, e a casa estava cheia de metais inexplicáveis. Os anéis de Claddagh criavam um questionamento, mas Declan entendeu que a resposta *"sonhado"* era secreta.

Sem uma palavra, Niall desapareceu na cozinha.

Aurora fez um jogo de esconder as evidências, cantando rapidamente para manter os meninos no ritmo de sua música enquanto empurrava anéis de Claddagh tilintantes em direção ao corredor. A doença de Declan foi esquecida quando ele empregou uma panela para colocar anéis em uma lata de lixo. Matthew jogou anéis nas cinzas da lareira.

Lá fora, freios guinchando suavemente anunciavam a chegada da viatura.

Aurora congelou.

O andar de baixo ainda era o tesouro de um dragão.

Niall voltou para o quarto com uma bolsa de veludo desconhecida. Ele disse:

— Saiam do caminho, rapazes, saiam do caminho. Eu não sei para onde vai o fundo dessa coisa.

Ele abriu a bolsa, de modo que seu topo formasse a boca escancarada de um monstro, e então apontou para a pilha mais próxima de anéis de Claddagh.

Magia, magia.

A bolsa começou a comer. Sugou a pilha de anéis mais próxima a ele, depois sugou os anéis e as cinzas da lareira. Sugou os anéis enfiados debaixo da mesa de canto. Sugou tudo para o que ele apontava, sem aumentar de tamanho, apesar de tudo o que comia.

Aurora avisou:

— Não deixe comer o abajur, Niall!

Declan entendeu que seu pai havia desaparecido apenas um momento antes para sonhar com a bolsa no local; uma solução secreta para um problema secreto, um ouroboros do silêncio comendo o próprio rabo.

Quando bateram na porta, era apenas o controle de animais procurando um cachorro perdido, e não havia nada incomum para eles verem. A bolsa sonhada heroica levara todos os anéis de Claddagh, e também o abajur. Mais tarde, Niall desapareceu em outra viagem de negócios e levou a bolsa com ele. Sem dúvida, ele a vendeu ao maior lance; provavelmente chefes do crime que a usariam para dar sumiço em corpos. De qualquer forma, serviu ao seu propósito.

268

Declan vinha praticando segredo por toda a sua vida.

Ele nunca havia praticado a confiança.

— Declan nos diz que podemos confiar em você — disse o novo Fenian. — Ele está certo?

— O que aconteceu com ele? — perguntou Carmen Farooq-Lane. Ela espiou pela janela do lado do passageiro do pequeno carro que Mór, Declan e o novo Fenian tinham tirado de Nova Jersey. Eles combinaram de encontrá-la em um parque estadual remoto e pantanoso a cerca de vinte e cinco quilômetros ao norte de Lynn. Tudo estava escuro como breu; ambos os veículos tinham apagado os faróis e não havia uma casa à vista. Um bom lugar para o sigilo.

— Eu atirei nele — disse Mór, atrás do volante. — E eu farei o mesmo com você, a menos que você responda à pergunta.

A voz de Farooq-Lane estava horrorizada.

— Ele está *ferido*?

— Claro que ele está ferido — respondeu o novo Fenian. — Você já foi baleada?

Declan estava sentado no banco de trás, a cabeça desequilibrada contra o encosto, a mão descansando levemente sobre o lado do corpo, que latejava. Era difícil não pensar em levar um tiro. Cada pensamento começava e terminava com ele. A dor nem parecia mais vir da ferida; irradiava por cada parte dele, um sol de agonia, fulgurando através de seus dedos, seus olhos, seus lábios entreabertos como um cão do sol. O novo Fenian lhe disse que tinha algo que o nocautearia por um bom tempo, mas Declan não conseguia dormir até saber que isso estava resolvido.

Pode confiar em nós para dar conta disso, afirmou o novo Fenian.

Declan não era bom em confiar em ninguém.

— Isso muda as coisas — Farooq-Lane murmurou.

— Como? — indagou Mór.

— Eu pensei que ele estaria… mais forte. Achei que ele poderia vir comigo.

— Como ele ficaria depois de ir? — Mór perguntou, como se achasse que Farooq-Lane era um pouco lenta. — Ele não te contou? Boudicca pensa que ele está morto. Elas sabem que estão sem um docemetal. Elas estão prestes a descobrir que eu desapareci. Essas peças da borda do quebra-cabeça vão resolver todo o quebra-cabeça assim que Boudicca as conectar. Se algum de seus contatos vir qualquer um de nós... estou sendo clara com a situação para você?

A boca de Farooq-Lane se apertou. Sim, a situação estava clara. Não, ela não gostava disso.

Declan se perguntou por que ela queria que ele fosse junto. Possivelmente ela estava com medo de Ronan. Possivelmente sabia como era valioso o docemetal e o queria ali como uma espécie de acompanhante, prova de que o entregava onde deveria ir. Possivelmente... *Deus*, pensou ele, *a dor, a dor*. Todo o resto estava começando a parecer um pouco imaginário.

— Então você não acha que vou ser seguida — disse Farooq-Lane.

— Assim que chegarmos um pouco mais a oeste, vamos nos certificar de que eles nos vejam, para que a gente possa liderá-los em uma alegre perseguição — disse o novo Fenian, dando um tapinha na lateral do pequeno carro. — E vamos despistá-los depois que tivermos certeza de que você fez o que tinha de fazer.

Que vida... que Declan estivesse em um carro dirigido pela mulher que havia atirado nele, entregando um precioso docemetal para uma das pessoas que tinham levado seu irmão a se esconder, no início de tudo.

Ele preferiria ter levado a tinta para Ronan pessoalmente. Ou pedido que Jordan fosse, se ele não pudesse. Mas ela não havia atendido as ligações do novo Fenian e não havia como ele arriscar dirigir até a casa dela levando a tinta. Ele tinha visto a fila de vítimas no hotel. Conhecia as consequências de ser pego com o docemetal de Boudicca. Não arriscaria que ela estivesse conectada a ele, o que significava que precisava pensar em outra pessoa em quem confiasse.

Mas todo mundo em quem ele confiava estava dormindo ou morto.

— Então — disse Mór —, Declan está certo sobre você, sra. Farooq-Lane?

A voz de Farooq-Lane era seca quando apontou o queixo para o outro carro, escondido na escuridão.

— Acredito que Declan confia em mim pela mesma razão que a sonhadora com quem eu vim: quando descobri que estava jogando para o lado errado, parei. Nós... preciso que os sonhadores parem com tudo isso. Preciso de Ronan acordado tanto quanto você.

— Você toma a decisão final, Declan — disse o novo Fenian.

Farooq-Lane mudou para a janela de Declan, inclinando-se para estudá-lo. Tão de perto que ele ficou chocado com quanto ela parecia diferente de quando haviam se conhecido. A mulher polida e profissional que parecia intocada pelo caos do mundo já não existia mais. Agora seu cabelo estava uma bagunça e ela claramente havia chorado. Suas pálpebras pareciam inchadas e cansadas de se levantar em pranto. Ele estava triste por ela, porque sabia que ela não deixaria seu exterior trair a tormenta interior sem uma luta infernal.

Ele podia vê-la olhando para ele e chegando a uma conclusão semelhante a seu próprio respeito.

— Não me sinto confortável com essa situação — disse Farooq--Lane. — Você conhece estas pessoas? Você é um prisioneiro? Eles atiraram em você. Eles *atiraram* em você! Eles vão te levar a algum lugar para se livrar do seu corpo?

— Cristo — disse o novo Fenian, parecendo o próprio Niall.

— Chame um maldito assistente social — acrescentou Mór, não se parecendo em nada com Aurora.

— Cale a *boca* — disparou Farooq-Lane, sem fazer nenhum esforço para polir seu tom. Não era realmente *Farooq-Lane*. Era apenas *Carmen*. — Não há nenhuma piada nisto para *nós*.

Era uma maneira ousada de traçar a linha através do tabuleiro. *Nós*: Declan e Farooq-Lane. *Eles*: Mór e o novo Fenian. Mas ela não estava errada, estava? Ele tinha mais em comum com ela do que com o sonho e a sonhadora que usavam o rosto de seus pais. Ambos tinham muito a perder nesse jogo.

A confiança pressionava de fora para dentro.

A dor pressionava de dentro para fora.

— Olhe. — Declan desejou ter palavras melhores, mas não tinha. Sentia como se estivesse arrancando cada uma de sua própria carne. — Você está falando sobre o que restou da minha família. Você sabe como é. O que você daria para não ser a única que restasse? Não posso...

Seus olhos brilharam e depois clarearam.

— Eu sei.

Declan assentiu.

Como se aceitando a deixa, o novo Fenian lhe entregou a tinta pela janela. Então se virou para Declan com um único comprimido preso entre o polegar e o indicador e disse rispidamente:

— Nem mais um minuto, garotão. Eu não suporto você assim.

Essa pílula estava marcada com o nome de Mór.

— Sonhado? — Declan disse fracamente.

— Isso vai te dar um sossega-leão por mais tempo — disse o novo Fenian. — Você precisa.

Quanto Declan queria aquilo. Quanto ele queria confiar que outra pessoa garantiria que o mundo não pegasse fogo sem ele. Quanto ele queria ser um filho de novo, uma criança de novo, deixar outra pessoa carregar o fardo. Carregá-*lo*.

— Declan — Mór disse bruscamente —, não tem mais nada que você possa fazer. Suas jogadas neste jogo acabaram. Desapegue.

Foi o mais perto que ela chegou de ser sua mãe.

Declan imaginou a bolsa de veludo de seu pai engolindo segredos enquanto colocava a pílula na boca.

Não tirou imediatamente sua dor. Em vez disso, fez o contrário. Uma nova dor na parte de trás de sua cabeça, nada como o ferimento de bala. Por um breve momento, ele sentiu que estava na orla ventosa de um oceano frio. Asas de pássaros batendo no alto. Uma pedra cravada na parte de trás de sua cabeça. Ele estava rasgando de dentro para fora. Sua boca estava cheia de areia. O ar gritava.

Então ele estava de volta no carro, e a sonolência rapidamente substituía a dor de seu ferimento.

O olhar intenso de Mór o prendeu contra o assento. A sonolência o arrastava para baixo da superfície.

— Ele vai ficar bem? — perguntou Farooq-Lane.

— Você tem seu trabalho — Mór respondeu friamente. — Nós temos o nosso.

Da escuridão, o outro carro acelerou, impaciente.

— Ela está certa — disse o novo Fenian. — Nós dois precisamos estar a quilômetros de distância.

Farooq-Lane recuou, segurando a tinta com as duas mãos, como se estivesse rezando.

— Eu vou cuidar disso.

— Mais uma coisa — Declan disse quando o carro começou a se afastar. — Diga a Jordan que eu vou voltar.

No brilho vermelho das luzes traseiras, ele só teve tempo de vê-la franzir a testa fugazmente, então o sono o tirou da dor.

43

Ronan Lynch estava com dor.

Não era uma dor insuportável. Era um calor, um arranhão, como se sua camada superior estivesse sendo arrancada por uma navalha suave, mas insistente.

Ele estava meio acordado. Meio consciente.

A hora da verdade havia chegado, e ele estava ciente de que tinha uma escolha.

Ronan Lynch.

Greywaren.

Podia sentir aquele calor esfolando-o, mas também podia sentir um calafrio no peito, no estômago, na palma das mãos. Havia algo familiar naquilo tudo. Sentia o cheiro de algo que parecia nogueira, parecia buxo, uma tristeza confortável, uma felicidade fora de alcance.

Esse era o mundo em que ele vivia com Ronan Lynch. O mundo que ele *construíra* com Ronan Lynch. Um mundo de emoções ilimitadas e poder limitado. Um mundo de encostas verdes inclinadas, de montanhas roxas, de paixonites angustiantes, rancores eufóricos, noites de gasolina, dias de aventura, lápides e poços, beijos e suco de laranja, chuva na pele, sol nos olhos, dorzinha suave, maravilha conquistada com muito esforço.

Do outro lado estava o mundo em que ele vivia com Greywaren. O mundo que ele havia deixado, estendendo-se para mais longe do que qualquer uma das outras entidades que moravam lá, parando não no mar de docemetal, parando não apenas como uma floresta com suas memórias ainda enraizadas, mas implorando para explorar ainda mais, desenraizado, além de onde suas memórias poderiam segui-lo. Nesse mundo, o ar era música. A água eram flores. Havia novas cores nascendo a cada momento. Não poderia ser descrito com palavras humanas; os sistemas eram muito diferentes.

A dor estava ficando mais quente na pele de Ronan. Ele estava se lembrando de que *tinha* pele.

Ele pertencia a esses dois mundos.

Ele não pertencia a nenhum.

Ali no mar de docemetal, no limbo, ele poderia escolher qualquer um.

Por que ele não acorda? Pensei que ele deveria acordar imediatamente...

Ele poderia desistir do experimento chamado Ronan Lynch. Poderia voltar para o outro lado e saber o que encontraria. Ele se expandiria além da forma que tinha no mar escuro de docemetal. Se tornaria um arco elétrico e abrasador, capaz de atravessar universos e o tempo, sem pausa. *Greywaren*, diriam os outros, embora não soasse exatamente como *Greywaren* — esta era simplesmente uma tradução humana de como ele *sentia* o nome. Os conceitos tinham que ficar muito menores para caber dentro dos humanos. *Greywaren*, eles diriam. *Greywaren, é bom vê-lo novamente.*

Ele era e não era como os outros ali. Alguns, quando vislumbravam o mundo humano, sentiam saudade de um lugar onde nunca estiveram. Muito poucos se estendiam através dos sonhos para se tornar algo mais, suas raízes ainda cravadas em suas memórias naquele lugar. E apenas um se importava igualmente com os dois mundos enquanto existissem mundos. Greywaren.

Ele não sabia por que tinha que se preocupar com ambos. Uma falha em sua criação.

Ele estava muito... distante quando o vi pela última vez. Ronan Lynch, você está voltando, não está?

Poderia desistir de Greywaren. Poderia retornar ao mundo humano, retirar-se para um lugar que o sustentasse pelo maior tempo possível e ignorar que havia qualquer outra pessoa que também se valesse da linha ley. Um turista para a humanidade, ele agarraria a alegria e a vitória onde pudesse, até que o mundo o derrotasse. Os humanos só viviam por algumas décadas, mas acontece que, quando você era humano, parecia muito tempo.

Ele estava começando a ouvir vozes com mais clareza.

Vamos, Ronan Lynch. Eu passei pela Renda por você, seu idiota. Preciso de você agora.

Greywaren, disseram as vozes do outro lado. *Por favor, volte. Não queremos ver você sofrer.*

Nenhum dos dois foi o suficiente. Ele sempre ia querer mais.

É hora de vestir as calças de garoto crescido e consertar essa merda. Não temos tempo pra isso! Acorda!

Greywaren, diziam as vozes, *volte antes que o mundo acabe.*

De repente, Ronan ficou zangado com as duas vozes. Estava zangado era consigo mesmo. Ambos os lados dizendo a ele o que ele era, e ele acreditando. Havia quanto tempo estava perguntando: *Me diga o que eu sou?*

Nem uma vez ele simplesmente havia decidido por si mesmo.

Não era uma escolha de forma alguma.

Ele acordou.

44

O zumbido de um aquecedor soava ao fundo. O cheiro de gasolina, óleo e almôndegas velhas enchia suas narinas. Sua bochecha estava dormente; ele estava deitado em uma superfície de trabalho desgastada iluminada pela luz fria mas amigável da manhã. Seu ombro ardia, quente.

Ronan tinha esquecido como era estar nesse corpo.

Rolou o corpo para sentar-se, inalando com força ao fazer o movimento, pela novidade e pela intensidade de todas as sensações, e torceu-se para ver o que havia sido feito com ele.

— Espere, otário, pode tirar as mãozinhas. Eu tenho que fazer o curativo — disse Hennessy. Ela apareceu, descendo com um rolo de filme plástico em uma das mãos e uma toalha na outra. Na bancada de trabalho atrás dela estava sua espada, uma pistola de tatuagem e um pequeno frasco de vidro em forma de mulher. — Diga "oi" para o seu braço cheio de docemetal.

É claro. Agora ele reconhecia a dor familiar e quente que havia pontuado seu sono — era a mesma de quando tinha feito sua tatuagem nas costas.

Mas essa tatuagem era novinha em folha. Sangue e tinta ainda manchavam sua pele do ombro ao pulso.

Ele começou a tocá-la, mas parou de repente. As pontas dos dedos estavam imundas, cobertas com o tipo de sujeira espessa e sem cor de um carro deixado sem lavar por anos. Seu braço nu estava limpo, assim como seu peito, mas jeans e botas estavam igualmente imundos. Quando tocou no couro cabeludo, sentiu que o cabelo ainda estava curto, mas também estava empoeirado.

— Me mostra — pediu ele em vez disso. Sua voz era um grunhido, inexperiente, desconhecido.

Hennessy cuidadosamente deu um tapinha no sangue para revelar a tatuagem. Era difícil não se deixar dominar pela realidade, pela permanência. Parte dele esperava que ela apenas limpasse o sangue e a tinta para revelar a pele nua; mas, em vez disso, todo o seu braço esquerdo tinha um padrão escuro do ombro ao pulso semelhante a algo como uma cota de malha.

Não, como pele de cobra.

Cada escama com tinta era de um verde-escuro puro, e o único lugar em que sua pele aparecia era uma linha estreita para indicar a borda de cada escama entrelaçada.

Parecia uma vida atrás que ele e Hennessy tinham segurado uma cobra no museu abandonado. Bryde havia ordenado que olhassem para o réptil, que o estudassem, que observassem seus detalhes para o caso de quererem sonhar com ele mais tarde. Eles tinham feito isso. Porém, Hennessy estava bem acordada, não sonhando, quando pintou aquelas escamas para cima e para baixo em sua pele.

— Vai se foder — ele disse a ela. — Ficou ótimo.

Ela mostrou o fantasma de um sorriso.

— Bem-vindo de volta, Ronan Lynch.

Ainda era chocante *ser* Ronan Lynch. O tempo se comportava de maneira tão diferente ali; era *importante* ali. Ninguém tinha intermináveis momentos sombrios para preencher; vidas humanas eram tão curtas, tão urgentes...

— Onde está Adam?

— O quê? — Hennessy perguntou.

— Adam. Meu Adam. Adam!

Ele já estava do outro lado da garagem e no corredor estreito e sujo onde seu corpo tinha sido mantido antes mesmo que percebesse conscientemente que havia pulado da mesa de trabalho. Pareceu-lhe escuro como breu, empoeirado — um lugar para guardar um cadáver, não um irmão. Tudo o que viu foi um mural abusado, agora apenas tinta na parede. Uma tigela divinatória tombada, pedras espalhadas.

— Ele estava aqui — insistiu Ronan. — Seu corpo deve estar aqui ainda.

— Ronan... — disse Hennessy.

— Onde está Declan? Talvez ele o tenha levado para outro lugar.

Mas Declan tinha sido baleado. Ronan se lembrou disso; ele tinha visto. Visto quando Matthew morreu... Ele pressionou as mãos contra a parede fria do corredor. Tudo aquilo era tão impossível que Ronan queria chutar a tigela divinatória lá na parede oposta, o mais forte que podia. Ele conseguia imaginar o som que faria ao bater no bloco de concreto. O estilhaço do vidro. Mas fechou os olhos e, naquela escuridão, ainda podia ver os fios brilhantes dos docemetais. Os orbes brilhantes da consciência de Adam. Chutar coisas era algo que esse corpo tinha feito quando era mais jovem, quando era criança. Ele não era mais uma criança. Quase já não era mais Ronan Lynch. Não tinha que adotar nenhum dos hábitos de que ele não precisava mais naquele corpo.

— Adam não está aqui — disse Hennessy. — Ele já tinha ido embora quando chegamos. Eu estava tentando pegar leve com você porque acabou de acordar do grande além. Mas não tem jeito: está tudo fodido e a gente precisa de você.

Ronan repetiu em eco:

— A gente?

Quando abriu os olhos, descobriu que uma terceira pessoa se juntara a eles no corredor. Ela parecia consideravelmente mais esfarrapada do que quando ele a vira pela última vez com os Moderadores, mas a reconheceu imediatamente: Carmen Farooq-Lane. Ele sentiu a dor da morte de Rhiannon Martin outra vez.

Ronan rosnou:

— O que *você* está fazendo aqui?

Ela não se esquivou de seu tom. Em vez disso, apenas olhou para ele com gravidade.

— Ouça o que ela tem a dizer, Ronan Lynch — pediu Hennessy.

Ronan não conseguia imaginar o que ela poderia dizer para mudar a dinâmica entre eles.

— Logo antes de seu irmão me dar o docemetal para te acordar — Farooq-Lane começou —, eu estava com Lili... com uma Visionária quando ela teve sua última visão. Eu vi o fim do mundo. Eu vi meu irmão lá, fazendo acontecer. E eu vi...

Ela fez uma pausa.

— Nathan está com Adam e Jordan.

45

J ordan tinha uma lembrança de ir ao Museu Metropolitano de
Arte, mas não era dela.

Aquilo *parecia* muito perfeito para ser uma memória. Ela podia
se ver subindo as escadas do museu em um dia frio e firme de outono. O céu acima era de um tom ultramarino brilhante, raiado com as
menores pinceladas possíveis de nuvens na camada mais alta do céu.
Ela não conseguia se lembrar se a calçada estava movimentada, ou se
tinham ido até lá andando ou de carro, ou o que aconteceu antes ou
depois. Mas se lembrava de que seus olhos estavam nas sombras que
criavam formas nítidas e limpas na fachada do museu e embaixo de
cada uma das longas escadas. Estava pensando nas cores que usaria para pintá-las, na maneira como as bordas do escuro interagiam
com o claro para dizer aos olhos que essas duas peças de cores muito
diferentes eram o mesmo objeto, apenas em diferentes níveis de luz.

Depois a memória se fragmentou da mesma forma que acontecia
com as memórias e os sonhos, apenas pedaços das salas de Egito e
armaduras medievais, e então recuperou o foco claro na frente de
uma pintura muito familiar: o *Retrato de madame X*, de John Singer
Sargent.

O retrato, que Jordan já havia copiado muitas vezes em todos os
tamanhos diferentes, era grande na vida real, um pouco maior do que
seria se a personagem ali estivesse em tamanho natural. A presença
emocional do *Retrato de madame X* era ainda maior. Sua pele era escul-
turalmente pálida, exceto pelas orelhas rosadas. Com uma das mãos

ela segurava uma porção da saia do vestido preto decotado, os dedos da outra mão apoiados elegantemente contra uma mesa. Embora o rosto estivesse virado, os ombros abertos, no entanto, convidavam o espectador a explorar a beleza de seu corpo, sua garganta branca. Vê-la, mas não conhecê-la: o *Retrato de madame X*.

Jordan lembrou-se de inclinar a cabeça para trás a fim de enxergá-la inteira. Então se lembrou de J. H. Hennessy, sua mãe, pegando-lhe a mão para que pudessem absorver o *Retrato de madame X* juntas.

Foi assim que ela soube que não era uma de suas memórias. Jordan nunca conhecera J. H. Hennessy; ela havia sido sonhada depois do suicídio de Jay.

Era uma das memórias de Hennessy.

O que Hennessy teria sido sem Jay?

Jordan.

Jordan achou que seus momentos no Charlotte Club teriam sido perfeitamente agradáveis, exceto pela poeira, pelas bombas e pelo corpo.

O prédio era lindo. Como não poderia ser? Havia marcado o suprassumo da arquitetura do século XIX na época de sua construção, e, ao longo das décadas, recebera o melhor da ortodontia, da cirurgia plástica e das roupas bonitinhas para manter sua perfeição.

Os detalhes de madeira escura carregavam o peso e o capricho do período art déco. As paredes eram de cores sutis e surpreendentes: verde-folha, azul-pervinca, malva-fosco. Os tetos, elevando-se a seis ou nove metros de altura, eram de cobre prensado ou exibiam murais restaurados. Os móveis eram desgastados de uma maneira que só era possível em antiguidades pertencentes a pessoas ricas o bastante para usá-los com soberba. A arte nas paredes era espetacular, o tipo de coisa que as pessoas não imaginavam que pudessem habitar coleções particulares. Era um dos prédios antigos mais bonitos da Beacon Street.

Jordan sabia onde estava, porque já estivera no Charlotte Club uma vez e nunca o tinha esquecido. Sua visita anterior ao exclusivo clube social havia ocorrido sob falsos pretextos. Ela havia entrado furtivamente em um evento e ficado lá por tempo suficiente para ver que era verdade: um de seus Edmund C. Tarbells forjados estava pendurado em uma parede interna.

A falsificação ainda estava exposta lá agora, embora o prédio não recebesse uma festa havia vários meses. Na verdade, sua fachada havia sido gradeada com andaimes e coberta com folhas de plástico, escondendo o interior da vista.

Escondendo a poeira, as bombas e o corpo.

— Provavelmente não vou usar isso — Nathan Farooq-Lane disse a ela em tom de conversa, na noite em que trouxera Jordan ali, indicando as bombas. Eram todas de diferentes formas e tamanhos, empilhadas contra todas as paredes, empilhadas em cada uma das escadas em caracol. Algumas eram baixas e largas como urnas funerárias. Outras eram planas e retangulares com estampas nas laterais, como caixas de fósforos. Algumas eram cilindros pontiagudos, como foguetes. Outras eram cravejadas de espinhos, como maças. Eram todas exatamente da mesma cor, um cinza fosco de navio de guerra, e todas tinham o número 23 estampado nelas como se por estêncil.

Jordan não precisava ser informada de que eram bombas. As bombas lhe contaram quando passou por elas.

— Você só gosta da aparência delas? — ela perguntou. *Bomba*, sussurrou o objeto quadrado ao seu lado.

— Elas me lembram do que é real. Sente-se. Pedi o jantar por delivery esta noite para acalmar você. — Ele disse tudo isso placidamente, com naturalidade, como se ela estivesse ansiosa por uma viagem em vez de por ter sido sequestrada.

Ele a levou por uma das enormes portas para revelar uma longa mesa de jantar, adequada para quarenta pessoas, com dois pratos, quatro assentos de distância um do outro. Ele parecia ter previsto que ela não confiaria na comida, porque esperou para abrir as embalagens de isopor até que ela estivesse lá. Não importava; ela continuou sem tocar no alimento. Apenas observou Nathan comer sua porção.

Ele não tentou convencê-la a comer a dela. Simplesmente deu de ombros, empilhou as embalagens e disse:

— Podemos conversar mais amanhã. Todos os quartos ficam lá em cima. Escolha o que quiser.

Ela não tinha feito nada do tipo, é claro. Assim que ele se foi, ela pisou imediatamente e silenciosamente pelos corredores até uma das portas de saída.

Quando alcançou a maçaneta da porta, uma pequena voz disse *Bomba*.

Jordan olhou para cima, na direção da voz. O que ela pensava ser um alarme de incêndio era um círculo cinza-aço fixado na parede acima da porta. O número 23 brilhava branco para ela. Ela recuou lentamente.

Bomba, avisou outro objeto atrás dela.

Ela voltou para o meio do corredor, revertendo seu caminho exatamente do jeito como tinha vindo. Um coro de vozes ecoou de uma coleção de três objetos cinza-aço em forma de relógios de pêndulo: *bomba, bomba, bomba*.

No início, ela pensou que Nathan ia matá-la imediatamente. Quando fez menção a esse pensamento, porém, ele disse:

— Eu entendo por que você pensa assim. Mas estou apenas me livrando das suas cópias.

Foi quando ela percebeu que ele pensava que ela era Hennessy. Claro que sim. Ela estava acordada, sem nenhum docemetal óbvio, afinal.

— Algum problema para você? — ele perguntou. — Tudo bem se houver. Vou fazer de qualquer jeito. Mas achei que você ficaria feliz por elas terem ido embora. Limpar o espaço, sabe? Menor consumo de recursos.

Esse era o Nathan noturno. Ele era uma figura alta e magra na casa dos trinta anos, com maneirismos elegantes e olhos de pálpebras pesadas, com belos cílios longos tão escuros quanto seu cabelo. Quando o sol se punha, ele era agradável, irônico, solícito, ansioso por conversar, mesmo que ela não estivesse ansiosa para fazer o mesmo.

— Quantas você já conseguiu? — respondeu Jordan. *Bomba*, disse a porta mais próxima.

Ele estava feliz por ela ter feito uma pergunta.

— Apenas uma desde que cheguei aqui. Quantas havia, você sabe?

Apenas uma. Hennessy. Ele só podia estar se referindo a Hennessy. Isso seria possível? Jordan não dormiria mais se Hennessy morresse, mas parecia que deveria ter sentido, de uma forma ou de outra. Hennessy fazia parte de Jordan, ou vice-versa.

Não importava como elas haviam se separado antes. Jordan estava passando mal de imaginar Hennessy morrendo sozinha, lentamente, como as meninas assassinadas.

Ela disse:

— Eu já nem sei mais.

Nathan apontou para todas as bombas cinza-aço no prédio, como se dissesse *eu sei o que você quer dizer.*

Jordan perguntou casualmente:

— Como você matou a cópia?

Mais uma vez, Nathan estendeu a mão em direção às bombas ao redor deles. Então abriu e fechou os dedos para ela, como se estivesse operando uma marionete, e, com um sorriso pesaroso, admitiu:

— Eu não gosto de... sujar esses aqui.

Jordan disse baixinho:

— Certo.

O Nathan noturno pedia comida, tocava música, assistia televisão no bar do primeiro andar.

O Nathan diurno era diferente.

Ele se tornava recluso, escondido em algum lugar do prédio. Às vezes ela ouvia seus pés andando de um lado para o outro. Quando o vislumbrava, ele estava murmurando para si mesmo, rabiscando furiosamente em um diário.

O Nathan diurno era quem havia trazido o corpo para baixo.

A princípio, Jordan pensou que a pessoa estivesse morta. Parecia morta. A mão que ela viu arrastando pela passadeira persa não era de uma cor saudável. A coluna estava mole de uma forma que a maioria das pessoas não conseguia fazer em vida. Mas, quando Nathan derrubou Adam Parrish no último degrau, Jordan viu que o peito de Adam ainda estava subindo e descendo, muito levemente. Ele estava magro como um palito e suas órbitas oculares eram cavernosas.

Pela primeira vez, Jordan sentiu algo parecido com verdadeiro desespero. Parecia que eles estavam rondando um futuro quebrado, algo para além de qualquer reparo.

Nathan examinou a palma das mãos, que estavam manchadas com algo escuro. Sangue? Não. Era tinta noturna, preta, seca profundamente nas linhas de suas mãos. Ele as esfregou nas pernas da calça e então pegou seu pequeno diário do bolso de trás. Murmurando, começou a ler o que havia escrito lá no passado, pronunciando as palavras mesmo sem dizê-las em voz alta.

— Não com os planos. Não consegui trazê-lo de volta aqui. Ronan Lynch. Tive que deixá-lo. Ele começou a morrer no carro. Tive que levá-lo de volta ao corredor para que parasse. O estudante de Harvard também não está certo. Não importa. Não muito agora. As coisas se encaixando.

Então Nathan começou a anotar furiosamente no caderno, ainda lendo em voz alta.

— O estudante de Harvard pode não sobreviver por tempo suficiente. Trouxe ele para baixo só para garantir. Quase na hora. Tudo começando a parecer familiar.

Ele fechou o diário com um estalo.

Sem outro olhar para Adam, o Nathan diurno saiu do recinto.

Assim que ele se foi, Jordan correu para avaliar Adam. Não havia nenhum ferimento óbvio, mas ele não se mexeu nem um pouco quando ela sussurrou seu nome ou quando o beliscou. Quando havia sido a última vez que Declan mencionara falar com ele por telefone? Havia notícias dele desde que Ronan fora colocado no corredor? Ela não se lembrava. Por instantes, ela se perguntou se essa era uma cópia sonhada de Adam, mas descartou a ideia rapidamente. Quando um sonho adormecia, seu corpo parava; eles não envelheciam e não precisavam comer ou beber. Esse corpo, por outro lado, estava definhando. Doença? Divinação?

— Droga — ela disse ao corpo de Adam. — Não sei, cara. Isso não é bom. A situação toda não é nada boa.

De olho em Nathan, Jordan se esgueirou até o bar e esvaziou os pacotes de açúcar em um copo de água. Voltou para o corpo de Adam e sentou-se. Ele estava preocupantemente leve, sua pele seca e quente. Ela derramou água com açúcar em sua boca, em ritmo dolorosamente lento e massageando sua garganta para tentar fazer descer. Colocou talvez um quarto de xícara na boca dele antes de começar a sentir como se o estivesse afogando. Melhor do que nada, pensou. Estava começando a ficar um pouco cansada. Apesar de toda a arte naquele lugar, nada daquilo parecia ser um docemetal, e ela não pintava havia dias. Provavelmente deveria tentar fazer alguma coisa.

Se fosse inventiva, poderia fazer pigmentos com condimentos e usar os dedos no lugar dos pincéis.

Mas não se sentia inventiva. Sentia como se Hennessy pudesse estar morta. Sentia que o fim do mundo estava chegando.

Naquela noite, Nathan comprou cupcakes de uma padaria local e comeu o dele com evidente prazer, a quatro cadeiras de distância dela. Ela lutou para não adormecer na sua.

Sentiu como se também estivesse se afogando em água com açúcar.

Depois disso, Jordan tentou matar Nathan. Usou uma faca do bar e o atacou enquanto ele trabalhava em seu diário. Ele parecia ter antecipado a atitude, porque, quando ela estava a meio metro de distância, algo sob a camisa de Nathan comentou *bomba*.

Ela derrapou até parar, seus sapatos rangendo no piso de parquet.

Ele se virou e disse, com alguma irritação:

— Não vai demorar muito mais. É só até a linha ley voltar.

Jordan não havia arriscado falar muito com ele antes, sem saber o que poderia levá-lo ao limite, mas agora parecia que tinha pouco a perder. Então, em vez de recuar como faria, ela perguntou:

— E o que vai acontecer depois?

— Você faz o que faz e eu faço o que eu faço — disse Nathan. Puro alívio irrompeu no rosto dele então, um enorme sorriso juvenil, como se ele se livrasse de um peso. O mero imaginar do fim foi o suficiente para transformar completamente sua expressão. — Finalmente.

Jordan não gostou do som disso.

— E o que é que *eu* faço?

— Sonha a Renda — respondeu Nathan. — Ela diz que você não vai ser capaz de parar a si mesma.

Mesmo agora, Jordan tinha uma compreensão muito falha do que era a Renda, além de algo que causava terror absoluto em Hennessy, uma pessoa que não tinha medo de muita coisa, incluindo a morte. Ela escondeu essa ignorância o melhor que pôde.

— Hum. E o que *você* vai fazer?

Nathan estendeu a mão para quase tocar a lareira ao lado de sua cadeira. Um gato cinza de aço descansando ali disse *bomba*.

— O grande ato.

Mais uma vez ficou impressionada com a expressão dele. Alívio.

É isso, ela pensou. *O apocalipse. Estou olhando bem para ele. Todo esse tempo, todo esse questionamento, todos aqueles sonhadores mortos. E aqui está. O grande ato.*

Ela perguntou:

— Por quê?

— Não me olhe assim. Isso não afeta você — disse ele. — A bomba só elimina as coisas que não são úteis. E você, como acabei de dizer, é muito útil.

O problema era que Jordan não podia fingir ser útil por muito mais tempo. Não poderia fingir ser *Hennessy* por muito mais tempo.

Estava adormecendo.

Tinha que repassar consigo mesma cada sequência de eventos agora, para ficar alerta. Água com açúcar para Adam significava dez degraus até a escada dos fundos que levava ao bar. Mão esquerda no corrimão. A mão direita empurrava a porta. O copo estava de cabeça para baixo em uma toalha de bar à direita, onde ela o tinha colocado depois de lavar pela última vez. Encher o copo. Encher os... pacotes de açúcar. Deveria haver pacotes de açúcar nesse processo em algum lugar. Espere — ela já os tinha feito? Mais não faria mal. A água ainda estava correndo, ela não havia se lembrado de desligá-la?

Havia tapetes pretos cobertos com cerdas duras atrás do bar. Jordan não queria ficar deitada sobre eles, não muito, mas eles estavam lá, e ela estava lá.

Levante-se, ela disse a si mesma. Havia se acomodado no tapete de qualquer maneira. Isso não era o ideal, mas ela não tinha tempo para ser dura consigo mesma. Tudo bem se simplesmente se levantasse em vez de dormir.

Levante-se. Sabia que, se não o fizesse, não se levantaria nunca mais.

Jordan percebeu que um par de sapatos estava a poucos centímetros de seu nariz. Ela não os tinha notado se aproximando; devia estar cochilando.

— Coisinha inteligente — disse Nathan.

46

Somos chamados de Moderadores porque é tanto o que fazemos quanto quem somos. É importante lembrar que não somos legisladores, policiais, juízes ou algozes. Não aplicamos a ordem; impomos o equilíbrio. Nosso objetivo é garantir que o poder não esteja concentrado nas mãos de poucos, principalmente aqueles que desejam prejudicar o mundo. Nós moderamos. Agimos apenas sobre aqueles que forçam nossa mão ao embaralhar as cartas obviamente. É um chamado solitário e necessário que esperamos que seja extinto muito antes de nós. Até lá, os Moderadores devem lembrar que temos um ao outro.

O processo para moderar um Zed é simples.

Passo um. O Visionário tem uma visão. A estrutura de uma visão geralmente segue um padrão de ordem cronológica inversa. A primeira parte compreende o apocalipse: cidade, fogo etc. A segunda parte transmite o futuro imediato de um Zed. Normalmente, o Zed em questão está a uma curta distância física do Visionário, mas isso nem sempre é previsível. Corpos d'água e interferência elétrica podem levar a Visão de um Zed muito mais longe.

A visão final de Liliana havia retratado o fim do mundo.

Farooq-Lane tinha visto tudo. Como Liliana a estava tocando, ela experimentou a visão como se fosse sua, sua mente levada da costa gelada do presente para um dia brilhante e incandescente no futuro. O último futuro que existiria. O fim.

Foi como sempre eram as visões: as chamas devoravam a cidade. O povo fugia. O mundo acabava.

Então a visão mudava retrocedendo um pouco, mostrando não o fim, mas logo antes.

Ela viu uma bela e antiga seção de uma cidade. Árvores grandes. Crime pequeno. Dinheiro grande. População pequena. Um prédio em reforma, com a fachada escondida por plástico. Viu pinturas nas paredes. Estantes de caixas cinza-aço. Viu Adam Parrish esparramado na escada. Jordan ou Hennessy esparramada atrás de um móvel comprido. Viu Nathan.

Ela viu Ronan Lynch.

Uma explosão. *A* explosão.

Fogo. *O* fogo.

No futuro, todos estavam mortos.

No presente, era apenas Liliana.

Passo dois. Depois de interrogar o Visionário, uma equipe local de Moderadores trabalha em conjunto para identificar o local físico descrito na Visão. Equipes locais ou remotas de Moderadores trabalham para determinar a possível identidade do Zed e, em seguida, estabelecem, da melhor forma possível, a programação do Zed. Segurança é prioridade! Não prossiga para a próxima etapa sem verificar com sua equipe para ter certeza de que o plano feito seja o mais seguro possível! Nós trabalhamos juntos. Lembre-se, somos chamados Moderadores, não Heróis.

Farooq-Lane se dedicou a pesquisar os detalhes da visão, assim como costumava fazer com os Moderadores. Foi mais fácil do que muitas das outras visões, tanto porque a visão final de Liliana era excepcionalmente clara quanto porque a própria Farooq-Lane tinha conseguido presenciá-la diretamente, em vez de ter que trabalhar com uma tradução forçada.

Ela se sentiu um pouco melhor ao saber que o sacrifício de Liliana não tinha sido em vão.

Em pouco tempo, Farooq-Lane estreitou a busca ao bairro na visão a Back Bay, uma das áreas mais elegantes de Boston. Depois disso, foi necessário apenas dar uma volta pela região para ver que somente as coberturas de reforma de um edifício correspondiam à visão.

Nathan estava lá.

O fim do mundo estava ali dentro.

Passo três. Com os outros Moderadores, elabore um plano para moderar os Zeds. O plano deve ser o mais sutil e discreto possível; o público geral não deve ser submetido a cenas que pareçam violentas ou perigosas. Somos chamados Moderadores, não Terroristas. Idealmente, o Zed deve ser moderado após o horário comercial, em uma área tranquila, e então removido por pelo menos dois Moderadores após o local ser completamente documentado (formato para documentação do local incluído no adendo em anexo).

Farooq-Lane não tinha uma equipe de Moderadores. Não tinha um arsenal de armas. Tinha Hennessy e Ronan. Dois sonhadores sem a capacidade de sonhar. Hennessy tinha sua espada sonhada, e Ronan tinha um pequeno canivete que explodia garras e asas quando aberto; fora isso, não eram mais poderosos do que qualquer outro humano. Eles vasculharam os bolsos em busca de qualquer coisa que pudessem ter esquecido — Hennessy disse: "Eu gostaria de ainda ter um daqueles orbes nojentos do Bryde, aqueles que confundem o tempo" —, e foi quando ambos descobriram as máscaras sonhadas que usavam para adormecer imediatamente. Antes as máscaras tinham sido parte integrante de seu caos. Agora eram apenas curiosidades, uma cura para a insônia.

Farooq-Lane lembrou-se de como os dois tinham sido terrivelmente poderosos com Bryde quando a linha ley os alimentava. Eles eram limitados apenas por sua imaginação.

Agora eram apenas dois ex-sonhadores que a vida havia feito temerários.

Era um dia ensolarado quando Farooq-Lane, Ronan e Hennessy se aproximaram da casa. Um dia de semana. Estava tudo silencioso. Por toda parte, as pessoas se ocupavam de seus afazeres urbanos comuns, negócios que se baseavam no princípio de que *hoje* se tornaria *amanhã*. Mesmo que fossem um dos muitos que tinham tido a visão apocalíptica da bomba, nenhum dos dois poderia ter adivinhado que o dia ensolarado que viram então era muito provavelmente o dia ensolarado que estavam vivendo agora. Farooq-Lane estava atolada no paradoxo da premonição: a visão dizia que ela e os Zeds estariam lá no fim do mundo, e então eles estavam ali naquele momento, dando início ao fim do mundo. Será que o apocalipse ainda continuaria se eles simplesmente nunca aparecessem naquele prédio? Ou a visão teria refletido isso também? Causa e efeito pareciam tão obscuros quanto o dia era claro.

Do lado de fora do Charlotte Club, Ronan hesitou.

— Gostaria de estar com a sua espada? — perguntou Hennessy.

— Gostaria de não ter perdido tanto tempo — respondeu ele.

— Com você o tempo nunca é desperdiçadooooooooo — Hennessy cantou, desafinada, alguma música que Farooq-Lane não reconheceu.

— Bau *bau* bau *bau* baaaa — Ronan respondeu melodicamente, sarcasticamente, terminando o riff para que Hennessy soubesse que ele tinha entendido a referência. — Se o mundo acabar, esse cara vai parar de fazer discos.

— Bênçãos simples.

Farooq-Lane sentiu a familiaridade que eles compartilhavam nessa brincadeira sombria. Era estranho pensar que deviam tê-la aperfeiçoado enquanto lutavam contra os Moderadores, quando ela ainda era sua inimiga. Ronan não era o único que lamentava ter perdido tempo, Farooq-Lane pensou. Ela colocou a mão na coronha da arma em seu cinto. Parou no degrau da frente da casa, pensando: *É isso. Este é o último.*

— Observem — disse Hennessy. — A porta da frente está destrancada.

Notas importantes: Os Zeds são imprevisíveis. Alguns vão se entregar imediatamente. Outros resistirão de maneiras humanas comuns. Ainda outros, no entanto, empregarão seus sonhos para intervir e criarão situações instantaneamente perigosas. Os Moderadores devem ficar alertas. A pesquisa dos tipos de sonhos que um Zed tende a criar antes de fazer um plano pode ajudar a evitar uma tragédia em massa. Lembre-se de que somos chamados Moderadores, não Mártires.

Acontece que a porta da frente estava destrancada porque Nathan Farooq-Lane esperava por eles. Todas as luzes estavam acesas no grande saguão. Na grande escada havia dois corpos: Jordan, pequena e encolhida, e Adam, encostado no corrimão, a cabeça pendendo.

As paredes estavam forradas de objetos cinza-aço que começaram todos a dizer *bomba.*

Nathan estava sentado alguns degraus acima dos corpos, uma arma sobre os joelhos.

Ele observou Ronan, Hennessy e Farooq-Lane entrarem e acenou com a arma para encorajá-los a fechar a porta atrás deles.

Farooq-Lane fechou.

Bomba, bomba, bomba.

Ele disse:

— A Carmen sempre faz o que mandam ela fazer.

Os olhos de Ronan fervilhavam e ardiam.

— Eu estava ficando cansado de esperar — acrescentou Nathan. — Tenho algo que vocês querem. Vocês têm algo que eu quero. Eu quero que você sonhe com a Renda, e então você pode pegar essa coisa de volta, se você quiser. — Isso foi para Hennessy; ele se referia a Jordan. *A coisa*. Ele se virou para Ronan. — E eu quero que você desperte a linha ley novamente, e então você pode ficar com *este* corpo, se você quiser.

Ele se referia a Adam.

Nathan olhou para sua irmã.

— E você... eu só queria ver se você faria alguma coisa por si mesma.

Farooq-Lane sentiu a dor das palavras antes mesmo de analisá-las em busca da verdade. Esse tinha sido o relacionamento deles por anos; ela constantemente tentando ganhar o respeito de Nathan; ele nunca o concedendo. Não havia mudado, apesar de tudo.

— Acordar a linha ley? — Hennessy zombou. — Desculpas. Esse prato tem, mas acabou. Não podemos acordar a linha ley. Aceita outra coisa no lugar? Batata frita, batata assada, salada acompanha, eternidade no inferno?

Passando por cima dos corpos, Nathan desceu em direção a eles.

— Não minta para mim.

— Ela não está mentindo. — Farooq-Lane projetou sua voz mais profissional. Firmeza era a única armadura que possuía. Ela o tinha visto ser baleado. Ela o havia baleado. Ele sabia de tudo isso. Nathan estava partindo para cima deles. — Nós a fechamos. Não podemos mais despertá-la.

Nathan parou a um metro de distância. Algo sob sua camisa dizia *bomba*. Ele levantou a arma e apontou-a diretamente para a testa de Farooq-Lane.

295

— Acorde a linha, então tudo isso vai acabar.

· Os irmãos se encaravam.

— Não dá — insistiu Farooq-Lane. Nathan puxou o gatilho.

Por fim: devido à natureza da nossa tarefa, alguns dos encontros podem parecer pessoais. Eles não são pessoais. Um relacionamento é entre o Zed e você; uma moderação é entre o Zed e o mundo.

Todos na sala, exceto Nathan, se encolheram.

A arma soltou apenas um clique mudo; ele não tinha liberado a trava de segurança.

Em lugar de levar o tiro, o coração de Farooq-Lane disparou balas em seu próprio corpo.

— Lembra quando você atirou em mim, Carmen? Ah, isso mesmo, você mandou outra pessoa fazer isso. Muito bem, vocês dois querem essas coisas nas escadas ou não? — ele perguntou. — Acordem a linha. A Renda me contou que era possível.

— A Renda *mente* — disse Hennessy. — Ela fala o que você quer ouvir, cara.

— Eu consigo — disse Ronan.

Todo esse tempo, mesmo enquanto Nathan descia as escadas, Ronan não tirou os olhos do corpo de Adam Parrish. Ainda estava fixado nele agora, toda a sua postura quase se inclinando para o corpo dele. Mesmo que Farooq-Lane não soubesse de nada sobre a relação entre os dois, teria adivinhado pela forma do espaço entre o corpo imóvel de Adam e o corpo tenso de Ronan.

Toda a atenção estava em Ronan.

— Ele está certo, eu consigo ligar — disse Ronan rispidamente. — Quando eu era mais jovem, a gente fazia um ritual para despertar uma linha ley. Tivemos que fazer um pacto com a... coisa... a entidade que poderia acordar a linha ley.

Ele ergueu o queixo, e a raiva borbulhando em seus olhos teria feito qualquer um que não fosse Nathan dar um passo para trás.

— E você pode falar com uma dessas coisas agora? — Farooq -Lane perguntou fracamente. — A coisa pode despertar as linhas ley?

Ele disse:

— *Eu* sou uma dessas coisas.

47

Hennessy observou Ronan no meio daquele grande saguão, parado em um círculo de luz difundido pelo plástico do lado de fora do andaime. Ela se lembrou de quando ela e Bryde quase o perderam para a tinta noturna. Sua mente vagava longe do corpo — não tanto quanto ela sabia que poderia ir, mas longe o suficiente — e Bryde insistiu que Hennessy entrasse no sonho para ajudar a trazê-lo de volta.

Ele vai se sentir mais atraído por você do que por mim, afirmou Bryde, uma frase com que Hennessy ficou intrigada depois.

Mas agora ela entendia.

Ronan Lynch escolheu ser humano. Ele tinha sido atraído por isso no início, e ainda era atraído por isso agora. O que era Bride? Mais coisa de sonhos. O que era Hennessy? Humana. O que era Ronan? Dividido entre.

Nesse sonho, Hennessy e Bryde subiram e subiram até encontrarem uma versão de Ronan enrolada dentro de um tronco oco de árvore. Ele era mais velho. Prateado. Poderoso e triste. Um Ronan que tinha visto o mundo. Quando ele abriu os olhos, porém, Hennessy percebeu que ele ainda era aquele Ronan jovem e humano que ela também conhecia. Dividido entre.

Agora, ali estava aquele Ronan no mundo desperto, parecendo jovem e velho. De um lado, um jovem com uma tatuagem ainda nova o suficiente para estar inflamada, uma postura pugnaz em seus ombros, um jeito desafiador de plantar as botas no chão de madeira.

Por outro lado, havia algo antigo em seus olhos. Ele não parecia mais dividido entre. Ele era os dois ao mesmo tempo; não havia dissonância.

Eu sou uma dessas coisas, ele disse. Ela acreditou nele.

— Nos entregue Adam e Jordan primeiro — disse Ronan. Não foi um pedido. — Afinal, você nos cercou de bombas. O que nós vamos fazer?

Nathan deu de ombros.

— Pegue-os, então

Juntos, eles se moveram rapidamente para recuperar Jordan e depois Adam. Hennessy verificou o pulso de Jordan — ela estava bem, apenas dormindo, incapaz de acordar, mesmo com o docemetal tatuado na pele de Ronan, porque ele era dispendioso demais para ser mantido acordado. Foi terrível ver Jordan assim. Jordan deveria ser maior que a vida, ocupando espaço, fazendo retratos elétricos, dominando o mundo da arte. Não encolhida no chão do Charlotte Club sob bombas e sua velha falsificação de Tarbell.

— Desculpa, Jordan — Hennessy sussurrou.

De pé, ela viu Ronan se ajoelhar ao lado do corpo inerte de Adam para sussurrar algo em seu ouvido também. Adam não acordou, mas Ronan não parecia esperar que ele acordasse.

Quando Ronan ergueu a cabeça, ela pensou que o rosto dele estaria miserável, mas parecia furioso. Era todo o fogo que ela havia derramado no retrato de *Farooq-Lane, em chamas*, e mais um pouco.

— Chega disso — disse Nathan. Ele ergueu as mãos ligeiramente para indicar as bombas cinza-aço que revestiam as paredes. *Bomba, bomba, bomba.* — Acorde a linha, Greywaren.

Ronan se levantou.

Torceu os dedos para fazer Nathan, Farooq-Lane e Hennessy recuarem.

Ele inclinou a cabeça. Hennessy viu seus lábios se moverem. Parecia que ele poderia estar orando. Para quem, ela se perguntou, Ronan Lynch orava agora?

Então ele segurou as mãos diante do corpo como se estivesse segurando um dos orbes de Bryde na palma das mãos em concha.

Nathan o observou, paralisado.

— Não faça isso — alertou Farooq-Lane, abruptamente. — Se ele explodir o mundo, você não vai conseguir o que quer de qualquer maneira! Eu não trouxe você aqui para tornar a visão verdadeira. Eu te trouxe aqui para mudar a visão. Ronan! Não é...

Um tiro soou; ela ficou em silêncio.

Ronan não parou. Estava usando toda a sua concentração para fazer o que quer que estivesse fazendo. Ele abriu as mãos como um livro, fazendo força, como se o espaço entre elas fosse pesado.

O ar na sala tornou-se visível.

Hennessy nunca havia pensado muito antes no movimento da água, das nuvens, dos relâmpagos, como a estrutura de todas essas coisas visíveis eram pistas para o invisível. Agora ela via um mundo onde a energia disparava e arqueava e onde orbes brilhantes brilhavam entre eles e fios de partículas flutuavam e se estendiam no mar pelo qual todos caminhavam todos os dias. A escuridão, visível. O invisível, visto.

O poder estava crescendo.

— Hennessy — Ronan rosnou, e Nathan sorriu de súbito, conscientemente, antecipando o desafio. — Fique pronta.

Ela sabia que a Renda estaria esperando.

Você já passou por isso uma vez. Você chegou até Ronan Lynch. Não se esqueça. Você já venceu uma vez.

Tudo havia mudado.

Ela havia mudado.

Ela não teria medo.

Ronan jogou as mãos para longe do corpo como se segurassem algo quente.

Em um único instante, a sala ficou brilhante com cores que Hennessy nunca tinha visto. Uma imagem que ela sabia que nunca esqueceria. Uma imagem que, ela sabia, uma parte dela perseguiria pelo resto da vida, se sobrevivessem ao que estava se desenrolando ali.

A linha ley ganhou vida melodiosamente.

— É melhor você ser muito bom — Ronan rosnou para Nathan.

— Eu sou — declarou Nathan.

Todos os três sonhadores se lançaram em um sonho.

48

O sonho estava loucamente coalhado de sonhadores.

A princípio, parecia exatamente onde eles estavam, o saguão do Charlotte Club. Mas, então, Nathan tentou subir as escadas e entrar em seu próprio canto do espaço dos sonhos.

Ronan e Hennessy o perseguiram.

Era fácil ver os três estilos diferentes de sonhadores em ação.

O de Nathan era preciso, realista como a vida. Nada da realidade era alterado, a menos que fosse absolutamente necessário. Seu subconsciente mantinha as escadas o mais próximo possível das escadas de onde tinham acabado de sair, até os arranhões no corrimão, o padrão na passadeira, a sombra do lustre na madeira.

O de Hennessy era *mais* do que real. Suas cores explodiam mais intensas que no original, suas sombras rolavam mais profundas. O lustre e o corrimão da escada se esticavam e exageravam em formas elegantes e pictóricas de si mesmos. Nathan colocou o pé em uma escada apenas para perceber que ela o havia pintado em uma sala completamente diferente; agora a escada de Nathan o conduzia a uma pintura de Vermeer. Uma mulher estava junto à janela, banhada em luz, virando a cabeça para vê-lo partir.

Os sonhos de Ronan eram cheios de emoções. Nathan esticava os braços para debaixo da mesa na pintura de Vermeer; em suas mãos havia um banquinho cinza-aço. O banquinho dizia *bomba*, conforme Nathan instilava nele seu desejo de que se tornasse justamente isso. De repente, a música cantou pela sala, carregando pavor. Atingiu Nathan como uma tempestade; ele se inclinou contra a sensação avassaladora, seu rosto horrorizado. Estava perdendo o controle do banco; o subconsciente de Ronan arrancou a bomba para longe dali.

— Estou precisando de uma vantagem do time da casa por aqui, Hennessy — disse Ronan, esperando que ela pudesse ouvi-lo, esperando que ele não tivesse que elucidar. Estava tomando toda a sua atenção arrancar continuamente as bombas das mãos de Nathan enquanto ele as pegava de novo e de novo. Era inteligente como Nathan decidira que suas bombas poderiam vir em qualquer formato. Não precisava perder tempo tentando manter uma forma específica de bomba na mente. Em vez disso, qualquer objeto poderia ser um explosivo; Nathan só tinha de incutir, com o pensamento, a natureza da destruição dentro de cada uma delas.

— Deixa comigo — disse Hennessy.

O sonho se espalhou como aquarela em uma cena diferente: agora era uma paisagem, sem a terra. Os sonhadores estavam caindo por um céu tempestuoso sem fim, nada além de relâmpagos e nuvens ao redor deles.

Inteligente, pensou Ronan. *Nada para pegar.* Só que era mais do que inteligente, era pessoal. Ela tinha visto como Ronan era no sonho antes de abraçá-lo, quando ele ainda devia estar se parecendo muito com a entidade assemelhada à Renda que ele era no mar de docemetal. Ela sabia em que atmosferas ele poderia prosperar. Hennessy não podia ser feliz ali, não naquelas nuvens tão quadriculadas como a Renda, mas sabia que o lado não humano de Ronan poderia ter sucesso naquele sonho. E sabia que Nathan provavelmente seria pego de surpresa.

Ela estava certa.

Nathan estava gritando pelo céu, caindo eternamente.

Ele começou a gritar pela Renda.

Era como se a Renda estivesse esperando. Crescendo e se estendendo, o pavor rolando diante dele. Estendendo a mão para envolver Hennessy como sempre fazia.

O céu inteiro estava se tornando Renda.

Ronan voltou sua atenção para manter o céu no lugar, mas não conseguiu se concentrar tanto nesse aspecto quanto em tentar poupar Hennessy do pior da Renda. Além disso, a Renda sabia que a atenção de Ronan estava dividida, por isso levou Hennessy cada vez mais longe, separando os dois.

Nathan estava começando a fazer uma nova bomba. Não era como uma das bombas armazenadas no Charlotte Club. Essa era *a* bomba. O Grande Ato. Ronan podia senti-lo colocando sua intenção no objeto, a intenção de destruir tudo no mundo, menos os sonhadores. Ronan tentou se concentrar. Ele jogou intenções conflitantes sobre Nathan, dando-lhe uma bomba cheia de patos grasnantes, uma bomba cheia de balões vazios, uma bomba cheia de risadas, uma bomba cheia de esperança.

— Você quer isso também, Greywaren — Nathan argumentou. — Pare de interferir.

— Não sei o que a Renda te contou sobre mim — respondeu Ronan —, mas nem tudo era verdade.

Ele ouviu um grito alquebrado vindo da direção da Renda.

Era o som que Adam tinha feito ao ser levado bruscamente.

A natureza disso era tão precisa, tão exata, uma interpretação tão perfeita da voz de Adam que ele sabia que era apenas uma cópia do momento, não um novo. Não era Hennessy gritando agora, era Adam, gritando então. Não era algo que Ronan pudesse evitar agora. Algo que ele não houvesse impedido antes.

Ronan sabia que era apenas para distraí-lo.

Mas funcionou.

Suas fintas em relação a Nathan eram agora menos criativas, repetidas, e Nathan as rechaçava com mais facilidade enquanto empurrava consequências cada vez mais complicadas e mortais em sua bomba.

Agora a Renda estava sussurrando para Ronan. *Foi muito fácil, para mim, tirar Adam de você. Era como se parte de você estivesse sempre* tentando entregá-lo. *Você diz que não importa, está no passado? Faremos com Hennessy a mesma coisa que estamos fazendo com ele.*

Sussurrou também que conhecia as habilidades de Adam em fortalecer a linha ley, que era odioso para a Renda que um humano pudesse ter a habilidade de fazer aquilo, saber que não tinha. Ia desmantelar seus pensamentos, dizia, cada um, arrancar todo aquele conhecimento dele, e então explodir o resto no éter. Já tinha começado a dilacerar Adam, primeiro no momento em que a Renda o havia roubado de Ronan. Se Ronan gostava de sussurrar no ouvido de uma pessoa morta no Charlotte Club? Porque ele nunca conseguiria Adam de volta. Não havia pensamentos suficientes de Adam para reanimar seu corpo.

O sonho mudou.

Havia uma voz no sonho de Ronan.

Você sabe que não é assim que o mundo deveria ser.

Estava em todo lugar e em lugar nenhum.

À noite, costumávamos ver estrelas. A gente conseguia enxergar com a luz das estrelas naquela época, depois que o sol se punha. Centenas de faróis acorrentados uns aos outros no céu, tão bons que dava vontade de comer, tão bons a ponto de querermos escrever lendas sobre eles, tão bons que dava para lançar homens neles.

Você não se lembra porque nasceu tarde demais.

Talvez eu subestime você. Sua cabeça está cheia de sonhos. Eles devem se lembrar.

Por acaso alguma parte de você ainda olha para o céu e sente dor?

Ronan estava tendo um sonho que já tivera antes. Estava no escuro. Ele acendeu uma luz e viu um espelho. Ele estava no espelho. O outro Ronan lhe disse: *Ronan!*

Ele acordou assustado em seu antigo quarto na Barns. Costas, suadas. Mãos, formigando. Coração, martelando-martelando-martelando nas costelas. O pós-jogo dos pesadelos de sempre. A lua não estava visível, mas ele a sentiu olhando, lançando sombras atrás das pernas rígidas da mesa e acima das pás alongadas do ventilador de teto. A casa estava em silêncio, o restante da família, dormindo. Ronan se levantou e encheu um copo com água da torneira do banheiro. Bebeu e encheu outro.

Acendeu a luz do banheiro e viu o espelho. Ele estava no espelho. O outro Ronan lhe disse: *Ronan!*

E ele acordou se debatendo novamente, desta vez de verdade.

Mágica. É uma palavra barata agora. Coloque uma moeda de vinte e cinco centavos na máquina e ganhe um truque de mágica para você e seus amigos. A maioria das pessoas nem se lembra o que é. Não é cortar uma pessoa ao meio e tirar um coelho da cartola. Não é tirar uma carta da manga. Não é: Você está prestando bem atenção?

Se você já olhou para uma chama e não conseguiu desviar o olhar, é isso. Se já olhou para as montanhas e descobriu que não estava respirando, é isso. Se já olhou para a lua e sentiu lágrimas nos olhos, é isso.

É o que há entre as estrelas, o espaço entre as raízes, que faz a eletricidade acender de manhã.

Ela nos odeia pra cacete.

Em geral, quando alguém acordava, logo percebia que o sonho era de faz de conta. Mas desta vez, sonhando com sonhar... parecia tão real. As tábuas do assoalho; os ladrilhos frios e lascados do banheiro; o barulho da água na torneira.

Desta vez, quando se levantou para pegar aquele copo d'água, o copo verdadeiro, o copo do mundo desperto, ele se certificou de maravilhar-se deslizando a ponta dos dedos sobre tudo por que passava, lembrando-se de como a realidade desperta era específica. As paredes irregulares de gesso. A curva lisa das *boiseries* contornando as paredes. A lufada de ar atrás da porta de Matthew quando a abria para ver o irmão mais novo dormindo.

Você está acordado. Você está acordado.

Desta vez, no banheiro, ele prestou atenção à lua fatiada pelas persianas, à mancha de cobre desbotada ao redor da base da velha

306

torneira. Esses eram detalhes, pensou, que o cérebro adormecido não conseguiria inventar.

Ronan acendeu a luz do banheiro e viu o espelho. Ele estava no espelho. O outro Ronan lhe disse: *Ronan!*

E então ele acordou em sua cama novamente.

Há dois lados na batalha à nossa frente, e, de um lado, estão o desconto da Black Friday, o ponto de acesso wi-fi, o modelo do ano, só por assinatura, agora com mais alcance, fones de ouvido com bloqueio-de-ruído-produção- -de-ruído, um carro para cada verde, esta pista chega ao fim.

Do outro lado, está a mágica.

Ronan cambaleou para fora da cama mais uma vez. Agora não tinha ideia se estivera acordado ou dormindo ou se alguma vez na vida já estivera acordado ou dormindo. Ele passou os dedos pelas paredes. O que era a realidade?

Você é feito de sonhos e este mundo não é para você.

— Ronan — disse Bryde, e agarrou seu braço enquanto ele entrava no banheiro. — Ronan, chega.

No corredor de sua casa de infância, em um sonho dentro de sua cabeça, Bryde estava diante dele, pegando seus dois braços, seguran- do-o com firmeza.

— Você está morto — disse Ronan. — Você não é real.

Bryde respondeu:

— Não me faça dizer isso.

Você faz realidade.

— Você não pode chegar antes dele à bomba — disse Bryde. Ele mudou o sonho o suficiente para que Ronan estivesse do lado de fora da casa da fazenda, olhando para dentro, como se fosse uma casa de bonecas, e viu Nathan no quarto de Matthew, terminando furiosamente a bomba que mataria todos os humanos e sonhos do mundo. — Vou sonhar um orbe para retardar a explosão o máximo que puder; assim ganhamos tempo para você pensar em algo que possa detê-la. Não consigo pensar em mais nada para fazer.

No alto, a Renda atormentava e se retorcia pelo céu cada vez mais escuro. Começava a se parecer muito com o mar de docemetal. Hennessy estava inteiramente oculta atrás dela. Era possível que ela já estivesse sendo dilacerada como a Renda havia prometido.

Na casa abaixo, Nathan estava com a bomba nas mãos. Podia se parecer com qualquer coisa, mas parecia um diário. Estava aberto em uma página que dizia: *Vivemos em um mundo nojento.. A gaveta está cheia de lâminas feias feitas para nada..*

— Desculpe por ter mentido — Ronan disse a Bryde.

Bryde abriu a mão esquerda. Nela estava um de seus orbes, pronto. Ele colocou a outra mão na lateral do rosto de Ronan.

— Greywaren, é hora de crescer.

Nathan desapareceu. A bomba também. Ele acordou, o que significava que tinha acabado de trazer aquela bomba ao mundo real.

Uma respiração depois, Bryde também desapareceu.

A voz de Hennessy veio do outro lado da Renda, desesperada e clara.

— Ronan Lynch, você se lembra do que vimos no fim do mundo?

Ele não tinha ideia de sobre o que ela estava falando, e então, porque estavam nos pensamentos um do outro, ele lembrou: o fogo.

O fogo devorador, o fogo faminto, o fogo sem fim.

Mas não era isso que Nathan tinha criado, era? Nathan havia criado uma de suas bombas nefastas e cruéis. Então, quando as visões prometeram um mundo que terminaria com fogo, elas realmente queriam dizer que um mundo terminaria *pelo* fogo?

Ou um fogo devorador e sonhado seria a única coisa que poderia devorar a explosão antes que conseguisse destruir Boston?

Ronan nem tinha certeza se poderia controlar algo assim. Todos os sonhos que ele havia fracassado em controlar. Os caranguejos assassinos. Os cães do sol. Matthew. Bryde. Quando algo era realmente importante para ele, Ronan sempre estragava tudo. E isso era importante. A visão tinha sido a cidade em chamas, pessoas fugindo, o fogo consumindo tudo.

Farooq-Lane disse que era um pesadelo, não uma promessa, pensou Hennessy, seus pensamentos altos como um grito na cabeça de Ronan. *Não seja apenas humano agora, Ronan Lynch.*

Ronan pensou que tivesse acabado de acordar a linha ley, algo que ele nunca teria acreditado ser possível alguns poucos anos antes. Pensou que nunca mais se sentiria impotente, porque não ia mais mentir para si mesmo, nem se esconder da verdade apenas porque tinha medo de tomar decisões sozinho, temendo estar errado.

Ele era Greywaren e pertencia a ambos os mundos.

Quando começou a cavar fundo na imagem do fogo abrasador — aliás, algo que nunca estava muito longe de sua mente —, ele vislumbrou a Renda girando o mais rápido que podia.

Virando-se apenas o suficiente para lhe permitir ver que, enquanto Ronan estava criando o incêndio, a Renda reunira os orbes que compunham a mente de Adam Parrish. E as trouxe perto o bastante para ele ver. Alcançar. Salvar. Voltar para Adam Parrish. Uma última chance de salvar Adam e trazê-lo de volta ao seu corpo no mundo desperto.

Tudo o que ele precisava fazer era apagar o fogo que começara a construir.

Você tem escolha, disse a Renda.

49

Naquele primeiro verão, a Barns foi o paraíso para Ronan Lynch e Adam Parrish.

Tendo abandonado a escola, Ronan passou o inverno trabalhando na renovação dos galpões desbotados e dos postes quebrados da cerca. Na primavera, seus amigos se formaram, e Gansey e Blue viajaram para passar um ano sabático. Adam, no entanto, veio para a Barns. Ele nem sempre ia para lá — ainda morava em seu apartamento acima da igreja, em Henrietta, e usava todas as horas que podia na oficina —, mas estava na Barns com bastante frequência. Quando Ronan não estava sonhando, quando Adam não estava trabalhando, eles estavam juntos.

A Barns não era novidade para nenhum deles, mas a liberdade de escolher suas idas e vindas: esse era um novo reino.

— Esta é uma ideia terrível — disse Adam, quando Ronan propôs cavar um buraco e fazer um poço para nadarem em um dos campos inclinados. — A água vai drenar muito rápido; vai criar mosquitos; vai cheirar a merda de vaca; nunca vamos conseguir cavar através da rocha.

— Não com essa atitude — disse Ronan, cheio de seu otimismo recém-criado. Ele era um jovem encantador, bonito, persuasivo, de fala rápida. Se o poço pudesse ser cavado, ele era o sonhador para fazê-lo.

Adam olhou para o futuro local da piscina com seu olhar gelado. Ronan acreditava que dava para fazer, e isso era tudo o que importava. Ronan fazia a realidade, fosse por meio de sonhos ou teimosia, tanto para o bem quanto para o mal. Adam havia percebido recentemente que Ronan era uma fraqueza para sua ambição, já que era mais difícil trabalhar com duas peças móveis em vez de uma, mas ele não conseguia se convencer disso. Tentou todas as noites em que estava sozinho no apartamento em St. Agnes, e falhava toda vez que via Ronan de novo. Estava apaixonado por Ronan, e estava apaixonado por aquele vale verde e solitário, e, embora não conseguisse descobrir como ambos se encaixavam no seu vício de futuro, para o verão, ele colocou suas reservas de lado.

Em vez disso, ele apenas viveu o momento presente com Ronan.

Era um verão quente e convidativo na Virgínia. Fizeram viagens de carro para as montanhas. Namoravam em todos os cômodos da casa da fazenda. Tentaram consertar o carro de Adam. Vasculharam os velhos sonhos nos galpões. Queimaram comida na cozinha. Cavaram o buraco para nadar e foi um desastre, então o cavaram de novo, e então ensinaram Opala, o pequeno sonho ungulado de Ronan, a nadar, e se revezaram usando um par de asas sonhadas e esfarrapadas para pairar sobre o poço e se jogar, de novo e de novo.

Por muito tempo foi o paraíso, e sonhar era bom.

Ronan estava praticando seus sonhos em um celeiro comprido que mantinha trancado quando não estava lá. Ele trabalhava em sonhos cada vez mais sofisticados, sonhos que tinham clima, emoções e magia embutidos neles. Sonhou um sistema de segurança para a Barns. Ele pretendia sonhar uma nova floresta. Sua antiga, na linha ley, havia sido destruída, de maneira cataclísmica, quando sua mãe morreu, quando ele experimentou pela primeira vez a noite, e, embora não pudesse sonhar uma nova mãe, ele podia sonhar outra floresta para ancorar-se naquele outro lugar. Aquele local de sonho. Pretendia fazer isso antes de Adam ir para a faculdade.

Faculdade e *floresta* eram o mesmo tipo de conceito, porque ambos eram cheios de esperança e pavor. O que aconteceria no final do verão?

Adam não poderia ficar na Barns para sempre.

Ronan não poderia deixar a Barns para sempre.

Estavam se precipitando em direção a um pesadelo em potencial. À medida que os dias ficavam mais curtos, eles começaram a brigar. Raramente sobre a faculdade. Muitas vezes sobre sonhar. Não era realmente sobre o sonho. Com certeza era sobre a faculdade. Ronan não pedia a Adam para não ir, ou para escolher uma faculdade perto dele. Adam não dizia que não queria ter um relacionamento a distância, porque ele havia perdido o jeito de ser infeliz e cansado e tenso de equilibrar diferentes pratos. Então, em vez disso, eles discutiam sobre a floresta que Ronan ia sonhar, e discutiam sobre o carro de Adam, e discutiam sobre se ambos deveriam ou não ter ido viajar com Gansey e Blue por um ano sabático, porque já não parecia que eles estavam se tornando um tipo diferente de grupo de amigos do que eram antes?

Mas, na verdade, estavam discutindo por causa do futuro impossível. Não podiam embarcar nessa da forma como estavam, e ambos sabiam disso.

A tinta noturna começou a chegar para Ronan.

O mundo estava mudando ao mesmo tempo que eles.

No fim do verão, Ronan sonhou sua nova floresta. Ele deixou Adam usar a divinação ao mesmo tempo, para que pudesse estar lá, embora tivesse avisado que poderia ser perigoso; ele pretendia sonhar uma floresta com a capacidade de proteger a si mesma.

Essa nova floresta era muito parecida com as florestas que já cresciam nos cumes das montanhas azuladas a oeste da Barns, mas era mais vasta. Mais profunda. Era um mundo inteiro. Lindenmere. Sonhar é intenção, e Ronan pretendia que essa floresta durasse. Ele pretendia que essa floresta lhe dissesse como existir no futuro como um sonhador. Pretendia que essa floresta pudesse sobreviver sem ele. Pretendia que essa floresta o desejasse.

(O ponto central era Adam, é claro.)

E então o outono. Era outono, as folhas estavam avermelhando e as faculdades estavam começando. O ano estava morrendo.

Aquele paraíso, aquele verão, tinham sido um sonho. Não se integravam sonhos à vida desperta. Um ia embora, acordava-se e depois se voltava ao sonho apenas à noite. Eram coisas separadas.

— Eu sei que vou — disse Adam, repetindo algo que já tinha dito várias vezes —, mas eu sempre vou voltar, enquanto você estiver aqui.

— Eu vou estar aqui — disse Ronan. — Vou estar sempre aqui.

Continuaram dizendo isso um para o outro. Quanto menos verdadeiro parecia, mais eles diziam. Mágica é intenção. Assim como as conversas.

Nem Ronan nem Adam haviam sido treinados na difícil e sutil arte de ter um futuro. Só tinham aprendido a arte de sobreviver ao passado.

No fim, Adam foi embora para Harvard como havia planejado e Ronan ficou sozinho com Motosserra, já que até mesmo seu pequeno sonho com cascos, Opala, tinha ido morar em Lindenmere, onde era o lugar dela. Ronan estava na varanda da casa da fazenda onde havia crescido, observando a névoa do outono se mover lentamente pela propriedade. Disse a si mesmo que não estava realmente sozinho; em questão de poucos dias, ele iria de carro para Washington, DC, para ir à igreja com seus irmãos, embora não pudesse ficar, porque a tinta noturna estava muito ruim lá agora.

Você é feito de sonhos, pensou, *e este mundo não é para você.*

Nos campos selvagens da Barns já parecia ser inverno.

Paraíso, paraíso, por que ele iria embora?

50

E ra uma bomba incomum.
Tudo nela era incomum.

A maneira como começou a explodir de seu núcleo central no Charlotte Club tinha mais em comum com a explosão de um Visionário do que com qualquer explosivo natural. O choque mortal começou a ecoar da própria bomba, situada bem ao lado de onde Nathan estava deitado na escada. A arma continha fragmentos e bombas e fragmentos desagradáveis pontiagudos destinados a perfurar carne, mas também continha o ódio esmagador da Renda.

Como odiava este mundo.
Como odiava os ocupantes deste mundo,
um desperdício..
inúteis..
famintos..
autodestrutivos..
automutiladores..
gananciosos..
tristes..
maldosos..
mesquinhos..
destrutivos..
abusivos..
passivos..

excessivos..

barulhentos..

sem sentido..

irreais..

fervendo e destruindo, levando e morrendo, deixando tudo um pouco mais merda quando passavam.

Isso ia desaparecer com a bomba. Essa bomba ia cortá-los em pedaços, o pavor e o ódio retalhando os humanos em cadáveres rendados. O mundo estaria felizmente vazio mais uma vez, deixando espaço para o *real* retornar. Sem mais tesouras duplicadas na gaveta. Sem mais vidas tristes sufocando os recursos para os produtivos.

Mas a bomba estava se movendo muito lentamente. O tempo próximo havia sido enganado pelo orbe prateado de Bryde no chão ao lado da escada, ainda balançando um pouco de rolar no lugar.

Movendo-se muito mais rápido, perto da porta, estava Jordan Hennessy, o sonho, não a sonhadora, que acordou imediatamente quando a linha ley retornou. Enquanto os estranhos objetos cinza-aço contra a parede diziam *bomba, bomba, bomba*, preparando-se para explodir quando os destroços da terrível bomba começaram a atingi-los, ela começou a arrastar pessoas do prédio e para tão longe de todas as bombas quanto possível.

Primeiro Adam, que ainda estava mole de sono. Ela enganchou as mãos sob as axilas dele e o arrastou escada abaixo, sob o plástico ao redor do andaime, tão longe pela calçada quanto conseguia.

Então Hennessy, que estava acordada, mas paralisada depois de acordar com um sonho não visto.

Finalmente, ela hesitou sobre Ronan Lynch, tentando decidir se deveria acordá-lo ou se deveria deixá-lo no sonho para fazer seu trabalho. Ele *iria* acordar? Ele estava criando uma solução para essa bomba que crescia lentamente agora? Ela iria arruiná-lo por perturbá-lo? Jordan não conhecia as regras da batalha invisível que se desenrolava por suas vidas.

Em câmera lenta e atordoado, Nathan estava sentado; ele finalmente se recuperara da paralisia depois de sonhar a bomba. Mas ele não podia realmente se mover ainda. Por enquanto, estava tão preso na magia confusa e lenta do orbe complicado de Bryde quanto a própria bomba. Com os olhos na forma adormecida de Ronan, ele pegou sua arma.

Mas, antes que pudesse fechar os dedos ao redor da arma, um pequeno estalo irrompeu do chão ao lado de Jordan.

Farooq-Lane, deitada de lado em uma poça de onde escorria seu próprio sangue, havia atirado em Nathan. Então ela caiu para trás.

Jordan não tinha percebido que ela estava lá, que ela estava viva.

Quando começou a arrastá-la para fora do prédio, o orbe de Bryde finalmente cedeu.

A bomba estourou, livre.

Bomba
Bomba
Bomba
Bomba

O edifício se contorceu com a destruição. O fim do mundo não era mais iminente. O fim do mundo havia chegado.

De repente, houve fogo.

51

Ronan estava paralisado, como sempre ficava depois de um sonho. Como nas últimas semanas, ele flutuava acima de seu corpo, olhando para baixo. Estava deitado de costas no elegante saguão do Charlotte Club; a máscara sonhada que o tinha feito adormecer instantaneamente deslizou para o piso de parquet ao lado dele. Ele parecia diferente de quando estava deitado no corredor. Lá, ele parecia abandonado, empoeirado, à espera.

Este Ronan Lynch, por sua vez, parecia poderoso até mesmo agora. Seus olhos sem piscar estavam cheios de um propósito furioso. Não se movia um centímetro que fosse, mas ninguém o confundiria com um cadáver. O Ronan Lynch flutuando acima do Ronan Lynch do chão olhou para ele e pensou: *Isso está certo.*

Tudo ao seu redor estava em chamas.

Era o sonho mais poderoso que ele já havia sonhado. Assim como quando se projetara para além do mar de docemetal para acordar a linha ley enquanto estava desperto, ele sentiu que havia chegado mais longe do que nunca para realizar o fogo. Sentiu como se nem mesmo Greywaren já houvesse mergulhado no éter tão fundo quanto ele tivera que fazer para extrair o poder necessário a fim de obter algo que poderia ter um propósito tão complicado quanto o fogo.

O esforço de viajar pelo poder e ao mesmo tempo manter a intenção do fogo na mente era de impossível realização para um sonhador. O fogo tinha que ser todo-poderoso, mas não queimar Boston ao chão.

O fogo tinha que devorar as bombas, mas não as paredes. O fogo tinha que devorar cada pedaço de violência explosiva da mais nova bomba de Nathan, mas não os sentimentos de cada pessoa que tocasse. Não podia comer pele, não podia comer árvores, não podia comer coisas afiadas que não fizessem parte da bomba. Só tinha que devorar a bomba como se nunca fosse ficar satisfeito.

Mas então tinha que ficar.

O fogo tinha que se apagar. Não poderia devorar o resto do mundo, não poderia se agitar na superfície, acabando com tudo, não importava o tamanho da infelicidade de Ronan com o corpo vazio e arruinado de Adam; não importava o tamanho de sua infelicidade em lembrar o sorriso dourado de Matthew; não importava com a maneira como se lembrar de Declan dizendo *Seja perigoso* o fazia se sentir.

Enquanto lutava para manter o propósito do fogo e extrair o poder necessário das profundezas do éter, ele percebeu que outras entidades se reuniram ao seu redor para assistir. Aqueles que nunca conseguiram atravessar o mar de docemetal para se manifestar do outro lado, aqueles que apenas haviam olhado com melancolia através dos docemetais e sentiram saudade de um lugar onde nunca estiveram.

Greywaren rosnou para eles:

— Vocês não querem que eles vivam?

Um punhado de espectadores correu para ajudá-lo a carregar o fogo.

Juntos, eles não o deixavam esquecer enquanto ele seguia em frente com esforço, o poder arqueando em toda a sua volta, o que o fogo deveria fazer, o que deveria poupar, e eles depositaram tudo no sonho que Ronan Lynch manifestou no saguão do Charlotte Club. Acrescentaram a isso sua curiosidade, seu desejo e seu carinho pelo mundo que haviam deslumbrado. O fogo era demais para um sonhador sustentar. Mas não era sustentado por apenas um sonhador.

Esse foi o fogo que devorou a bomba de Nathan Farooq-Lane.

Devorar, devorar.

Comeu o pavor. Estava com muita fome.

Devorar, devorar.

Comeu as bombas que revestiam as paredes. Estava ainda faminto.

Devorar, devorar.

Comeu os pedaços afiados e nefastos no coração da bomba. Nunca ficaria satisfeito.

Devorar, devorar.

Ele comeu o ódio.

Devorar, devorar.

O fogo se extinguiu.

52

Houve um pouco de comoção quando Hennessy conseguiu se mover novamente. Os detalhes mais sutis do que havia acontecido dentro do Charlotte Club ainda estavam escondidos do mundo mais amplo, disfarçados por trás dos revestimentos plásticos da fachada, mas não havia como disfarçar que havia uma mulher sangrando na calçada.

Jordan, que estava trabalhando sem parar desde que acordara, fez sinal para um carro que passava. Bem, para falar a verdade, ela praticamente pulou na frente do carro — ele não tinha a intenção de parar. No momento em que o carro parou por completo, cantando os pneus, ela fez um gesto de telefone ao lado da orelha. Quando a janela baixou, apenas uma frestinha desconfiada, ela gritou:

— Ligue para a emergência! Uma mulher foi baleada!

A polícia veio; a ambulância veio. Celulares e câmeras vieram.

Mas, a essa altura, tudo o que havia para verem era Carmen Farooq-Lane, caída na calçada em frente ao Charlotte Club, com as mãos cobertas com o próprio sangue.

Os sonhadores e as pessoas que os amavam não tinham ido longe, porém, apenas alguns quarteirões, ao Esplanade, um espaço verde público cercado pelo rio Charles. As árvores ainda estavam nuas, mas o sol era surpreendentemente quente quando deitaram Ronan na grama seca.

Ele estava demorando demais para superar a paralisia, mas parecia justo. Tinha que voltar de muito, muito longe.

Assim que o colocaram no chão, Hennessy virou-se para Jordan e, sem dizer uma palavra, elas se abraçaram. Hennessy não conseguia se lembrar de alguma vez em que tinha feito isso por felicidade. Ao longo dos anos, Jordan a havia abraçado com frequência, mas sempre para conforto, quando uma nova coisa dava errado para se somar às demais.

— Eu pensei... — Jordan começou.

— *Shh* — Hennessy interrompeu ao se afastar. — Essa merda está prestes a ser comovente e eu trabalhei muito para não ter a satisfação de ver isso acontecer.

Jordan *Hennessy* e *Jordan* Hennessy se viraram para observar a cena diante delas.

Devagar, Ronan Lynch começou a se mexer, tentando se sentar antes mesmo que seu corpo estivesse totalmente disposto, esforçando-se, sua voz incrédula:

— *Adam?*

Adam, que estava sentado em silêncio todo esse tempo ao lado de Ronan, sorriu fraco quando Ronan o agarrou pelo pescoço em um abraço desesperado e esmagador. Hennessy e Jordan observaram os dois ajoelhados na grama, agarrados um ao outro. Foi um momento enorme e extraordinário, cercado por coisas mundanas e comuns. O bater dos pés dos corredores que se exercitavam pelas calçadas do parque. O som dos carros na ponte. Vozes distantes gritando da cidade atrás deles.

Houve um tempo em que Hennessy teria se sentido mal ao ver como o rosto de Ronan estava agradecido ao se pressionar no pescoço de Adam. Ver como o rosto de Adam mostrava um alívio desvelado, uma paz, enquanto ele abraçava Ronan, os olhos abertos e fixos no céu azul. Ver Ronan finalmente dizer algo em seu ouvido e Adam fechar os olhos e suspirar.

Mas não agora.

Agora ela disse:

— Quando vejo momentos como este, dois homens apaixonados, reunidos contra todas as probabilidades, com sentimentos tão puros, seu compromisso tão profundo que eles literalmente seriam capazes de cruzar o espaço-tempo um pelo outro, tudo o que eu consigo pensar é: mal consigo acreditar como esses dois caras vão ficar devendo uma para Jordan Hennessy pelo *resto de suas vidas, cacete*.

Ronan ergueu os olhos para ela. Ela não disse mais nada, apenas o deixou preencher automaticamente o que poderia ter acontecido quando ele deixou Adam para trás, na Renda, a fim de disparar em busca do fogo. *Ele* podia ter largado Adam para salvar o mundo, mas Adam não era o único na Renda, era? Hennessy ainda estava lá com a Renda presa nela em dez pontos diferentes da sua mente, sussurrando veneno. Era uma pena para a Renda que Hennessy não precisasse mais dela. Enquanto Ronan mergulhava fundo no éter para acender o fogo e parar a bomba, Hennessy estava ocupada reunindo todos os orbes da mente de Adam e espremendo-os de volta em sua consciência, depois arrastando tudo para mais perto do mundo desperto. A hora da verdade havia chegado quando eles acordaram Adam. Por um momento, Hennessy não sabia se tinha conseguido recuperar o suficiente de Adam para ele ficar... certo. Mas então ele voltou a si e imediatamente procurou por Ronan, então ela sabia que tinha conseguido. Quem teria imaginado? Que Hennessy pudesse um dia não apenas ignorar a Renda, mas também tirar outra pessoa dela. Dois alguém, na verdade, se você contasse também a vez em que ela havia encontrado Ronan Lynch escondido no meio da Renda.

— Você é mesmo do caralho — ele disse a ela.

— Saca só — disse Hennessy, ao colocar a mão no bolso da jaqueta. — Eu sonhei uma máscara de sonho melhor.

A máscara pendurada em seus dedos tinha um padrão intrincado como os fios de mármore, ou como renda.

Ronan balançou a cabeça, e, por vários longos minutos, ficaram sentados na grama, ouvindo os sons da cidade ao seu redor. O sol estava muito bom. O inverno ainda não havia acabado, mas dava para perceber que logo *acabaria*, o que era quase tão bom quanto.

Em dado momento, Ronan disse:

— O orbe que desacelerou a bomba...

— Você o viu? — perguntou Hennessy.

Ronan franziu a testa.

— Não sei no que acreditar.

Hennessy repassou os eventos mentalmente.

— Eu mesma vi o orbe. Apareceu antes de você acordar.

— Talvez tenha sido você.

— Eu não estava pensando em um orbe. Eu estava com as mãos ocupadas pela Renda, muito obrigada. Eu adoraria levar o crédito por isso, mas minha mente estava sendo *extraída*, *cacete*, enquanto eu salvava seu namorado da loucura e da morte.

Adam perguntou:

— Jordan, você viu alguma coisa? Você viu Bryde?

Ela balançou a cabeça.

— As coisas estavam meio malucas, cara.

Ronan sabia por que queria que fosse verdade; ele não ia fazer isso consigo mesmo. Ele se levantou e estendeu a mão para ajudar Adam a se levantar.

— Recebi mais do que pensei que receberia. Vai ter que ser o suficiente.

Hennessy não podia discordar.

— O que vamos fazer agora? — indagou ela.

Jordan jogou a mão na direção do céu, o gesto sem palavras para *qualquer coisa*.

53

No primeiro dia que Declan estava de volta à Barns, ele dormiu. Ferimentos de bala eram um trabalho árduo, e fugir de Boudicca era um trabalho árduo, e tentar não se preocupar e sofrer era um trabalho árduo, então no primeiro dia, ou possivelmente mais, ele dormiu e dormiu. Em sua cama de infância, ele sonhou que não passara tempo nenhum desde que havia morado ali com o resto da família, e ele reviveu os dias mundanos de acordar e brigar com seus irmãos e marchar pelos campos e ir à escola e ser acordado pelo pai com um cutucão, porque, *garotão, eu sei que é cedo, mas está na hora da nossa viagem se você for mesmo vir junto.*

Quando enfim acordou de vez, percebeu que tinha sido feliz ali, antes de tudo dar errado. Sua infância tinha sido boa, apesar de tudo. Foi como uma descoberta chocante e banhada pelo sol; ele havia se convencido tão completamente do contrário... Declan tinha dito a si mesmo que seu pai era odioso; sua mãe, invisível; a Barns, horrível; os sonhos, pavorosos. Tinha sido a única maneira de suportar perder tudo.

Declan Lynch havia se tornado um belo de um mentiroso.

No segundo dia em que Declan estava na Barns — ou, pelo menos, no segundo dia em que ele estava *acordado* na Barns; ele sabia, pela mudança no clima, que tinha sido muito mais do que um dia —, ele levou muito tempo mancando pela pista por onde os carros entravam. A primavera rodopiava e zumbia em ambos os lados dele. Os campos estavam ganhando vida com pequenas flores brilhantes. Tudo começava a cheirar quente e vivo.

No final da pista, Declan enfrentou o sistema de segurança invisível de Ronan na entrada, aquele que fazia intrusos e visitantes revisitarem suas piores lembranças. Ele só tinha passado por ela uma vez antes. Depois, apenas tinha encontrado caminho pela floresta toda vez que queria sair ou entrar. Mas, agora, as memórias não pareciam ter a mesma dor, então ele ficou lá, tentando se convencer a atravessar a entrada.

O novo Fenian parou o carro ao lado dele.

— Mór diz que você está atrapalhando sua cura.

Com um olhar para o final do caminho, onde estava o sistema de segurança, Declan aceitou a carona, e o novo Fenian fez a brincadeira de dar ré no carro por todo o caminho de volta até a casa.

No terceiro dia em que Declan estava na Barns, choveu e choveu, tanto o céu quanto as árvores sendo escondidos pela cortina cinzenta encharcada. Enquanto o novo Fenian e Mór tocavam discos de bandas tradicionais irlandesas na sala de estar, Declan repassava cartões-postais antigos em seu quarto. Eram de todo o globo. *Queria que você estivesse aqui*, escrevia seu pai. *Cuide dos seus irmãos.*

Naquela tarde, Ronan voltou para casa.

A chuva havia parado e o céu estava mais azul do que nunca. Massas de narcisos de repente se abriram em ambos os lados da entrada, deixando um rastro de ouro na floresta dissimulada da primavera.

Ronan entrou na casa da fazenda sem nenhum alarde em particular, tirando as botas e pendurando a jaqueta. Ele parecia mais velho, mas algo mais nele também havia mudado. Agora, quando ele sustentava o olhar de Declan, parecia menos um desafio e mais como se Declan estivesse sendo examinado minuciosamente. Ainda não era confortável, mas parecia um progresso.

Declan e Ronan se abraçaram sem palavras, um abraço descomplicado, sem desculpas, sem palavra alguma até Ronan dizer:

— Trouxe uma coisa pra você.

A porta se abriu novamente para revelar primeiro Adam e depois Jordan.

— Pozzi — disse ela, e Declan sorriu para ela com todos os dentes, com todo o seu corpo, sem esconder seu sorriso de ninguém.

No quarto dia em que Declan estava na Barns, Mór e o novo Fenian partiram para confrontar Boudicca. Ronan tinha sonhado algo para levar com eles. Ele mostrou esse sonho para Declan primeiro, mas, mesmo tendo visto, Declan não tinha certeza do que era. Era um livro. Ou talvez um pássaro. Ou um planeta. Um espelho. Uma palavra. Um berro. Uma ameaça gritante. Uma porta. Um dia espiralado, uma carta cantada — o que quer que fosse, não fazia sentido. Declan sentia que o objeto o estava fazendo enlouquecer enquanto ele tentava entendê-lo. A única coisa clara era o *poder* que havia por trás. Quem pudesse fazer tal coisa tinha um poder além da medida.

— Diga a eles para deixar minha família em paz — Ronan falou para Mór. — Ou eu vou entregar a próxima pessoalmente.

No quinto dia, Declan mancou pelo caminho até a entrada da fazenda mais uma vez. Ninguém mais estava acordado ainda. Névoa fria rastejava sobre a grama, perfurada aqui e ali pela luz dos vaga-lumes sonhados de Ronan, que brilhavam o ano todo. Pássaros, escondidos de sua vista, faziam chamados doces uns para os outros, soando como se viessem de todos os lugares e de lugar nenhum. Ele parou no final do caminho, de frente para o sistema de segurança.

Não sabia por que estava tão tentado a entrar nele agora. Supôs que desejasse saber o que achava que seria sua pior memória. Cada memória violenta e miserável agora parecia inofensiva.

Declan dedilhou o lado do corpo, testando se estava muito dolorido, fortalecendo sua coragem.

Então ele entrou no meio do sonho de Ronan.

Imediatamente, o sistema de segurança o recompensou com sua pior lembrança. Não era nenhuma das memórias que ele esperava, mas sim aquela em que ele descobriu que seu pai, no testamento, havia deixado para ele não a Barns, que Niall amava, mas sim uma casa geminada na cidade, em Washington, DC, da qual até então Declan nada sabia, porque tinha dito ao pai que queria ser um político, um desejo que Niall não entendia nem um pouco. *Garotão*, ele perguntou, *você sabe o que os políticos* fazem?

Declan saiu do sistema de segurança para encontrar Jordan esperando por ele.

Ele se sentou bem no meio do caminho com a mão de leve sobre o lado ferido e, pela primeira vez desde a morte de Niall, chorou. Jordan sentou ao lado dele e não disse nada para que ele não tivesse que chorar sozinho. Depois de um tempo, uma horda de animais estranhos saiu da floresta e pranteou com ele, para lhe fazer companhia. Quando Declan enfim terminou de chorar, Ronan dirigiu até a entrada para recolher o corpo exausto de Declan e levá-lo junto com Jordan de volta para a casa da fazenda.

— Eu também sinto falta deles — disse Ronan.

No sexto dia, Matthew voltou para casa.

(Matthew voltou para casa. Matthew voltou para casa. Matthew voltou para casa.)

Era tarde da noite, e, quando a porta dos fundos se abriu, todos ficaram alertas ao mesmo tempo. Entrou o Lynch mais jovem, quase irreconhecível. Seu cabelo estava curto e irregular, e suas bochechas, encovadas. Suas roupas e sapatos estavam muito sujos.

— Eu vim andando — ele disse simplesmente.

Seus irmãos caíram sobre ele.

— Você não podia ligar? — Declan questionou, depois que Matthew terminou de enxugar as lágrimas.

— Achei que você ficaria bravo.

— O que aconteceu com Bryde? — perguntou Ronan.

— Ele ouviu a voz — respondeu Matthew. — Ele se tornou uma dessas coisas Visionárias. E foi mudando de idade e tal.

— Você não ouviu? — perguntou Ronan.

Matthew deu de ombros.

— Bryde me disse que era melhor eu pedir ajuda a vocês em vez de para a voz. Ele disse que vocês se importariam mais.

Declan entendeu que Bryde havia devolvido seus dois irmãos para ele; ele entendeu que Bryde sempre tinha sido como água rasa, perigosa apenas para aqueles que não conseguiam ficar de pé sozinhos ou que já queriam se afogar.

No sétimo dia, os irmãos Lynch descobriram que eram amigos novamente.

EPÍLOGO

QUATRO ANOS DEPOIS

E sta é uma história sobre os irmãos Lynch.

Eles eram três, e, se você não gostasse de um, podia tentar outro, pois o irmão Lynch que uns achavam muito azedo ou muito doce poderia ser perfeito para o seu gosto. Os irmãos Lynch, os órfãos Lynch. Todos tinham sido feitos por sonhos, de uma forma ou de outra. Eram lindos pra diabo, até o último deles.

Quatro anos após a pior briga já ocorrida em suas vidas, eles estavam de volta à Barns para um casamento de verão. Era um casamento muito pequeno. Mais tarde, haveria um grande e vistoso, mas este era para a família e amigos que poderiam muito bem ser da família. Eram as únicas pessoas que podiam entrar na Barns, no sistema de segurança que Ronan havia aperfeiçoado.

Quem estava presente? Mór Ó Corra e o novo Fenian, é claro, porque eles eram os únicos residentes permanentes da Barns, afinal, e ficavam o ano todo para cuidar das criaturas que viviam lá, incluindo a aparição ocasional de uma pequena garota com cascos.

Richard Campbell Gansey III, o amigo mais antigo de Ronan, estava no país para o casamento, assim como Blue Sargent. Tinham acabado de se formar no mesmo programa de sociologia com duas especializações muito diferentes. Ambos estavam muito animados para falar sobre o que haviam estudado para quem quisesse ouvir, mas ninguém, exceto um e o outro, estava muito animado para ouvir a esse respeito. Alguma coisa alguma coisa *trincheiras* alguma coisa alguma coisa *artefatos* alguma coisa alguma coisa *portas secretas* alguma coisa alguma coisa *árvores* alguma coisa alguma coisa *fontes primárias*.

Henry Cheng e a mãe, Seondeok, estavam presentes. Henry era um amigo ocasional da família e Seondeok era uma parceira de negócios ocasional de Declan. Quando não estavam de amizades ferozes, estavam em animosidades ferozes, e era uma forte sorte para todos os envolvidos estarem em situação favorável quando o casamento foi marcado. A última animosidade envolvera dois continentes, sete países e um caixote com conteúdo valioso demais para fazerem seguro, e exigira tribunais internacionais, um tenso jogo de polo e um divórcio para ser encerrado.

Calla, Maura e Gwenllian, as médiuns da Rua Fox, 300, que tinham ajudado a guiar Ronan pelo ensino médio, estavam presentes. Elas foram obrigadas a jurar a torto e a direito que não trariam negócios para os ritos e manteriam quaisquer premonições para si mesmas, mas essa exigência só as tornou insuportáveis. Ficavam apontando para as pessoas, sussurrando umas para as outras e tendo acessos de risos. Calla foi convidada a oficiar no casamento, pois era a única responsável o suficiente para cuidar da papelada a tempo, mas até mesmo ela cedeu com uma poderosa gargalhada durante a cerimônia no pasto atrás da casa.

Matthew estava lá, é claro, embora tenha tido que adiar a saída para o estágio de verão por causa disso. Ele havia arrumado um estágio não remunerado em uma fazenda de batata-doce na Carolina do Norte. Não estava claro o que ele deveria aprender por lá, mas seu orientador disse que ele receberia créditos por isso, então ele foi.

O casal estava presente, claro: Declan e Jordan, o casamento menos surpreendente da década. Jordan se recusou a se casar até que vendesse uma pintura por um valor que alcançasse cinco dígitos, e ela disse que não valia se fosse o nome de Declan no cheque. A lua de mel foi uma lua de mel muito Declan: eles voltaram a Boston, mas ambos concordaram em não trabalhar por dois dias.

Hennessy estava presente, mas não por muito tempo. Ela geralmente viajava para lá e para cá a destinos combinados com Ronan, lugares onde havia gente que precisasse aprender a criar arte que fizesse pessoas se sentirem despertas. Tinha uma passagem reservada para a Califórnia na manhã seguinte. Assim como Carmen Farooq--Lane.

E é claro que Ronan e Adam estavam presentes. Ronan acabava de voltar de uma linha ley no Tennessee, e Adam acabava de voltar de Washington, DC. Ele estava gostando de seu novo emprego, embora ninguém soubesse o que era. Depois de Harvard, ele havia se transferido duas vezes até ser contratado direto da faculdade por uma organização com um e-mail que terminava com "ponto gov". Não estava claro o que eles faziam ou o que queriam que Adam fizesse, mas também estava claro que ambos sentiam que Adam já estava bem preparado. Ele viajava tanto por causa disso que nem ele nem Ronan mantinham um endereço permanente, mas se reuniam o tempo todo aqui e ali. Ronan tinha um jeito de abrir portas para ele (geralmente com sonhadores do outro lado), e Adam tinha um jeito de fazer com que essas portas fossem pagas com o cartão de crédito corporativo. E eles sempre tinham a Barns, é claro; no fim, a Barns sempre estaria lá.

A Barns era um paraíso no verão. Cada campo era exuberante com grama e flores silvestres. Os docemetais que Jordan e Hennessy trouxeram mantinham o antigo rebanho de Niall Lynch mugindo baixinho ao pastar. Ameixas pendiam pesadas na árvore perto da casa recém-pintada. As folhas das árvores que cercavam a fazenda oculta viravam para cima para mostrar suas partes inferiores claras, prometendo uma tempestade mais tarde, mas, por enquanto, tudo era céu azul e nuvens bem altas.

Ronan e seu amigo Gansey estavam na varanda dos fundos, encostados no parapeito, observando as médiuns rindo enquanto arrumavam as flores para a cerimônia. De vez em quando, Ronan jogava um cubo de queijo roubado de uma bandeja de canapés para Motosserra, cujas garras arranhavam o cercado de madeira da varanda.

— Você quer um desses? — perguntou Gansey. Ele balançou o queixo para indicar. O tudo isso. O casamento.

— Sim — disse Ronan. — Acho que sim.

— Bom, é um alívio — disse Gansey.

— Por que você acha?

— Perguntei ao Adam e ele disse a mesma coisa.

Observaram Matthew e Henry se atrapalharem com uma mesa de comes e bebes. Por que eles a estavam carregando era difícil dizer, mas pareciam determinados.

— É bom estar de volta — disse Gansey.

Ronan observou o amigo, entendendo sua vida e as mortes melhor do que antes. Em algum momento, pensou, pediria a Gansey para falar sobre isso, como era ser ele agora, mas agora não era o lugar. Tinham tempo. Anos. Em vez disso, ele disse:

— É. Senti falta de você e da Sargent falando sem parar sobre as merdas.

— Eu senti falta das suas réplicas espirituosas.

— A Aglionby me ensinou bem. Estou feliz por você não ter sido morto durante toda aquela coisa de Pando no ano passado.

— Estou feliz que você não tenha sido morto durante toda aquela coisa de apocalipse — disse Gansey. Ele fez uma pausa, observando beija-flores circulando as flores que cresciam sobre o telhado da garagem. — Ocorreu a Blue e a mim outro dia que ser adolescente era mesmo uma droga.

Ronan inspirou pelas narinas e expirou pela boca.

— É sim.

Depois de um momento, Gansey assentiu para si mesmo e então estendeu a mão para trocar um soquinho com Ronan. Parecia o idioma de um país distante.

— Vamos comemorar que seu irmão não se casou com uma Ashley. Oh!

Ele apontou; um falcão desceu do céu, garras abertas. Era uma criatura linda, desgrenhada e feroz. Algo a respeito dele dava a impressão de idade.

Ronan estendeu a mão como se fosse chamá-lo, tal como faria com Motosserra, mas o falcão deu uma arremetida para cima bruscamente. Em apenas um momento, era só um pontinho nas nuvens, e então ele se foi.

Após a cerimônia, quando quase todos já haviam ido para casa, o grupo se sentou no gramado entre os vaga-lumes, observando Jordan e Declan olharem para seus presentes de casamento. Nem Jordan nem Declan acharam graça dos presentes de Ronan e Hennessy: duas espadas combinando, uma com as palavras RUMO AO PESADELO no punho e a outra com as palavras NASCIDA DO CAOS.

— O que é pra gente fazer com isso? — perguntou Declan.

— Algo velho, algo novo, algo emprestado, algo que pode atravessar paredes — disse Hennessy.

Jordan esperou até que todos os presentes estivessem abertos para entregar o seu a Declan. Ronan observou o irmão sustentar o olhar de Jordan antes de abrir a caixinha minúscula. Dentro, havia uma pintura do tamanho de um selo postal de uma mulher, com olhos suaves e cabelos dourados. Jordan disse:

— É um docemetal.

— Para quê?

Com um olhar para Jordan, Matthew entregou uma última caixa a Declan. Esta não estava embrulhada. Era uma caixa de vidro feita a mão. Dentro havia uma mariposa enorme.

Enquanto vaga-lumes e orbes pairavam ao redor deles, Declan engoliu em seco e abriu a caixa. Com cuidado, ele deixou cair o docemetal nas costas peludas da mariposa. Ela já estava começando a bater as asas, e duas lágrimas já estavam descendo pelo rosto de Declan. Ele não se preocupou em escondê-las ou enxugá-las. Apenas ergueu a caixa em direção ao deslumbrante céu noturno e sussurrou:

— Adeus, pai.

E, finalmente, depois que quase todos tinham ido para a cama, Ronan e Adam deitaram de costas em um dos telhados e observaram as estrelas ficarem mais brilhantes. Sem tirar os olhos do céu, Ronan estendeu a mão para Adam para lhe oferecer algo. Era um anel. Sem tirar os olhos do céu, Adam pegou e o colocou no dedo.

Ambos suspiraram. As estrelas se moviam acima. O mundo parecia enorme, passado e futuro, com seu presente delgado pairando no meio.

Estava tudo muito bem.

AGRADECIMENTOS

Esta série está na minha vida, de várias formas, há mais de vinte anos. Como se escreve a página de agradecimentos em sua conclusão? Parece que deve ser muito longa ou muito sucinta. Acho que, se eu for muito longa, vou deixar muito, muito longa, então, em vez disso, serei o mais breve possível:

Obrigada a:

- os leitores que cresceram com esses personagens;
- David Levithan e a equipe da Scholastic, por me deixarem contar esta história até o fim;
- Laura Rennert, por pastorear esta série ao longo de uma década;
- Will Patton, por dar vida vibrante aos audiolivros;
- Adam Doyle & Matt Griffin, por sua arte;
- Brenna, Sarah, Bridget, Victoria e Anna, que leram e leram novamente;
- Richard Pine, por abrir espaço para sonhos futuros;
- minha família, principalmente quando a tinta noturna parecia insolúvel;
- Ed, que sabe o que eu sou.

Impresso no Brasil pelo Sistema Cameron da Divisão Gráfica da
DISTRIBUIDORA RECORD DE SERVIÇOS DE IMPRENSA S.A.